Depuis leur rencontre fortuite, Catherine Bardon est une amoureuse de la République dominicaine. Ce pays l'a instantanément habitée, et, à travers ses guides de voyage et un livre de photographie, elle a toujours cherché à savoir ce qui se cachait derrière l'image trop policée de peinture naïve, les réalités politiques, sociales, culturelles.

En 1991, elle est émue par la rencontre avec l'un des derniers pionniers de Sosúa. Quelques années plus tard, elle décide de raconter l'histoire de cette colonie juive installée à partir de 1940 sur l'île dans la saga *Les Déracinés*, publiée aux Éditions Les Escales. Les trois premiers tomes : *Les Déracinés*, *L'Américaine* et *Et la vie reprit son cours* se sont écoulés à déjà plus de 400 000 exemplaires. *Un invincible été*, quatrième et dernier volume de la saga, a paru en 2021 chez le même éditeur.

UN INVINCIBLE ÉTÉ

ÉGALEMENT CHEZ POCKET

LES DÉRACINÉS

L'AMÉRICAINE

ET LA VIE REPRIT SON COURS

UN INVINCIBLE ÉTÉ

CATHERINE BARDON

UN INVINCIBLE ÉTÉ
1980-2013

LES ESCALES
DOMAINE FRANCAIS

Ouvrage suivi par Caroline Laurent

ISBN : 978-2-266-32299-7
Dépôt légal : avril 2022

« Lorsqu'on vit sur une île, on n'en part jamais.
On ne sait pas qu'une île s'accroche à ce qu'elle a,
de toutes ses forces. »

Roy Jacobsen, *Les Invisibles*

« Au milieu de l'hiver,
j'apprenais enfin qu'il y avait en moi
un été invincible. »

Albert Camus, *L'Été*

Liste des personnages

LES ROSENHECK :

Wilhelm est né à Vienne en 1906. Ses parents, Jacob et Esther, sont décédés pendant la Shoah. En 1935 il a épousé Almah Kahn (née en 1911). Almah et Wilhelm ont eu un fils, Frederick, en octobre 1936. Ils ont quitté l'Autriche en décembre 1938 et sont arrivés à Sosúa, en République dominicaine, en mars 1940. Leur fille Ruth est née le 8 octobre 1940. Leur fille Sofie, née en décembre 1945, n'a vécu que cinq jours. Wilhelm est mort des suites d'un accident de voiture en juin 1961.

En 1972, Almah a épousé en secondes noces Heinrich Heppner, un ami d'enfance de dix ans son aîné qu'elle a retrouvé en Israël. Elle vit désormais entre Israël et la République dominicaine.

Frederick, le fils d'Almah et Wilhelm, gère l'élevage et la ferme familiale. Il a épousé Ana Maria. Ils ont des jumelles.

Ruth, le deuxième enfant d'Almah et Wilhelm, fut le premier bébé à voir le jour dans le kibboutz de Sosúa. Après des études de journalisme à New York entre 1961 et 1965, puis une année passée dans un kibboutz en Israël, elle a décidé de vivre à Sosúa où elle a repris le journal créé par son père.

LES SOTERAS :

Arturo Soteras, benjamin d'une riche famille dominicaine d'industriels du tabac de Santiago, est devenu l'ami de Ruth lors de leurs études à New York où il vit désormais. Il est pianiste et professeur de musique à la Juilliard School.

Domingo Soteras est le frère d'Arturo. Il a épousé Ruth en novembre 1967. Ils ont trois enfants. Gaya, née en 1965 de la liaison de Ruth avec un journaliste américain, Christopher Ferell, mort au début de la guerre du Vietnam. Le premier fils du couple, David, est né en 1968 et le benjamin, Tomás, en 1980.

George Ferell est le grand-père américain de Gaya.

LES GINSBERG :

Myriam est la sœur de Wilhelm. Née en 1913 à Vienne, elle a épousé Aaron Ginsberg, architecte, en mai 1937. Après son mariage, le couple a émigré aux États-Unis. Ils vivent à Brooklyn où Myriam a créé une école de danse. Ils ont un fils, Nathan, né en septembre 1955, qui est danseur étoile dans une compagnie new-yorkaise.

Svenja : Autrichienne d'origine polonaise, psychologue, elle est arrivée à Sosúa en mai 1940 avec son frère Mirawek, juriste. Ils ont quitté Sosúa en juillet 1949 pour s'établir en Israël. Svenja a épousé

Eival Reisman, médecin, rencontré dans un kibboutz. Ils vivent à Jérusalem. Mirawek occupe de hautes fonctions dans le gouvernement israélien.

Markus Ulman : né en 1909, il est autrichien. Juriste et comptable, il est arrivé à Sosúa en mars 1941. Il est devenu l'ami de Wilhelm. Il a épousé Marisol, une Dominicaine originaire de Puerto Plata, en mars 1943 et s'est installé définitivement à Sosúa.

Liselotte Kestenbaum : née en 1939, arrivée à Sosúa en décembre 1944 avec ses parents, Lizzie est l'amie d'enfance de Ruth. Ses parents se sont séparés et elle a émigré en 1959 avec sa mère, Anneliese, aux États-Unis, où elle a mené une vie désordonnée. Elle a rejoint Ruth à Sosúa après une tentative de suicide à New York et a mis fin à ses jours en se noyant en 1979.

Jacobo : c'est le régisseur de la *finca* des Rosenheck. Sa femme Rosita s'occupe de la maison. Il est le fils de Carmela, une vieille Dominicaine dont Almah a fait la connaissance en mai 1940.

Deborah : fille d'une famille de cultivateurs aisés du Midwest, c'est une amie d'université de Ruth. Elle vit à New York où elle poursuit une brillante carrière de journaliste à la télévision.

Prologue

Sans un mot, sans un signe, Lizzie s'était dissoute dans l'espace. Ne me restaient d'elle que nos photographies d'enfance, quelques objets fétiches, des souvenirs à la pelle, un lourd fardeau de regrets et une butte face à la mer sur laquelle un grand arbre du voyageur avait emprisonné un peu de son âme dans les plis de son éventail.

Ce fut le jour où je compris que j'étais enceinte que je finis par admettre qu'elle était définitivement partie.

Une disparition pour une nouvelle vie, un malheur pour un bonheur, un regret pour un espoir. Devant cette évidence qui étreignait mon corps, le chagrin relâcha peu à peu son étau.

Je n'avais pas été préparée à endurer l'échec, ni à affronter le malheur. Après la mort de mon père et celle de Christopher, le père de Gaya, c'était la troisième fois que la vie m'infligeait la perte d'un être aimé. J'avais échoué à protéger Lizzie d'elle-même, à me protéger de la souffrance.

J'étais à l'aube de mes quarante ans, la vie palpitait de nouveau en moi et c'était un vertige.

J'avais cru ma famille solidement arrimée et voilà que le destin en décidait autrement.

Je mis longtemps à cicatriser. Tous les miens, Almah, Markus, Heinrich, Arturo, Svenja, et les autres, si loin qu'ils aient été, m'y aidèrent. Domingo, dont j'avais parfois surpris l'œil mélancolique s'attardant à la dérobée sur la porte close, celle de la quatrième chambre qu'il avait voulue pour notre maison, était fou de bonheur.

Pendant ma grossesse, Lizzie occupa souvent mes pensées. Je m'en voulais de n'avoir pas réussi à l'arracher à ses démons, je lui en voulais d'avoir trahi les promesses de notre jeunesse, et, égoïstement, je lui en voulais de m'avoir abandonnée.

Un matin, le bébé me réveilla d'un furieux coup de pied. Mon ventre était distendu, curieusement bosselé, et cela me fit éclater de rire.

Un rire de pur bonheur.

La vie avait repris son cours.

1re Partie

La force de la jeunesse

« *Le bonheur c'était d'être vivant à l'aube,*
mais le paradis c'était d'être jeune. »

Wordsworth

1re Partie

Le temps de la jeunesse

1

Quinceañera

Janvier 1980

Ce qui lui plaisait le plus, plus que son absurde robe longue froufrouteuse, plus que sa coiffure aux boucles sophistiquées raides de laque, plus que son diadème, plus que l'énorme pièce montée de choux à la crème commandée par sa mère, c'était que toutes ses amies étaient là. Sur leur trente et un, plus jolies les unes que les autres. Il y avait aussi les garçons, bien sûr, les indispensables cavaliers. Mais par-dessus tout, la présence de son aréopage d'amies, et surtout celle de Gabriela, mettaient Gaya en joie.

Pour sa *quinceañera*, Gaya aurait préféré une fête intime. Sa mère était encombrée par un ventre plus volumineux de jour en jour ; Svenja, sa marraine, ne pouvait quitter Israël où Eival luttait contre la tumeur qui colonisait son corps ; Nathan, qui répétait sans relâche son prochain ballet, avait dû décliner l'invitation ; Myriam et Aaron viendraient seuls de New York. Mais ses parents avaient tenu à respecter la tradition en faisant les choses en grand.

— Il n'y a qu'une fête des quinze ans, avait déclaré Ruth. Il y aura ça et ton mariage, ma chérie, sans doute les deux plus belles soirées de ta vie. Moi je n'en ai pas eu, à cette époque-là à Sosúa nous ne respections que les traditions juives et allemandes. Alors, fais-moi confiance, nous allons nous rattraper et donner une fête du tonnerre.

— C'est comme le premier bal d'une débutante à Vienne, un moment très spécial, avait ajouté Almah en souriant doucement, et Gaya ne savait pas résister à la fossette de sa grand-mère.

« Le plus bel hôtel de Puerto Plata », avait décidé sans ambages Domingo qui répétait ses pas de valse depuis des semaines et avait commandé un nouveau tuxedo sur mesure pour l'occasion. « J'ai un peu forci, s'excusait-il. Rien n'est trop beau pour ma fille. »

Ils s'y étaient tous mis, la persuadant qu'il n'y avait pas d'échappatoire, et voilà, elle allait devoir les affronter dans cette tenue qui ne lui allait pas du tout. Cette robe qu'elle avait pourtant choisie avec plaisir, une véritable robe de princesse comme dans les contes de fées de son enfance. Pourtant elle la portait maintenant avec résignation et même une pointe de rancune.

*

Gaya redoutait cette cérémonie. Quinze ans. Est-ce qu'on en faisait tout un plat pour les garçons ? On allait lui coller une étiquette sur le front : « Femme, prête à être courtisée, prête à être… consommée. » Absurde ! Elle avait été tentée à maintes reprises de se dérober. Si elle l'avait vraiment voulu, il n'y aurait pas eu de fête. Mais elle aimait trop les siens pour les décevoir. Et puis il fallait rendre les invitations aux fêtes de ses amies et elle ne pouvait être en reste avec Alicia et Elvira, ses cousines. Gaya entrerait dans sa vie de femme par la porte solennelle de la *quinceañera*. C'était ainsi dans son île. Une obligation familiale, sociale, culturelle, autant que mondaine.

*

Elle était là maintenant, abandonnée aux mains habiles de la maquilleuse qui transformait son visage d'adolescente rebelle en une frimousse de poupée de porcelaine. Gaya se regarda dans la glace. Cette magnifique jeune femme, éblouissante dans sa robe bustier bleu moiré, ces cheveux disciplinés en crans dociles par le fer à friser, ces yeux de biche étirés sur les tempes et ourlés de noir, ces lèvres rehaussées de rouge cerise, c'était elle aussi. Le résultat était tout à fait bluffant. Si on aimait ce genre-là. Elle eut soudain envie de rire. Puis elle ressentit une étrange morsure au creux de son ventre. Elle seule savait toute la duplicité de cette soirée.

Elle sortit de la chambre mise à sa disposition par l'hôtel, telle une actrice de sa loge. Domingo battait la semelle devant la porte, un rien emprunté dans son habit de soirée. C'était l'heure, la reine d'un soir allait faire son entrée en scène. La salle de réception foisonnait de fleurs blanches disposées dans des vases de cristal.

Dans un angle, un trio jouait en sourdine. Les portes-fenêtres de la terrasse s'ouvraient sur un vaste jardin. La centaine d'invités était éclatée en petits groupes engagés dans des conversations animées. Les serveurs passaient de l'un à l'autre, les bras chargés de plateaux de coupes de champagne et d'appétissants canapés. Au bras de son père, Gaya s'avança, nerveuse, allure guindée, coups d'œil furtifs à droite et à gauche. Ses yeux croisèrent le regard attendri de sa mère. Quand elle repéra sa grand-mère qui lui adressa un clin d'œil complice, elle esquissa un sourire soulagé. Elle avait retrouvé son inconditionnelle alliée.

*

Après le dîner servi en grande pompe, on alluma solennellement les quinze bougies de la pièce montée, il y eut un toast cérémonieux, puis Gaya ouvrit le bal avec Domingo. Les yeux brillants de fierté, il s'en tira très bien. Almah se fit la réflexion que son gendre avait fait des progrès depuis son mariage, même si sa valse était un peu chaloupée pour les standards autrichiens.

Les danseurs s'étaient empressés auprès de Gaya. Son oncle Frederick, Arturo son parrain, Markus, Heinrich, George, son grand-père américain qui n'aurait manqué sa fête pour rien au monde, Aaron son grand-oncle, les frères de son père, tous, ils l'avaient tous fait valser. Jusque-là elle avait tenu le coup. Puis on était passé au be-bop et au merengue, et ça avait été le tour des garçons. Dans les bras de Guillermo, le frère d'une de ses amies âgé de vingt ans, Gaya avait piteusement lorgné du côté de Gabriela qui se frottait avec entrain contre un bellâtre au rythme des *tamboras*. Elle en avait grimacé de dépit. La jalousie lui mordait le ventre. Elle avait alors surpris sur elle le regard appuyé et soucieux d'Almah. Sa grand-mère adorée savait, Gaya en aurait mis sa main au feu. Avec elle, pas de secret qui tienne. Almah avait cette capacité de deviner les individus et tout particulièrement ceux qu'elle aimait. Gaya lui adressa un misérable sourire. Almah l'encouragea d'un signe de la tête, tandis que Guillermo resserrait son étreinte. Quel lourdaud ! Mais qu'est-ce qu'il croyait ? Gaya, qui n'avait qu'une envie, embrasser les lèvres roses de Gabriela, se résigna à subir son danseur jusqu'à la dernière mesure.

Les flashs du photographe éblouissaient tout le monde. Son frère, David, chahutait avec d'autres petits garçons. Ses copines se déhanchaient et flirtaient. Les adultes potinaient et le champagne coulait à flots. Rien à redire, c'était une belle soirée, vraiment très réussie.

Gaya eut soudain une envie de petite fille : se réfugier dans les bras de son père. Elle le chercha des yeux dans la foule. Ses parents dansaient, étroitement enlacés. Ruth, plantureuse et magnifique dans une longue robe noire largement décolletée dans le dos, avait posé sa tête sur l'épaule de Domingo, un peu raide dans son tuxedo neuf. Serré entre eux, son gros ventre. Il n'y avait pas à dire, ses parents en jetaient. Un doux sourire flottait sur les lèvres de sa mère. Ruth murmura quelque chose à l'oreille de son mari qui embrassa ses cheveux. Ils semblaient plus amoureux que jamais. Gaya sentit son cœur se dilater et une bouffée de reconnaissance l'envahit. Elle était heureuse pour eux et se sentait rattrapée par les ondes bienfaisantes de leur amour. Plus loin, Almah, infatigable, et dont la mauvaise jambe n'était plus qu'un lointain souvenir, valsait avec une grâce exquise dans les bras d'Heinrich. Ces deux-là connaissaient les pas et eux aussi avaient belle allure, et quelque chose de plus… aristocratique que le reste de l'assistance. Une interrogation traversa l'esprit de Gaya : Almita avait-elle valsé à son propre bal des débutantes à Vienne ? De quelle couleur était sa robe ? Avait-elle un carnet de bal dans lequel s'inscrivaient ses cavaliers ? Sa grand-mère avait bien évoqué ce bal, mais elle ne le lui avait pas raconté en détail. Gaya se promit de l'interroger. Vienne et son bal des débutantes, ça devait avoir une autre allure que Puerto Plata et ses *quinceañeras*. Puis cette pensée s'évapora, tandis que ses yeux se posaient sur son oncle. Frederick fumait un cigare, le bras autour des épaules d'Ana Maria ; les inséparables jumelles en tenue de princesse jouaient les mijaurées, roulant les yeux, se mordant les lèvres, sous les regards ébahis de deux prétendants. Son cousin, Nathan le magnifique, comme elle l'appelait en secret, qui lui avait fait la surprise de débarquer *in extremis*, observait attentivement les danseurs, les yeux plissés, indifférent aux regards admiratifs de la gent féminine ; on lorgnait vers lui, on se poussait du coude, il était la célébrité de la famille, il avait même fait la une de *Vanity Fair*. Myriam, la sœur de son grand-père Wil, papotait avec son mari en martelant le sol de son pied au rythme de la musique ; on sentait que ça la démangeait furieusement, mais les rhumatismes d'Aaron avaient mis un terme à ses piètres talents de danseur. À les voir, tous réunis pour la fêter, Gaya se dit qu'elle avait de la chance, une chance incroyable même. Elle avait une famille formidable, certes un peu excentrique, un peu de bric et de broc et éparpillée dans le monde, mais vraiment formidable.

On tapota son épaule. Gaya se retourna et sourit franchement. C'était Arturo, son oncle et parrain, Arturo le gringo, comme on le surnommait depuis son installation aux États-Unis. Il avait fait spécialement le voyage depuis New York pour assister à sa fête. Avec Arturo, elle se sentait bien, vraiment bien, comme si une étrange fraternité les liait l'un à l'autre.

— C'est ton grand jour. Tu t'amuses ?

— Franchement ? Non !

— Oh, Gaya, quelle rabat-joie tu fais ! Moi je m'amuse. Vraiment. Elle est très réussie ta fête.

Dans ses yeux bruns, elle lut qu'il la comprenait.

— Tiens, on va encore trinquer, décida-t-il en attrapant au vol deux coupes de champagne sur le plateau d'un serveur qui passait devant lui.

— Si je continue comme ça, je vais être ivre morte et ça va jaser !

— Si tu te soucies de ce que les gens pensent de toi, tu seras toujours leur prisonnière ! Lao Tseu, un philosophe chinois.

— Tu as raison, je m'en fiche, approuva Gaya en éclusant sa coupe.

— Allez, viens, on danse, avant qu'on nous mette des charangas et des guajiras pour faire plaisir aux vieux, ou pire, le *Manisero* de ta mère !

Gaya se laissa aller dans les bras d'Arturo et entama avec entrain son meilleur be-bop de la soirée.

*

Almah regardait l'assistance, pensive, un sourire énigmatique flottant sur ses lèvres. Comme les liens familiaux étaient surprenants ! Comme ils les reliaient les uns aux autres subtilement et d'étrange façon, trouvant des voies inattendues ! Comme chacun avait trouvé sa juste place dans l'échiquier ! Comme sa magnifique famille l'émerveillait ! Heinrich dansait avec Myriam. Almah laissa échapper un petit rire involontaire en se souvenant qu'autrefois Wil avait vainement essayé de les caser ensemble, pour se débarrasser de son rival. C'était loin, et pourtant c'était hier. Comme le temps a passé ! songea-t-elle.

— Toi, je sais à quoi tu penses !

Markus venait de se matérialiser à son côté.

— Vraiment, Markus ? Dis-moi !

— Tu peux être fière, tu es l'âme de cette tribu, Almah, tu en es la racine première. Avais-tu imaginé cela en débarquant ici avec ta petite valise il y a presque quarante ans ?

— Eh bien… oui ! Dans mes rêves les plus fous, j'avais secrètement espéré quelque chose qui ressemblerait à ça…

— Eh bien, te voilà comblée ! Si tu savais à quel point cela me rend heureux…

Almah ne répondit pas, c'était inutile. La générosité, la bienveillance de Markus à son égard n'avait jamais, au grand jamais, été prise en défaut, et elle en remerciait le ciel chaque jour, avec un petit pincement au cœur en pensant que Markus n'avait pas eu sa chance.

*

De loin Gaya repéra Gabriela. Affalée sur une banquette, pantelante après un merengue endiablé, elle tentait de s'éventer d'un gracieux mouvement des mains. Gaya traversa la salle en priant pour ne pas subir d'abordage. Elle se laissa tomber près de son amie, remarquant la sueur qui perlait sur les ailes de son nez et dans son décolleté. Elle regarda avec tendresse ses joues rouges, ses tempes moites, les petites mèches folles échappées de son chignon que la chaleur collait à sa nuque. Baissant le nez, Gabriela souffla dans son encolure et Gaya en fut troublée. Gabriela releva la tête et, avec un sourire complice, elle lui prit la main et l'entraîna sur la terrasse dans un frou-frou de robes longues. Accoudées côte à côte à la rambarde qui surplombait le jardin, elles restèrent un moment silencieuses, à contempler le ciel piqueté d'innombrables points lumineux, dans la lueur opaline de la lune. Gaya devinait le sourire de son amie dans l'ombre. Gabriela tourna vers elle un visage extatique, son regard brillait.

— Ne bouge pas, je reviens !

Une minute plus tard, elle était de nouveau là, deux coupes dans les mains. Elle en tendit une à Gaya et d'une voix joyeuse, rendue légèrement traînante par l'alcool :

— À nos quinze ans ! À notre vie qui commence !

Elles firent tinter leurs coupes de champagne l'une contre l'autre. Et ce fut à cet instant-là, précisément, que quelque chose éclata dans la tête et dans le cœur de Gaya. Elle comprit qu'elle ne serait jamais comme Gabriela. Ni comme elle ni comme les autres. Sa vie ne commençait pas aujourd'hui, sa vie qui avait déjà bien sinué pendant ces quinze premières années. Et surtout, elle refusait de se définir à partir de ce ridicule rituel de passage. C'était un refus viscéral, presque un dégoût. Non, sa vie ne commençait pas aujourd'hui, et surtout sa vie ne serait pas régie par les codes des autres. Elle se battrait contre ça, seule contre tous s'il le fallait. C'était vital, sinon elle en crèverait. Sa *quinceañera*, au lieu de la faire rentrer dans l'ordre, lui intimait d'en sortir. Au lieu de lui montrer la voie commune, elle lui ouvrait une autre route.

Gaya leva des yeux résignés sur Gabriela, cette amie d'enfance qu'elle avait adorée, et comprit qu'elle venait de pousser une porte qu'elle ne pouvait franchir que seule, et qu'elle devait laisser son amie sur le bord du chemin, derrière elle.

*

Et voilà, Gaya, ma petite sauvageonne, entrait dans le monde des adultes. Comme la mienne, son enfance de liberté avait fait d'elle une fille aventureuse, résistante, endurante et combative. Gaya et son charme d'animal sauvage, sa brusquerie de garçon manqué, ses extravagances de tête brûlée, son regard farouche d'adolescente en colère, ses jambes musclées habituées à courir le *campo*, ses seins trop ronds, cette poitrine apparue tardivement dont je savais qu'elle l'encombrait inutilement, Gaya et sa détermination qui pouvait virer à l'entêtement, voire à la rébellion, Gaya et ses contradictions que je percevais intuitivement sans qu'elle s'en fût jamais ouverte à moi.

Dans ce pays où une fille est une femme à quinze ans, moi, Ruthie, j'étais devenue une vieille maman. Le bébé cabriolait dans mon ventre rebondi, me rappelant à l'ordre. J'avais l'interdiction de me sentir vieille, pour lui je devais être la plus tonique des mamans. Malgré mes quarante ans.

Je soupirai d'aise en regardant nos invités s'amuser. La fête était réussie et, dès demain, nous allions passer quelques jours bien mérités juste entre nous.

2

Un sérieux gaillard

Juillet 1980

3,9 kilos, 52 centimètres.

Tomás.

De mes trois enfants, c'était le plus costaud, le plus grand et celui dont la naissance avait été la plus aisée, bien qu'il se fût attardé une semaine au-delà du terme au chaud de mon ventre. Alors qu'avec ma quarantaine j'avais redouté un accouchement difficile et, pire, la césarienne quasi automatique dont les Dominicains étaient si coutumiers, par souci d'efficacité, de rapidité, par désinvolture.

« C'est parce que tu es rompue aux maternités ! » avait souligné Domingo que j'avais supplié de tout faire pour m'éviter cet acte chirurgical que je jugeais barbare quand il n'était pas absolument nécessaire. Combien de Dominicaines, telle Ana Maria, ma propre belle-sœur, se voyaient affublées d'une horrible balafre qui courait du nombril au pubis, simplement parce que les médecins ne voulaient pas s'embarrasser des longueurs d'un accouchement. Mais j'avais eu droit à la meilleure clinique privée de Puerto Plata et aux soins attentifs de mon mari.

Avec quelques difficultés et force câlineries, j'avais réussi à le convaincre de rester dans l'expectative quant au sexe de notre enfant. Je voulais une surprise ; nous avions déjà une fille et un garçon, alors qu'importait de savoir, et jusqu'au dernier moment j'avais tenu bon.

Domingo n'était pas peu fier de son second fils.

Car avec Tomás nous flirtions avec les standards de la famille dominicaine : trois enfants c'était un minimum pour tout chef de famille qui se respectait. Moins que ça, on soupçonnait un empêchement ou une discorde du couple et on vous jetait des regards de commisération.

Côté grands-parents Soteras, on était heureux d'agrandir la tribu familiale, il fallait maintenant trois mains pour compter les petits-enfants.

Almah était déjà folle de ce gros bébé, potelé et rieur. « Ce sera un bon vivant et un sérieux gaillard, j'en mets ma main au feu. Pas vrai, Tomás ? » s'extasiait-elle en frottant son nez contre celui, minuscule, de son cinquième petit-enfant. Dès le lendemain de sa naissance, elle lui avait noué autour du cou la perle d'ambre qui éloignait le mauvais œil. J'avais approuvé d'un sourire, même si je n'accordais aucun crédit à cette croyance du *campo*, pas plus que Domingo qui ne s'y était pas opposé, soucieux de ne pas froisser Almah.

Perdue dans les tourments de l'adolescence et absorbée par ses projets d'avenir, Gaya ne prêtait au bébé qu'une attention polie. Je regrettais secrètement qu'elle ne fût pas plus câline, pas du genre à pouponner, et que le sort des animaux semblât lui importer plus que celui du nouveau-né. Mais ma fille était ainsi faite et je n'avais pas souvenir, moi non plus, d'avoir traversé l'adolescence comme un long fleuve tranquille.

Quant à David, élevé au milieu d'un trio de filles et d'ordinaire si réservé, il avait du mal à contenir sa joie d'avoir enfin un petit frère. Son unique préoccupation était qu'il grandisse au plus vite pour en faire son compagnon de jeux.

Le seul chez qui je notais comme une légère fêlure, bien qu'il l'eût nié la tête sur le billot, était Frederick. Mais je connaissais mon frère. Lui qui en son temps avait tant espéré un fils, il s'était résolu, non sans une once de regret, perceptible bien qu'il l'eût toujours tue, à l'idée de devoir céder la gestion de l'élevage à ses neveux, seule descendance masculine de la famille. Car à seize ans, Alicia et Elvira, ses jumelles, formaient des projets de vie qui les éloignaient radicalement de notre terre rustique, décoration d'intérieur pour l'une, styliste pour l'autre, si possible en Floride, et bien évidemment ensemble.

Nous fêtâmes la naissance de Tomás de façon tout à fait païenne, avec de sérieuses agapes dont la pièce maîtresse fut un cabri rôti tout droit venu des prés salés de Monte Cristi.

« Il va falloir se calmer, commenta Almah. Si nous continuons à enchaîner les réunions de famille à cette cadence infernale, mon tour de taille n'y résistera pas ! »

3

Un choc violent

15 décembre 1980

C'était un pacte tacite : le téléphone pour le tout-venant, les lettres pour les échanges intimes et nourris. Je relisais des bribes de la lettre d'Arturo datée du 9 décembre et reçue le matin même.

... Est-ce qu'on est déjà vieux quand on voit partir les idoles de sa jeunesse ?...

... L'assassinat de Lennon a été un choc violent, pour sa brutalité, son absurdité...

... Avait-il vraiment trahi son message de paix et de fraternité entre les hommes ?...

... Le Dakota Building est devenu un lieu de pèlerinage, le trottoir est jonché de fleurs...

... J'ai le sentiment que se referme une période de ma vie, une période heureuse qui a commencé sur le pont d'un bateau en provenance de Saint-Domingue par une

rencontre avec une jeune fille qui m'avait surnommé « Vous pleurez, mademoiselle »...

... Il est grand temps pour moi de prendre ma vie à bras-le-corps et de lui donner une nouvelle impulsion...

... Je m'encroûte dans mon académie de musique et j'ai l'impression d'y moisir lentement...

... je manque cruellement d'inspiration...

... En même temps, je manque cruellement du courage d'entreprendre qui te caractérise, ma Ruthie...

...

Comme celle des notes, Arturo possédait la magie des mots. Chacune de ses lettres que je conservais religieusement me plongeait dans un océan d'émotions. Il avait le chic pour ça. Comme chaque fois, des souvenirs me submergèrent.

Arturo et moi en balade sur les rives du lac George, lors de lointaines vacances dans les Adirondacks. Marilyn Monroe venait de mourir. Arturo m'avait fait tout un sketch, à son habitude il en faisait vraiment des tonnes, se disait même en deuil. À l'époque je m'étais gentiment moquée de lui. Mais aujourd'hui je partageais son émotion et celle de toute une génération sidérée par l'absurdité d'un geste assassin que personne ne comprenait et qui nous privait d'un des musiciens mythiques qui avaient accompagné notre jeunesse. Je nous revoyais au premier concert américain des Beatles avec Nathan, les billets obtenus à prix d'or, Gaya déjà là, minuscule promesse de vie en moi. Je secouai la tête pour chasser ces fantômes. Plus de quinze années avaient passé.

Je sentais dans les mots d'Arturo une sorte de nostalgie douce-amère, comme empreinte de désillusion. Mais aussi, enfouis derrière, sourdaient les prémices d'un nouvel envol qui hésitait encore. Malgré mes encouragements incessants, Arturo n'avait jamais franchi le pas. Il ne se plaignait jamais et prétendait se plaire dans sa fonction de professeur de musique et de révélateur de talents. Mais je savais qu'au fond son ambition était ailleurs et que, dans ses rêves les plus fous, miroitaient les feux de la rampe. Composer et interpréter ses œuvres devant le parterre du Radio City Music Hall, ou quelque chose dans ce genre, voilà ce qui l'aurait comblé.

Il y avait bien eu des embryons, des frémissements avec, par le biais d'un de ses amis, une commande de musique pour une comédie romantique prometteuse qui s'était contentée de faire un flop commercial. Il avait aussi travaillé pour des agences de publicité, mais il n'était pas fier de ces ouvrages besogneux qui consistaient à mettre en musique les maux du marketing et qu'il jugeait indignes de son talent sans oser le dire, de peur de paraître prétentieux. Et pourtant, Arturo était doué. Un musicien inventif, délicat, plein d'imagination. Il y avait quelque chose de magique quand ses doigts déliés couraient sur le clavier. Mais il n'avait pas la pugnacité nécessaire pour émerger dans cet univers ingrat où les relations comptaient au moins autant que le talent, il ne savait pas cultiver ces fausses amitiés, et surtout il n'avait pas suffisamment foi en lui-même. Il lui manquait l'élan et j'étais bien en peine de deviner quel pourrait être le tremplin, le déclencheur, qui lui permettrait de naître enfin à ce destin de compositeur-interprète que je pressentais pour lui, et dont je souhaitais de toute mon âme qu'il voie le jour.

Et puis il y avait autre chose. Arturo n'était pas heureux en amour. C'était bien le seul domaine sur lequel il ne se confiait pas à moi. À de vagues allusions, je devinais des liaisons sulfureuses, dominées par le sexe et peu épanouissantes, des emballements généralement éphémères qui le désenchantaient chaque fois un peu plus. J'espérais de tout mon cœur qu'il rencontrât l'âme sœur, et sur ce terrain aussi il piétinait. Bon joueur, ingénu, il affichait toujours un optimisme de façade qui décourageait de plus amples investigations de ma part. Je savais, car il me l'avait dit un jour, qu'il enviait notre bonheur et notre parfaite entente à Domingo et moi. Je savais aussi qu'il désespérait de jamais rencontrer pareille chance. Et cela me broyait le cœur.

Sa lettre alla rejoindre ses semblables dans le petit coffret de *caoba*[1] où je conservais notre correspondance. Et comme pour les précédentes, je m'attelai avec délices à une réponse. C'était un exercice que j'aimais par-dessus tout. Une feuille de papier vierge, mon vieux stylo-plume de Bakélite. Je les écrivais en secret, un peu comme une adolescente cache sa correspondance amoureuse, car Domingo aurait bien pu se moquer gentiment de moi. Ou pire, Gaya, un peu plus férocement. Seule Almah, me semblait-il, aurait pu vraiment me comprendre. J'avais l'impression que ces échanges épistolaires nous reliaient à un monde révolu, celui des

1. Acajou.

longues correspondances littéraires d'autrefois de ces poètes, de ces grands voyageurs que j'aimais lire.

Chaque fois que j'écrivais à Arturo, et ça ne m'arrivait qu'avec lui, je sentais une fièvre s'emparer de moi, un élan me propulser. Et je me disais que, oui, j'aimais écrire, j'aimais choisir le mot juste, l'adjectif lumineux, l'adverbe astucieux, ordonner les termes, utiliser les signes de ponctuation déconsidérés. Je réfléchissais à chaque phrase, je voulais qu'elle exprime au plus juste ce qui était tapi au fond de moi. Nul doute que j'y mettais bien plus de cœur qu'à la rédaction de mes articles, même les plus excitants. Écrire à Arturo, c'était mettre mon âme à nu, mon cœur noir sur blanc, et je savais qu'en me lisant il en avait l'intuition intime. Car dans le tourbillon de nos vies il y avait la permanence rassurante de notre relation, qui jamais ne s'essoufflait. Je vérifiai avec de douces pressions que la pompe de mon stylo n'était pas grippée et je sortis mon beau vélin, lisse et doux, sur lequel ma plume glissait comme sur de la soie.

Querido Arturo...

4

Une greffe improbable

Avril 1981

Extrait de *La Voix de Sosúa*

Nous sommes heureux et fiers d'annoncer la création de la paroisse israélite de Sosúa, « Kehilat Bnei Israel ».

La nouvelle paroisse est organisée en une fondation dont tous les pionniers arrivés dès 1940 d'Allemagne et d'Autriche et résidant à Sosúa, leurs familles et leurs descendants sont membres. Elle se chargera désormais du fonctionnement et de l'organisation des services et des fêtes religieuses. Tous les frais de la paroisse, ainsi que l'entretien de la synagogue et du cimetière, seront pris en charge par Productos Sosúa, la prospère coopérative laitière dont la renommée n'est plus à faire et dont les produits sont distribués dans tout le pays. Mazel Tov !

Mon court article était illustré d'une photographie de notre synagogue, magnifique de simplicité sous les rayons d'un soleil rasant de fin de journée, un véritable projecteur qui l'illuminait comme une star. Je n'avais pas voulu en faire trop. Tous ceux qui étaient concernés au premier chef connaissaient la nouvelle. Ils avaient âprement milité – Almah en tête, malgré son sens tout relatif de la religion –, pour cet aboutissement, que nous avions fêté comme il se devait, par un sérieux festin.

Je m'étais donc contentée d'un faire-part de naissance factuel. La nouvelle paroisse était la concrétisation de notre enracinement heureux, une greffe improbable entée dans les cassures de l'Histoire, quand une poignée d'émigrants juifs, arrivés d'Allemagne et d'Autriche début 1940, avaient choisi de rester sur cette terre caraïbe et d'y faire souche.

Une greffe qui, contre toute attente, avait merveilleusement pris.

Même ceux qui, comme moi, étaient éloignés des choses de la religion n'avaient pu rester insensibles à cet accomplissement symbolique. Comme l'avait prophétisé Almah, nous étions bien les premiers maillons d'une nouvelle espèce hautement exotique : *Homo dominicano-austriaco-judaicus*.

5

De la bonne graine de capitalistes

Juin 1981

Huit kilomètres entre canneraies et mer turquoise. C'était la distance qui nous séparait de l'aéroport international Gregorio-Luperón de Puerto Plata. Balaguer avait tenu sa promesse de désenclaver notre région. Une route côtière flambant neuve nous reliait désormais au reste du pays. Un long ruban d'asphalte courait de Puerto Plata à Nagua, remplaçant l'ancienne piste poussiéreuse, truffée d'ornières et de nids-de-poule. Et au bord de cette route, le nouvel aéroport, d'où l'on pouvait s'envoler pour Miami, New York, Montréal et même l'Europe.

Un Balaguer à moitié aveugle coupa le ruban au son de *Quisqueyanos valientes*[1] exécuté avec plus d'entrain que de maestria par l'orphéon municipal. Une délégation de Sosúa avait bien sûr été invitée et j'en étais.

1. Hymne national dominicain.

C'était un grand jour et j'en rendis largement compte dans les colonnes de *La Voix de Sosúa*.

Frederick se frottait les mains et avec lui tous les propriétaires terriens de la région. La *tarea* allait flamber, comme il le prédisait depuis des années avec ce que j'avais en mon for intérieur baptisé « son petit air de supériorité sans vouloir y toucher » qui m'agaçait tant. On avait suffisamment moqué ses investissements, ils allaient enfin lui donner raison. Les milliers de *tareas* qu'il avait achetées pour une bouchée de pain dans la région de Río San Juan, de bonnes terres grasses et herbues pour nos vaches laitières, allaient prendre de la valeur. Sans compter notre *finca* de Sosúa et nos édifices du Batey. Mon frère traversait désormais la vie avec le sourire satisfait de qui se sait conforté dans ses convictions par la tournure des événements.

Depuis l'annonce de l'ouverture du projet, dix-huit mois auparavant, Frederick caressait l'idée de bâtir un grand hôtel en surplomb de la partie est de la baie, à l'emplacement d'anciennes maisons de pionniers : il voulait être prêt à accueillir les touristes qui, à l'en croire, n'allaient pas tarder à affluer par charters entiers. Dans cet objectif, il avait créé une société, Sosúa Properties CXA, dont chaque membre de la famille était actionnaire. Il était sûr que le développement de la région ferait de nous des gens riches, si nous avions le cran d'aller de l'avant, sans rester à la traîne des autres pays et des îles voisines. « Nous devons prendre exemple sur la Martinique et Saint-Martin », s'enflammait-il.

« La famille Rosenheck-Soteras, de la bonne graine de capitalistes », raillait Almah qui ajoutait : « Nous n'avons vraiment pas besoin de ça pour être heureux, pas vrai ? » Et je voyais une lueur fugitive de nostalgie passer dans son regard bleu.

À Puerto Plata aussi les investisseurs s'activaient. Un ambitieux complexe touristique baptisé Playa Dorada – une dizaine d'hôtels de luxe aux normes internationales, restaurants, galerie marchande, parcours de golf – sortait de terre.

Était-ce un bien pour un mal ?

Almah était une des rares à émettre haut et fort des réserves quant au bien-fondé de ces développements. « Nous allons vendre notre âme au diable », clamait-elle à qui voulait l'entendre. Frederick temporisait : « Le tourisme n'est pas le diable, loin de là ! Outre des ressources, ce sont aussi des emplois. C'est quand même autrement plus glorieux pour notre pays que les *remesas*[1] ! » Mais Almah craignait de voir son paradis dénaturé, défiguré, et surtout envahi. Elle n'avait pas tort. L'avenir lui donnerait raison en déversant sur nos plages des hordes de touristes en bermuda, Bikini et tongs, luisants d'huile solaire, qui viendraient se pavaner sur des transats, achèveraient de saper nos *pilotillos* en grimpant dessus, pilleraient nos récifs de corail, effraieraient nos lamantins, obligeraient les pêcheurs à naviguer toujours plus au large pour rapporter du poisson, ruinant à jamais le charme bucolique de notre paradis terrestre. Le visage de notre côte en serait à jamais bouleversé. Tout cela nous pendait au nez, mais nous ne suspections pas encore la violence du raz de marée à venir.

---

1. Envois de devises par les expatriés qui représentent la troisième source de revenus du pays.

Frederick avait raison sur un point essentiel : l'économie du pays, encore considéré comme proche du tiers-monde, avait bien besoin de la manne des devises du tourisme. Comme Domingo et Markus, il y voyait une véritable opportunité de nous sortir du marasme économique dans lequel nous nous enlisions depuis de nombreuses années.

Il fallait reconnaître que notre région, et plus largement notre pays, possédait largement de quoi prétendre au titre d'Éden balnéaire : un climat idéal, un soleil toujours bienveillant, des plages magnifiques, une mer sage, des habitants accueillants. Juste derrière les Canadiens, les premiers Européens à débarquer furent les Allemands. Leur arrivée n'avait rien d'un mystère.

6

Der Spiegel

Juin 1981

Signe évident que nous sortions de l'ombre, quelques mois après l'inauguration de l'aéroport, je reçus un coup de téléphone d'Allemagne. Un journaliste de l'hebdomadaire *Der Spiegel* s'invitait chez nous. Notre histoire, ou plutôt celle de Sosúa, l'intéressait. En tant que « confrère » – je notai une nuance très perceptible de condescendance dans ses intonations –, il me contactait pour que je l'aide à planifier son reportage, comme un « fixeur », se plut-il à me préciser, fier de son jargon. Je restai sur la réserve, ne sachant comment ceux que nous appelions entre nous les pionniers réagiraient. Jusque-là, ils s'étaient complu dans la discrétion, ne faisant guère parler d'eux au-delà de nos cercles familiaux respectifs. Le destin de notre colonie n'avait guère fait de vagues – une minuscule anecdote de la Seconde Guerre mondiale qui en comptait d'autrement plus spectaculaires, un fragment d'histoire de la Shoah au dénouement heureux.

J'en parlai à Markus et Almah. Je ne voyais qu'eux pour répondre favorablement à une telle demande et, le cas échéant, convaincre leurs compagnons de la première heure. Nous convoquâmes une réunion du premier cercle, soucieux de savoir comment les anciens allaient prendre cette démarche. Les avis étaient tranchés. Certains avaient la rancune tenace et presque tous récriminaient, qui avec violence, qui avec amertume, qui avec finesse :

— Un Allemand ! Il ne manque pas de toupet.

— On ne les intéressait pas tant que ça, il y a quarante ans.

— Pas question de jouer les curiosités exotiques !

— Je parie qu'il est de mèche avec une agence de tourisme qui va nous en envoyer des troupeaux !

— De toute façon, objectai-je, s'il veut faire un reportage, on ne peut pas l'en empêcher.

— Alors autant l'encadrer pour qu'il n'aille pas raconter n'importe quoi sur nous, répliqua Almah.

— Oh, on les connaît, les journalistes ! la coupa Josef Katz qui, se rendant compte trop tard de sa bourde, me lança un regard penaud.

— Lui serrer la vis, Ruthie, tu vas devoir lui serrer la vis ! renchérit Alfred Strauss.

— Et nous n'avons absolument pas à rougir de ce que nous sommes devenus, souligna Markus.

— Bien au contraire ! s'exclama Almah.

— Si ce journaliste a besoin de témoignages, nous nous y collerons, Almah et moi, en veillant au grain, décida Markus dont je connaissais l'attention pointilleuse. Et toi, Ruthie, tu serviras de garde-fou. Le moment venu, je te laisserai la vedette, Almah, si tu en es d'accord ; je ne tiens pas particulièrement à être sur le devant de la scène. Si tu ne vois pas d'inconvénient à ce que ta femme joue les vedettes, ajouta-t-il en se tournant vers Heinrich.

Celui-ci se contenta d'incliner la tête en signe d'approbation. Cette histoire n'était pas la sienne. Puis, se ravisant, il glissa un sourire ironique en direction d'Almah.

— Ce ne sera pas la première fois, et sans doute pas la dernière non plus, n'est-ce pas, ma chère ?

— Je ne vois pas du tout à quoi tu fais allusion, mon cher, lui rétorqua Almah avec un clin d'œil. D'accord, Markus, faisons comme ça, ajouta-t-elle enthousiaste, si cela convient à tout le monde.

Nous étions tous d'accord. Et je sentais ma mère ravie de l'occasion qui lui était donnée de se raconter et de revivre l'odyssée de sa jeunesse.

*

Accompagnée d'Almah, j'allai accueillir Dieter Müller dans notre nouvel aéroport. Nous le reconnûmes immédiatement ; la trentaine, grand, blond, pâle de peau, il portait un gilet de reporter multipoche et un sac de photographe jeté sur l'épaule. « Une caricature d'Aryen doublée d'un journaliste de bande dessinée », me souffla Almah en catimini en enfonçant un coude dans mes côtes. Je retins un éclat de rire.

Dès la première poignée de main, franche, chaleureuse, je pris Dieter en sympathie et je crois bien qu'Almah aussi. Il était bien trop jeune pour avoir connu la guerre, ce qui cloua le bec des râleurs et des revanchards. Son âge et son sincère intérêt à notre endroit balayèrent les réticences que sa démarche avait pu faire naître. Nous lui avions offert l'hospitalité à la *finca*, qui comptait désormais quatre bungalows pour les amis, comme nous appelions les petites dépendances que nous avions construites au fur et à mesure que la famille s'agrandissait.

Almah entraîna Dieter à cheval à l'assaut des *lomas*, lui ouvrit les portes de notre cimetière, celles de la synagogue que nous n'utilisions plus que pour les grandes occasions, et celles, plus intimes, de nos albums de photographies. Il y eut des repas joyeux, des expériences culinaires – Dieter découvrit le *mangú*[1] et la Sachertorte à la mangue, une curiosité métisse de Rosita, parfaite illustration de notre culture hybride –, des chevauchées fantastiques, un bain de nuit, des séances d'observation des étoiles et de longues, très longues conversations.

*

Le dernier soir avant le départ de Dieter, nous nous balancions mollement dans les *mecedoras* de la terrasse en sirotant un rhum au gingembre.

— D'où vous vient cet intérêt pour notre communauté, Dieter ? Car je sens bien que vous n'avez pas tout dit.

Almah fixait le journaliste avec un regard inquisiteur. Son intuition ne la trompait jamais. Sous son hâle tout frais, le rouge monta aux joues de Dieter et une ride qui

1. Purée de banane plantain servie au petit déjeuner avec des œufs.

n'était pas de son âge se dessina sur son front. Il était manifestement dérouté d'avoir été percé à jour. Quand il prit la parole, son ton était grave :

— Mon père avait dix-huit ans en 1938. Il a fait partie des Jeunesses. Il a placardé des écriteaux dans les parcs, les tramways et les bains publics. Il a défilé le bras levé, il a peint des étoiles de David sur des vitrines… Il a eu le temps de s'en repentir, bien avant de mourir d'un cancer. Mais c'est une tache indélébile.

Un ange passa. Dieter se racla la gorge et d'un ton plus léger, avec un enthousiasme un peu forcé :

— Il ne faudrait pas croire que c'est pour racheter ce qu'a fait mon père dans sa jeunesse, ou quelque chose de cet ordre-là. Non. Mais depuis toujours j'éprouve à l'endroit des histoires d'émigrés un intérêt sincère. Cette réinvention des vies me bouleverse. C'est quelque chose qui a à voir avec la grandeur de l'homme. Qui plus est la vôtre, dans les conditions que l'on sait.

Il secoua la tête comme pour chasser de vieux démons et son regard s'attarda sur Almah comme s'il attendait une sorte d'absolution. Elle acquiesça. Dieter reprit, comme soulagé :

— Jamais un reportage ne se sera révélé plus aisé et plus plaisant à réaliser. Vraiment, je ne sais pas comment vous remercier pour votre accueil et votre hospitalité. Ce n'était pas une enquête, c'étaient de vraies vacances !

— Nous sommes comme ça, nous les Juifs dominicains ! plaisanta Almah.

— Nous les Dominicains, la corrigeai-je.

— Faites-nous donc un bel article, racontez ce que vous avez vu, ce que vous avez ressenti, et dites-leur bien qu'ils ne nous manquent pas, ajouta Almah.

— N'êtes-vous jamais retournée en Autriche ? demanda Dieter, et je sentis que cette question lui brûlait les lèvres depuis longtemps.

C'était un sujet tabou, un des rares qui existât entre ma mère et moi. Chaque fois que je tentais de la questionner, que j'évoquais l'éventualité d'un voyage dans le pays de son enfance, un voyage que j'aurais tant aimé faire avec elle, elle se refermait comme une huître. À mon grand regret, cela semblait sans appel.

— Non !

Le ton d'Almah était ferme et catégorique. Une fin de non-recevoir. Comme de juste.

— En avez-vous eu l'envie ?

— Non ! réitéra Almah. L'Autriche ne me manque pas. Mon pays, c'est cette île depuis très longtemps. *Un pays dans lequel je n'ai jamais cessé d'être en exil, mais un pays hors duquel, n'importe où, je serais en exil*[1].

Almah laissa Dieter méditer sa formule quelques secondes. Il ne pouvait que partiellement en appréhender la signification, ne connaissant pas les morts de ma mère, ni ceux de Vienne, ni ceux qui la liaient à cette île.

— Sacré paradoxe, hein ? le nargua-t-elle. Et je vous assure, mon cher Dieter, que malgré les soubresauts de la politique, malgré la corruption rampante,

1. Formule empruntée à Albert Memmi, *Le Scorpion, ou la Confession imaginaire*, Paris, Gallimard, 1969.

malgré les problèmes sociaux, nous sommes très bien ici. Infiniment mieux que dans cette vieille Europe qui ne cesse de lécher ses plaies.

— Vous avez raison. Ma génération a été élevée sous la chape de la culpabilité. Nous avons reconsidéré l'histoire en long, en large et en travers.

— Ce qui n'empêche pourtant pas certains de nier l'évidence.

— Vous voulez parler des révisionnistes ? On a affaire à une bande de fanatiques totalement aveuglés et qui plus est limités intellectuellement, pour rester poli.

— De vrais cons, vous voulez dire ? Vous voyez, rien ne change..., dit Almah avec un sourire triomphant.

Dieter se balança doucement pendant quelques secondes, semblant peser le pour et le contre d'une décision. Il prit une grande respiration et se lança.

— Savez-vous que vous pouvez désormais demander réparation pour tous les biens dont vous avez été spoliés ? Il y a eu des précédents, et même des lois. Je pourrais vous aider, ajouta-t-il avec une ferveur presque enfantine.

— À vrai dire, cela ne m'intéresse pas. C'est une bataille d'arrière-garde, et inutile de surcroît. Vous l'avez constaté, nous vivons au paradis. La page est tournée depuis bien longtemps. Nous ne manquons de rien ici et surtout pas de souvenirs. Alors les biens matériels...

— Tout de même, s'enflamma Dieter, c'est un combat juste et légitime. Ça a valeur de symbole. La preuve : la plupart de ceux qui se sont engagés dans cette voie ont obtenu gain de cause. Et ils ont presque tous choisi de se défaire des biens restitués au profit d'associations ou de musées.

— C'est exactement ce que nous avons fait avec mon second mari, figurez-vous.

Et Almah entreprit de raconter à Dieter l'histoire du tableau de Max Kurzweil. Suspendu à ses lèvres, le journaliste n'en perdait pas une miette. Quand Almah mit le point final à son récit, Dieter avait les yeux qui brillaient.

— Votre histoire, Almah, c'est un véritable roman !

— Toute la vie de ma mère est un véritable roman, c'est ce que je dis toujours, ajoutai-je en guise de conclusion. Et si nous allions nous coucher, maintenant ? Il se fait tard et demain vous avez un avion à prendre.

*

Deux mois plus tard, un paquet en provenance d'Allemagne atterrissait dans notre boîte postale, une dizaine d'exemplaires du *Spiegel*. En couverture, sous le titre « Sosúa, lointaine terre promise des Juifs allemands et autrichiens, le kibboutz des Caraïbes », une vue panoramique de la baie ; en médaillon, un portrait d'Almah rayonnante : « Une pionnière raconte… »

Je me jetai sur les huit pages du dossier, un reportage juste et empreint d'admiration, bien ficelé et fort documenté. Et pour cause : nous avions mis à la disposition de Dieter toutes nos archives. Je distribuai les exemplaires de l'hebdomadaire : trois pour l'école, deux pour notre bibliothèque, un pour les archives du journal et un pour les archives de la Dorsa. J'en gardai un à la maison, un pour Markus et un pour Almah qui s'empressa de le faire disparaître dans sa valise aux souvenirs, comme je devais le découvrir des années plus tard.

J'envoyai un Télex à Svenja pour la prévenir de la parution, sûre qu'elle ne manquerait pas d'acheter l'hebdomadaire en Israël, et un autre pour remercier Dieter et lui demander d'en envoyer un exemplaire au Joint[1] à New York.

Si nous avions été plus perspicaces, nous aurions entrevu les conséquences de la publication de l'article. Almah se serait sans doute abstenue de répondre à l'interview. Car *Der Spiegel* fit des émules. Après la parution du dossier de Dieter débarquèrent à Sosúa des flots d'Allemands et d'Autrichiens curieux de notre histoire, puis ce fut un magazine américain et un historien autrichien. Nous sortions définitivement de l'ombre.

---

1. Organisme de tutelle qui a financé le projet Sosúa.

7

Modèle

Juin 1982

New York, le 20 juin 1982

Ma Ruthie,

Des nouvelles du front new-yorkais où les premières grosses chaleurs nous promettent un été caniculaire, ce qui me donne un prétexte tout trouvé pour revenir chez nous pendant quelques semaines, probablement en août.

Mon année scolaire se termine sur un grand bonheur : un de mes élèves a remporté le premier prix au concours international de piano de Cleveland. Je suis sûr qu'il fera bientôt des étincelles. Gregory Miller, retiens ce nom. J'en suis très fier et je vis, à travers lui, une sorte de consécration personnelle.

Autre grande nouvelle : le directeur pédagogique de l'école de musique part à la retraite et on me propose de prendre sa place dès la prochaine rentrée, en plus de la direction de la section piano et composition que j'assume déjà. Malgré le surcroît de travail que cela engendrera – car je veux garder mes cours –, je vais accepter cette belle promotion. Tu vois, je prends du galon, tu ne pourras plus me reprocher de manquer d'ambition.

Je projette de passer une dizaine de jours dans les Adirondacks en juillet, tu sais à quel point j'aime cette région où je me ressource comme nulle part. Je ne désespère pas d'y emmener Nathan, bien qu'il soit très pris par les répétitions de son nouveau ballet. Je crois que ça lui ferait un bien fou de s'aérer loin de l'atmosphère new-yorkaise que je trouve bien pesante ces derniers temps. Mais il n'est guère maître de son emploi du temps. Sauf la nuit, pour ce que j'en sais.

Son dernier fait d'armes est déroutant. Non content d'être un danseur exceptionnel, il s'est mis en tête de devenir modèle pour Mapplethorpe. Enfin c'est peut-être Mapplethorpe qui le lui a mis en tête, ils se sont rencontrés à un vernissage dans le Village. Toujours est-il que Nathan passe désormais ses rares moments de liberté à poser. Tu jugeras du résultat avec la photo jointe. Moi ça me laisse perplexe, voire légèrement inquiet, même si je reconnais un talent indéniable au photographe, et je tremble à la réaction de Myriam et Aaron s'ils tombaient sur ces clichés. Ceci dit, Nathan est un grand garçon, il vit sa vie comme il l'entend, et si la scène artistique est ici quelque peu dévoyée, elle reste le phare culturel du pays.

Nous aurons bientôt le loisir de parler de tout cela ensemble. Je te préviens dès que j'ai acheté mon billet d'avion afin que tu puisses préparer mon bungalow.

J'ai hâte de vous retrouver tous autant que vous êtes et surtout toi, mi querida. *Si vous avez besoin ou envie de quoi que ce soit qui serait introuvable dans l'île, envoie-moi une liste.*

Avec tout mon amour, Arturo.

*

À la lecture de la lettre d'Arturo, des pensées désordonnées chahutaient dans ma tête. La première d'entre elles, et c'était une bouffée de joie euphorisante, c'était que j'allais le retrouver cet été.

La deuxième, et c'était un bonheur profond et apaisant, c'était que, malgré toutes ces années vécues aux États-Unis, Arturo persistait à considérer l'île comme son chez-lui. Quand il disait « chez nous », ça me donnait l'impression d'un lien indéfectible entre nous.

Après, c'était plus confus.

Je brûlais de convaincre Arturo, que je trouvais trop enclin à l'autodénigrement, qu'il méritait plus que des consécrations par procuration, et qu'à son âge, il devait exprimer son talent personnel, signer de véritables compositions. Même s'il allait occuper un poste académique valorisant, et probablement bien rémunéré, son manque d'assurance et de conviction quant à son propre talent de créateur me désolait. Je trouvais qu'il se contentait de trop peu, qu'il pouvait aspirer à bien plus. Moi, j'avais foi en lui, une foi aveugle. J'étais convaincue qu'il était destiné à de grandes choses, lui qui ne s'était jamais considéré que comme un piètre compositeur. J'avais toujours envie de l'aiguillonner, tel un pur-sang bien loin d'avoir donné tout ce qu'il a dans le ventre. Mais en avais-je le droit s'il était heureux ainsi, et surtout qui étais-je pour lui faire la leçon, moi dont les seuls titres de gloire étaient mes trois enfants et la gestion de *La Voix de Sosúa*, notre modeste feuille de chou régionale. Je rangeai donc mes conseils dans un coin de ma tête, me promettant toutefois d'aborder ce sujet sensible quand nous serions, lui et moi, au calme d'un tête-à-tête.

La lettre contenait, pliée en quatre, la copie grand format d'un cliché photographique en noir et blanc. Malgré la piètre qualité du tirage, malgré les pliures qui dessinaient une croix blanchâtre sur l'image, comme un interdit, une sentence, j'eus le souffle littéralement coupé. Une bulle compacte m'enveloppa, moi avec cette photographie en main, m'isolant du reste du monde.

On envie et on admire ce qu'on ne sait pas faire. Je m'y étais frottée pendant mes années d'études, mais il était clair que je n'avais pas le moindre talent de photographe. J'avais toujours aimé la photographie, un goût fort probablement hérité de mon père que je revoyais avec tendresse la lanière de cuir de son fidèle Leica autour du cou. Coïncidence, hasard du destin, Christopher, le père de Gaya, était reporter-photographe, une des étoiles montantes de *Life* quand je l'avais rencontré. Il avait été encensé à titre posthume pour ses photographies de guerre lors de diverses expositions de photojournalisme. J'avais adoré le travail de Krista, l'amie viennoise de mon père, photographe de presse au même quotidien que lui, puis artiste iconoclaste et néanmoins respectée, dont la cote était solidement établie à New York. Chaque fois que je m'y rendais, je consultais avidement le *Village Voice* pour repérer les expositions photographiques, que je visitais avec Myriam, Arturo ou Debbie.

J'avais donc bien sûr entendu parler de Mapplethorpe dont la réputation sulfureuse ne cessait d'enfler depuis une décennie, à mesure que se développait la contre-culture gay. J'étais touchée par sa romanesque idylle avec la rock star Patti Smith, j'aimais ses fleurs et ses portraits audacieux, mais j'avais été douchée par la crudité de certains de ses clichés, qui, je dois l'avouer, me laissaient un sentiment de malaise et de gêne. J'étais bien loin d'être une mère la pudeur, les choses du sexe, qui n'avait jamais été pour moi un sujet tabou, ne m'offusquaient pas, j'en parlais ouvertement, je ne me considérais pas prude, loin de là, surtout en comparaison des valeurs bourgeoises catholiques et rétrogrades de mon pays. J'avais vécu à la frange de la culture hippie et du *love power*, parce que c'était ma jeunesse, parce que Lizzie s'y était magnifiquement embourbée. Mais il y avait certaines limites, et Mapplethorpe, c'était au-delà des miennes. Un défi, une provocation, que je comprenais, sans y souscrire.

La photographie que j'avais sous les yeux représentait un magnifique corps d'homme nu, tête coupée, musculature saillante, ciselée et élégante, torse puissant, ventre où les abdominaux se dessinaient telles

les touches d'un clavier de piano, hanches soulignées par les muscles en V de l'abdomen, cuisses jupitériennes, pieds ultracambrés… dans des pointes de ballerine délicatement lacées aux chevilles, un attribut féminin dont la fragilité contrastait avec la solidité du corps. Le corps glabre paraissait d'airain, verni, enduit de lumière, à moins que ce ne fût d'huile, ou plus prosaïquement de sueur. Au cœur d'un buisson dense de poils pubiens, le pénis d'une belle longueur semblait un oiseau mort entre les cuisses fuselées de Nathan. C'était l'épicentre de la photographie, ce qui fixait le regard. Un rai de lumière éclairait l'entrecuisse, reliant le pénis aux chaussons d'une manière subtile, mariant masculin et féminin, indécence et innocence. Le contraste entre les cuisses tendues et dures et le sexe flasque et mou était d'une rare obscénité.

C'était un cliché froid comme l'acier, incandescent comme la braise, laid comme une vision du Pandémonium, beau comme un tableau de maître.

Je reçus cette vision tel un coup de poing en pleine poitrine. Je fus d'abord choquée, ensuite désarçonnée, puis terriblement gênée. Je sus immédiatement que cette photographie laisserait une empreinte indélébile dans mon esprit. Indubitablement c'était un beau nu, d'une beauté divine, d'une rare élégance, pas un de ces corps outrageusement bodybuildés qui devenaient à la mode sur nos plages, mais c'était le corps d'homme du Nathan de mon adolescence, du petit garçon au chevet duquel je lisais des contes le soir pour l'endormir, du clown espiègle dont j'aimais ébouriffer les boucles brunes, de l'épistolier aux volutes stylistiques qui chantournait ses A pour écrire comme un grand.

Je retournai le cliché pour me libérer de la pression, comprenant parfaitement qu'Arturo craignît la réaction des Ginsberg, pourtant pas bégueules pour deux sous, s'ils le découvraient.

Nathan était-il devenu si imbu de lui-même, de son corps, de ses succès, pour éprouver le besoin de s'exhiber ainsi ? La une des magazines ne lui suffisait-elle pas, lui fallait-il plus encore ? Était-ce une allégorie de sa condition d'artiste ? Une sorte de catharsis ? Le pinacle de sa gloire ? Une façon efficace de se mettre singulièrement en scène ? Le désir d'immortaliser sa jeunesse triomphante ? Y avait-il du Dorian Gray en lui ? Était-il un Icare qui, à vouloir voler trop près du soleil, allait s'y brûler les ailes ?

Mais peut-être me trompais-je de voie. Peut-être était-ce tout simplement la rencontre de deux artistes qui partageaient un point de vue esthétique d'une modernité que j'avais du mal à appréhender, deux artistes en quête de la beauté quel qu'en fût le prix, une beauté qui transcendait les codes et s'affranchissait de toute frontière et de toute morale. Je ne pouvais faire que des conjectures sur l'objectif de Nathan à se laisser ainsi dénuder et j'aurais donné cher pour connaître son point de vue. Mais je savais d'avance que jamais, au grand jamais, je n'aurais le cran d'en discuter ouvertement avec lui.

Je repliai la photographie et la lettre d'Arturo et les rangeai dans mon coffret. Le volume de notre correspondance était tel que je ne parvenais plus à en refermer le couvercle. J'allais devoir en acheter un plus grand. Je voulais laisser décanter mes réflexions avant de répondre à Arturo, lui confesser que j'étais peut-être tout simplement passée dans le camp des vieux. Trop vieille, trop étriquée, trop campagnarde – triste tableau – pour porter une appréciation éclairée sur l'ovni artistique de Mapplethorpe.

Lentement s'insinua en moi l'idée qu'Almah aurait sans doute un meilleur jugement.

8

Un ménage à trois

Juillet 1982

Je m'en faisais une telle fête ! Quand Arturo s'annonçait à Sosúa, j'étais pire qu'une fillette qui frétille d'excitation en attendant le *ratoncito*[1] ou le Père Noël. Il avait pris le pli de ne passer que quelques jours à Santiago chez ses parents, une affectueuse formalité, puis il filait cap au nord vers Sosúa. Mon mariage avec son frère le dédouanait désormais d'excuses vis-à-vis de sa famille et surtout de sa mère qui aurait bien voulu profiter davantage de son benjamin. Domingo faisait mine de pester :

— C'est pire que si tu avais un amant ! Chaque fois qu'il débarque, c'est la même chose, te voilà toute guillerette, on dirait une amoureuse transie.

— Parce que je ne suis pas guillerette d'habitude ?

— Plus que d'habitude, alors. Je vis un ménage à trois. Avec mon propre frère !

1. *Ratoncito* : la petite souris.

— Rappelle-toi que sans lui nous ne nous serions jamais rencontrés.

Domingo acquiesçait avec ce sourire indulgent qui plissait ses yeux et que j'aimais tant. Et je savais qu'au fond il était heureux que nous nous entendions si bien, Arturo et moi. Avec la finesse qui le caractérisait, il avait compris le besoin quasi viscéral que nous avions l'un de l'autre, ce monde entre amour et fraternité qui n'appartenait qu'à nous et où tout autre était un intrus. Il n'y avait aucune complexité dans mes sentiments à l'égard d'Arturo : je l'aimais tout simplement, et c'était réciproque. Si Domingo en concevait parfois comme une espèce de jalousie, les années passant il s'était résolu à me laisser cultiver ce jardin secret sans plus chercher à y glisser un orteil. Il l'admettait, quelque chose lui échappait qu'il ne pouvait contrôler, dont il ne pouvait percer la magie. Cependant, et c'était un paradoxe, notre intimité de couple s'en trouvait dopée. Et pour consoler Domingo de consacrer tant de temps à son frère lors de son séjour chez nous, je me débrouillais toujours pour que nous partions en escapade amoureuse, rien que nous deux, une fois « le gringo » rentré dans ses pénates. Chacun y trouvait son compte.

L'arrivée d'Arturo était donc annoncée et c'était le branle-bas de combat. Gaya avait décidé de l'emmener à cheval, lui si piètre cavalier, et lui destinait une gentille pouliche que nous venions d'acheter. David voulait l'entendre raconter New York où il rêvait de s'installer quand il serait adulte. Il piaffait d'impatience car Tío Arturo n'arrivait jamais les mains vides. Ses cadeaux étaient les plus somptueux qu'on puisse imaginer, ils avaient une aura de modernité absolue, comme la voiture télécommandée ou l'hélicoptère volant dernier cri qui lui avaient valu une troupe de petits admirateurs envieux. Pour ne pas être en reste, Tomás, qui ne comprenait pas grand-chose à ce remue-ménage, manifestait son excitation par un babil incessant.

Pour moi, Arturo dévalisait les parfumeries et choisissait avec soin quelques romans qu'il avait aimés et qu'il savait introuvables dans l'île. Il avait toujours une attention très spéciale pour Almah, un livre d'art ou la traduction en allemand d'un recueil de poésies. Pour Ana Maria, il rapportait un foulard de soie et une flopée de magazines américains de mode et de décoration ; pour les filles, les derniers hits à la mode et des tee-shirts siglés. Il avait plus de mal pour Frizzie et Domingo qui se retrouvaient accablés de collections de polos et de revues techniques, chacun dans son domaine. L'arrivée d'Arturo, c'était un peu Noël avant Noël, la fête des Rois avant les Rois. Nous tous l'attendions fébrilement.

*

— Et cette épidémie n'arrange rien !

À l'évocation à demi-mot du sida, le ciel, déjà gris et bas, s'alourdit un peu plus. Le soleil n'arrivait pas à percer l'épaisse gangue nuageuse. L'air pesait de l'attente de l'orage tropical qui libérerait cette pression qui nous engourdissait. Nous étions au début de la période cyclonique et la météo jouait avec nos nerfs. C'était le troisième jour après l'arrivée d'Arturo et nous n'avions pas encore eu le loisir de nous isoler, notre oncle d'Amérique, comme le surnommait désormais

Domingo, étant accaparé par tous. J'avais voulu mettre quelques kilomètres entre nous et les autres et nous pique-niquions en tête à tête à Playa Grande, bercés par la rumeur lancinante des rouleaux qui s'écrasaient en claquant sur le sable blanc, léchant nos orteils d'une écume mousseuse.

Allongée face au ciel sur mon tapis de plage, les yeux protégés par mes bras repliés, je dressai l'oreille. Arturo se plaignait de la complexité des relations amicales à New York, cette ville-ogre qui transformait tous ceux qu'elle touchait, et pas en or, et se disait préoccupé par l'épidémie qui commençait à décimer les rangs de la communauté homosexuelle américaine. Je me redressai, prenant appui sur un coude.

— J'espère que tu fais bien attention, Arturo. Je ne suis pas là pour te donner des conseils, mais c'est vrai, depuis quelque temps, je m'inquiète sérieusement pour toi.

— *Por Dios*, Ruthie ! soupira Arturo en levant les yeux au ciel.

Il remonta ses lunettes sur son nez d'une poussée de son index et ajouta avec un sourire en coin :

— *Franchement, ma chère, c'est le cadet de mes soucis*[1] !

— Oh, arrête avec tes répliques de cinéma, je suis sérieuse !

Nous n'avions jamais vraiment parlé de la vie amoureuse d'Arturo, c'était un sujet pas vraiment tabou, mais sur lequel j'avais compris qu'il ne désirait pas s'étendre. Après s'être enthousiasmé de quelques

1. Réplique d'*Autant en emporte le vent.*

rencontres qu'il estimait à tort romanesques et m'avoir fait espérer à plusieurs reprises une histoire d'amour, à l'égal de celle que je vivais avec son frère, il avait jeté l'éponge avec résignation. « Je ne vis que des histoires au rabais, inutile de t'encombrer avec ça », et il avait mis un point final à ce genre de confidences intimes. Depuis quelque temps je le sentais plus serein, comme s'il avait trouvé un équilibre dans sa vie, et j'attendais avec impatience qu'il me révélât une belle rencontre, une véritable histoire qui tiendrait la route. Chaque fois j'essayais de provoquer ses confidences, chaque fois je me cassais le nez sur de vagues dénégations et, comme on balaie d'un geste de la main un moustique opiniâtre, il passait rapidement à un autre sujet. Aujourd'hui, en évoquant l'épidémie, il venait d'ouvrir une brèche dans laquelle je m'empressais de m'engouffrer, sans grande finesse. Directe comme j'avais l'habitude de l'être avec lui. Après tout, je lui avais confié mes premières amourettes, puis mon histoire d'amour avec Christopher, il avait été le confident de mes mois de grossesse, de mes angoisses et de mes questionnements. J'espérais être un jour son oreille amie.

— Tu le sais bien, je ne suis pas très porté sur les choses du sexe. Je suis un cérébral. Plutôt un incorrigible romantique, ce qui cadre bien mal avec l'époque. Je suis démodé, sans même avoir jamais été à la mode.

— Mais tout de même, rassure-moi, tu ne vis pas comme un moine, tu as bien une vie sexuelle ?

Il eut un petit sourire dans lequel je crus lire un éclat de triomphe vite réprimé. Il y avait quelque chose, quelque chose que manifestement il ne voulait pas me dire. Pas encore. Je respectai sa réserve malgré la curiosité qui me taraudait. Il lâcha juste :

— J'ai bien un ami, mais…

— Mais quoi ?

Oh, ce sourire en biais !

— Je t'en parlerai en temps utile, quand je serai sûr…

— Bon sang, Arturo, moi je te dis tout !

— *Por Dios*, Ruthie, ce que tu peux être curieuse ! Si les choses se confirment, tu en seras la première informée. Promis !

Voilà, il me clouait le bec avec son point d'exclamation. Inutile d'insister :

— Bon enfin, quoi qu'il en soit, j'espère que tu es vigilant ! Il y a des rumeurs tellement horribles sur le mode de vie des gays new-yorkais et californiens.

— Ce ne sont pas des rumeurs, Ruthie, soupira-t-il. Tu serais horrifiée si tu savais ce qui se passe vraiment dans les backrooms des boîtes gay !

— Ah, tu vois !

— Mais je ne les fréquente pas !

Il haussa les épaules et, se moquant de lui-même :

— Tu m'imagines en débardeur moulant, sanglé dans un pantalon de cuir noir, ou pire, de latex, avec un collier de chien autour du cou, à me dandiner sur YMCA en attendant qu'un gros costaud me propose… la botte ?

Non, je ne l'imaginais pas du tout, lui si délicat, qui raffolait de costumes en lin, de cravates en soie et de mocassins italiens. Je le dévisageai et j'essayai de le visualiser accoutré de la sorte. Je ne pus retenir un gloussement. Derrière les verres de ses lunettes à monture d'écaille, il y avait cet éclat juvénile de toujours, et un fou rire incoercible nous saisit. Une fois que nous fûmes calmés, Arturo renchérit :

— Franchement, les relations multiples, papillonner de mec en mec, sans parler des pratiques sadomaso, toute cette violence sexuelle, ce n'est pas mon truc. Je n'ai jamais adhéré à la culture gay ni à sa mode.

La perçus-je ou l'imaginai-je, cette légère tonalité de regret qui affleurait dans sa voix ? Arturo regrettait-il de ne pas faire partie de la caravane du siècle, d'être hors mode, hors champ ? C'était un terrain miné que je me refusai à aborder.

— Oui, enfin, tout le monde peut être touché.

— Dans ce cas, vous n'êtes pas mieux lotis, et je pourrais me faire moi aussi du souci pour vous avec la contamination en Haïti. Tu vois, nous devons tous faire attention, tes enfants qui grandissent plus que quiconque. Bon, si on parlait d'autre chose ?

— À deux conditions ! Un, tu fais attention à toi. Deux, dès que ça devient sérieux, toi et ton ami, tu me le dis.

— Vendu ! acquiesça Arturo.

Coupant court, il enleva ses lunettes et se leva pour m'entraîner dans les vagues.

*

Nous marchions sur la grève, de l'eau aux chevilles.

— Arturo, à propos de cette photographie que tu m'as envoyée…

— Ah, je me demandais quand tu allais y venir. C'est troublant, déroutant, non ?

— Pour moi, choquant serait plus juste. Tu sais, par la force des choses, j'ai pris un peu de distance avec Nathan depuis qu'il est adulte. En devenant une star, il est aussi devenu en quelque sorte un étranger pour moi. On ne partage plus grand-chose en réalité. C'est désolant, mais c'est comme ça. Tandis que toi, tu le côtoies toujours. Tu en penses quoi, de cette photographie ?

— Ce n'est pas qu'une photographie, Ruth, il y en a toute une série.

— Une série..., m'étranglai-je. Et les autres ?

— Les autres sont du même acabit, mais celle-là est, disons, la plus aboutie. À mes yeux en tout cas. La série doit faire partie d'une prochaine exposition de Mapplethorpe, d'après ce que j'ai compris. Je crains que Myriam, qui est toujours au fait de la vie artistique, ne tombe dessus. Mais Nathan semble s'en moquer.

— Tu ne m'as toujours pas dit ce que tu en penses...

— Il y a une démarche artistique, c'est certain, et je dirais même que c'est assez réussi, dans le genre.

— Dans le genre provocation, tu veux dire ? Ce qui me gêne, c'est moins la démarche de l'artiste, même si je ne la cautionne pas, que ce besoin qu'a eu Nathan de s'exhiber. Probable que si c'était quelqu'un d'autre, ça me gênerait moins.

— Tu as raison, c'est ce qui se passe dans la tête de Nathan qui est préoccupant. Il y a cette faiblesse secrète chez lui, cette peur de vieillir. Il se raccroche à l'enfance de toutes ses forces. Il a besoin de preuves d'amour. Comme si la danse ne lui suffisait pas. Sans compter que Mapplethorpe et sa clique de modèles sont loin d'être des enfants de chœur – sexe, drogue et rock'n'roll, si tu vois ce que je veux dire. Je crains leur influence.

Je reconnaissais le ton soucieux de grand frère qu'Arturo prenait toujours avec mon cousin depuis qu'il l'avait adopté quelque vingt ans plus tôt. Je compris aussi qu'ils étaient très proches et qu'il connaissait sans doute Nathan mieux que personne.

— À moins que nous ne nous fourvoyions tous les deux, poursuivit-il à mi-voix, et que ça ne soit vraiment que pure démarche artistique.

— Peut-être bien. On se pose sans doute trop de questions, toi et moi, on voit un sens caché à ce qui n'en a pas. En tout cas, c'est ce que pense Almah.

— Quoi ? Tu lui en as parlé ? À ta mère !

— Je n'ai pas trahi un secret. De toute façon, tôt ou tard, ça se saura, tu l'as dit toi-même. Je voulais avoir son avis. Tu sais que mes grands-parents maternels étaient des amateurs d'art éclairés qui possédaient une belle collection. Je ne les ai pas connus et parfois ça me manque, ajoutai-je avec un soupir. Almah a toujours surveillé l'avant-garde artistique. Elle a un avis sur tout et souvent une grande justesse de vue. Eh bien, figure-toi qu'elle n'a pas tiqué quand elle a vu la photographie. En tout cas, beaucoup moins que moi ou toi. Non, elle, elle trouve l'œuvre belle et la démarche intéressante et pas dénuée d'un certain humour. Elle m'a aussi dit que ça lui rappelait les corps masculins magnifiés des statues d'Arno Breker, un sculpteur allemand encensé par le régime nazi comme l'antithèse de l'art dégénéré, c'est te dire le grand écart !

Je voyais bien qu'Arturo était soufflé, mais je notai un certain soulagement dans ses traits.

— Si Almah n'y voit pas de quoi fouetter un chat, alors cela me rassure et je me range bien volontiers à son avis, conclut-il en chaussant ses sandales. Il est temps de rentrer, *querida*, le soleil commence à tomber.

Je rassemblai nos affaires de plage. Arturo avait raison. Dans les Caraïbes, l'obscurité tombe vite, et je ne voulais pas faire la route de nuit.

9

Entre chien et loup

Octobre 1982

— Allô ? Ruthie ?

La voix blanche de Myriam m'alarma. Un silence lourd s'étira, qui n'augurait rien de bon, puis d'une voix de basse qui ressemblait à une longue plainte :

— Nathan a eu un accident… Il est dans le coma…

Par-delà l'océan, ma tante éclata en sanglots convulsifs. Je mis quelques secondes à réaliser ce que signifiaient ses paroles. Mes jambes se dérobèrent et instinctivement je cherchai l'appui du mur derrière moi. Assommée par la nouvelle, je ne réussis qu'à lâcher un inutile « Oh, mon Dieu ! ».

— … un accident de moto, ajouta Myriam en hoquetant.

Accident, moto, les deux mots se télescopèrent dans ma tête avec le sourire de Nathan. C'était incompatible.

— Mais Nathan ne conduit pas de moto, protestai-je, il n'a même pas de permis…

— C'est Arturo qui conduisait. Il est blessé lui aussi. Ruthie, il faut prévenir ses parents.

Un uppercut brutal et fulgurant. Je m'effondrai et me retrouvai assise sur le sol, dos au mur, genoux ramenés contre la poitrine. Nathan, Arturo… Je couinai :

— Myriam, dis-moi tout ! Que s'est-il passé ? Comment vont-ils ?

Myriam m'expliqua d'un ton las entrecoupé de gémissements… week-end dans les Catskills… moto prêtée par un ami d'Arturo… entre chien et loup… virage serré… route humide… conducteur imprudent en face… accident. Banal et meurtrier.

Nathan était dans une unité de soins intensifs, avec un sérieux traumatisme crânien, le cerveau compressé par un énorme hématome, les deux jambes et un bras fracturés, la cage thoracique enfoncée. Arturo s'en était mieux sorti, des côtes et un bras cassés, des contusions et d'autres blessures superficielles. Ils étaient hospitalisés au Mount Sinai. Myriam me laissait le soin de prévenir les Soteras. Sidérée par la nouvelle, je fus incapable de trouver les mots de réconfort dont elle avait besoin, et, aussitôt le téléphone raccroché, je me mis à sangloter de façon incontrôlable.

*

J'avais dû prendre sur moi, sécher mes larmes et faire bonne figure devant les enfants pour ne pas les attrister inutilement. En attendant le retour de Domingo, j'avais pris ma décision. Je partais pour New York, Myriam avait besoin de soutien et l'image d'Arturo seul au fond de son lit d'hôpital m'était insupportable. Je n'avais pas su protéger Lizzie d'elle-même, je l'avais perdue. Je n'allais pas répéter la même erreur. Nathan était comme un frère pour moi, Arturo plus qu'un ami. Ma place était auprès d'eux. Domingo se débrouillerait avec les enfants. Almah était en Israël, bien trop loin pour revenir au pied levé, mais au besoin Ana Maria lui donnerait un coup de main.

Égoïstement soulagé de savoir que son frère s'en était tiré sans trop de dommages, Domingo n'émit aucune objection à l'annonce de mon départ. Il acheta une place sur un vol du surlendemain et se chargea de prévenir ses parents. Le lendemain, je fus reçue par le consul américain de Santiago à la première heure, sous le regard jaloux d'une longue file de quémandeurs de visas. Pour une fois, je me félicitai sans aucun état d'âme du passe-droit obtenu grâce aux relations des Soteras. La mort dans l'âme, j'embarquai pour les États-Unis. J'étais épuisée par deux nuits presque sans sommeil, mais dès que je fermais les yeux, des images glaçantes s'invitaient derrière mes paupières.

Je débarquai à New York en début de soirée. Aaron m'attendait à l'aéroport et le trajet jusqu'à Brooklyn, d'habitude si joyeux, fut lugubre. Dans la grande maison des Ginsberg flottait une odeur de souffrance et de chagrin. Je ne vis pas ma tante ce soir-là. Abrutie par la fatigue et les calmants, elle gisait au fond de son lit. Après un dîner silencieux en tête à tête avec Aaron, je m'installai dans mon ancienne chambre, notant avec mélancolie comment le passage du temps avait effacé les traces de mon séjour new-yorkais. De ces jours lointains ne restaient que quelques photographies maintenues par des aimants dans un pêle-mêle que je me souvenais avoir acheté avec Myriam. Je les détaillai avec nostalgie, l'émotion qui serrait ma poitrine menaçant de me submerger. Nathan, Arturo et moi en train de patiner sur le lac gelé de Prospect Park. Un dîner de Thanksgiving, Nathan, rigolard entre Arturo et moi, brandissant une cuisse de dinde. Le premier anniversaire de Gaya. La famille au grand complet au pied d'un colossal sapin illuminé. La brutalité de l'accident, une poignée de secondes oublié, percuta ces images du bonheur. Aurions-nous de nouveau l'occasion de fêter Noël tous ensemble ?

Le lendemain matin, après une nuit chaotique, les yeux rougis par le manque de sommeil, j'accompagnai Myriam à l'hôpital. Elle avait rassemblé ses cheveux en une queue-de-cheval négligée, ce qui ne lui ressemblait pas, et avait tenté de camoufler ses traits tirés sous une épaisse couche de fond de teint qui n'arrangeait rien ; elle restait grise de fatigue et d'angoisse. Dans le taxi, je pris sa main et la serrai dans la mienne, les mots étaient superflus.

*

Dès l'entrée dans l'hôpital, je retrouvai l'odeur caractéristique de légumes bouillis et de désinfectant qui me soulevait le cœur. La vision de Nathan en service de réanimation fut un choc. Derrière la vitre, son corps était relié à tout un tas de machines qui respiraient pour lui, l'alimentaient, scrutaient les battements de son cœur et l'activité de son cerveau, et sonnaient à la moindre alarme. En silence Myriam prit la place qu'elle s'était attribuée à son chevet. La main inerte de son fils dans la sienne, elle entama sa veille silencieuse quotidienne. Je la vis poser sa tête sur l'oreiller à côté de celle de Nathan et chuchoter doucement à son oreille. Elle m'avait dit qu'elle lui faisait aussi écouter la musique de ses ballets, car les médecins lui avaient conseillé de le stimuler, cela pouvait aider à son réveil. En la regardant – elle ne pleurait pas, ne se plaignait pas, elle était juste là avec son fils – j'éprouvai une brusque vague d'admiration pour sa dignité face à l'affliction.

Le couinement désagréable de semelles de caoutchouc sur le linoléum annonça la visite de l'équipe médicale. On vérifia les constantes de Nathan, les machines et les perfusions, quelques annotations sur le panonceau de plastique accroché à son lit, puis tout ce beau monde quitta la chambre. Myriam reprit sa place et la chambre replongea dans le silence.

— Je vais voir Arturo et je reviens te chercher pour déjeuner.

Myriam hocha la tête.

— Je n'ai pas faim.

10

Additionner deux et deux

Octobre 1982

Le cœur battant, l'estomac noué, je descendis les deux étages qui séparaient Arturo de Nathan. Je ne l'avais pas prévenu de ma visite. Je le trouvai perdu sous un drap blanc, un bras plâtré en suspension ; un pansement descendait de son cou à son épaule. Sur son visage tuméfié, des hématomes violets avaient commencé à noircir, qui rendaient encore plus cireux son teint blafard. D'un regard absent, il fixait le mur peint de cette couleur vert pâle caractéristique des hôpitaux et si déprimante. Ses yeux avaient perdu toute autre expression que celle d'une angoisse insondable. Cela me glaça.

— Ruthie ! Tu es venue !

Ce fut tout ce qu'il trouva à me dire d'une voix lézardée par le chagrin.

— Oh, Arturo, je suis tellement désolée ! dis-je en me penchant vers lui pour déposer un baiser sur son front. Comment te sens-tu ?

Il ne répondit pas. Je tirai l'unique chaise près de son lit, m'assis et pris sa main valide. Elle était brûlante. Je la lâchai pour sortir un mouchoir de mon sac et tamponnai ses joues avec douceur.

— Arrête de pleurer, je t'en prie, sinon moi aussi je vais m'y mettre.

Il déglutit avec difficulté. Son regard appelait à l'aide.

— Comment va-t-il ?

Je soupirai en secouant la tête, les yeux humides, la gorge serrée.

— Son état est stationnaire. Il n'y a pas encore d'amélioration. Mais les médecins sont très confiants. Myriam est près de lui.

Des larmes dévalèrent les joues creuses et pâles d'Arturo. Des sanglots saccadés le secouèrent.

— Oh, Ruthie, je ne me le pardonnerai jamais.

— Mais ce n'est pas ta faute, Arturo, Myriam m'a tout raconté.

— Ce week-end, c'était mon idée. Il n'avait pas trop envie de venir, j'ai insisté. S'il ne s'en sort pas, j'en mourrai.

Il parlait d'une voix sourde, ralentie par les calmants. Ses mots avaient du mal à passer entre ses lèvres.

— Ne te culpabilise pas, je t'en prie. Tu te fais du mal pour rien.

— Ruthie, tu ne comprends pas…

— Je comprends très bien. Tu te sens responsable, mais encore une fois, ce n'est pas ta faute. Les accidents, je suis bien placée pour savoir à quel point ils peuvent être stupides, soupirai-je tandis que le souvenir douloureux de mon père me narguait. Arrête de te flageller, s'il te plaît, Arturo, cela ne sert à rien. C'est juste le hasard, un mauvais hasard. Et te sentir coupable n'y changera rien.

— Tu ne comprends pas, répéta Arturo en secouant la tête, ses traits déformés par le tourment.

De grosses larmes d'enfant roulaient maintenant jusque dans son cou, que rien ne semblait pouvoir arrêter. Je resserrai ma main sur la sienne.

— Dis-moi, murmurai-je avec douceur.

Arturo n'attendait que ça, une invite à parler. Il leva vers moi un regard de chien battu. Soudain ses pupilles noyées prirent un éclat farouche dans lequel je crus lire de la provocation.

— Je l'aime, Ruthie. Plus que tout, plus que ma vie.

Je dévisageai Arturo, médusée, souffle coupé, peinant à comprendre.

— Et lui aussi, il m'aime, ajouta-t-il d'un ton définitif.

Plus tard, je me ferais la réflexion que je savais déjà ce qu'Arturo m'avait confessé. Il ne fallait pas être grand clerc pour additionner deux et deux. Mais jusqu'à ce jour, tout le monde dans nos deux familles avait refusé de voir l'évidence. Arturo adopté par la famille Ginsberg, Arturo de toutes les sorties, de toutes les réjouissances depuis son arrivée à New York vingt ans plus tôt. Arturo et Nathan, les deux meilleurs amis du monde malgré leur différence d'âge, toujours fourrés ensemble. Et depuis que Nathan était adulte, les week-ends, les vacances ensemble, Arturo qui ne venait plus guère dans l'île, son admiration éperdue pour le talent de Nathan, leur complicité artistique, son tracas lors de l'épisode des photographies qui avait tourné court…

À quel moment la fascination qu'Arturo éprouvait pour Nathan s'était-elle transformée en attirance ? Quand sa sincère affection pour le petit garçon s'était-elle muée en amour ? Mais sur le coup, sa révélation me laissa pantoise. Sans flancher, Arturo, dont les yeux étaient devenus fiévreux, enfonça le clou :

— Nous nous aimons. Nous sommes un couple, un couple solide, comme Domingo et toi. Nous sommes ensemble depuis bientôt trois ans.

Interdite, je fixai mon meilleur ami, mon beau-frère, qui se trouvait être aussi le compagnon de mon cousin.

— Tu comprends maintenant ? S'il meurt par ma faute, je ne pourrai plus vivre. Tout simplement.

— Bien sûr, bégayai-je, incapable de trouver une parole de réconfort.

Je considérai Arturo avec une compassion lestée de reproches. Je lui en voulais de ne m'avoir rien dit. Je m'en voulais surtout d'avoir été si inattentive et aveugle, une fois de plus. Je faisais une bien piètre amie, puisque je n'avais rien vu, rien compris.

Comme avec Lizzie.

Sous mon pull, je sentis un léger tiraillement de mon bras. La cicatrice de la brûlure infligée par Lizzie se manifestait, comme chaque fois que je me sentais coupable ou pas à la hauteur. Pour me signifier la vanité des choses et des êtres, la fragilité de la vie, la nécessité d'être là pour ceux que l'on aime. Ce rectangle de peau tendre, un peu fripée, qui refusait le soleil, était toujours là pour me rappeler à l'ordre. Je n'avais aucun droit de reprocher quoi que ce soit à Arturo. Arturo dont les yeux se voilaient maintenant d'un immense accablement teinté de soulagement. Quand il avait ce regard si tendre, si tourmenté, comme je l'aimais !

Ainsi donc c'était ça. C'était pourtant tellement évident. Ça crevait les yeux. L'homosexualité d'Arturo ne m'avait pas étonnée, je l'avais inconsciemment pressentie, sans doute même avant lui, sans doute depuis nos tout premiers pas ensemble sur le steamer qui nous amenait à New York, bien des années auparavant. Apprendre que Nathan était homosexuel ne me surprenait pas non plus outre mesure. Il avait semé une foule d'indices pour qui savait être attentif et je n'avais jamais cru à ses idylles trop spectaculaires et trop brèves avec les danseuses de sa compagnie.

Pourtant, savoir ces deux-là ensemble, c'était une pilule qui avait du mal à passer. Je me demandais pourquoi. Je ne me connaissais pas cet état d'esprit étriqué, moi qui me targuais d'une belle tolérance. Était-ce leur différence d'âge ? Onze ans, ce n'était pourtant pas si terrible. Était-ce parce que j'avais le sentiment d'avoir été flouée par mon meilleur ami que je croyais connaître sur le bout des doigts ? Parce que je me rendais compte que celui que je considérais comme un petit frère s'était éloigné de moi au point de devenir un étranger ? Parce qu'ils s'étaient moqués de ma naïveté et m'avaient tenue à l'écart de leur intimité alors que je me croyais leur confidente ? C'était un peu de tout ça sans doute, mais j'étais loin du compte. Car au fond, je le savais, et ce n'était pas une pensée agréable, ce qui était en train de me griffer le cœur, c'était la jalousie. Voilà, j'étais jalouse. Parce que je les croyais à moi, l'un comme l'autre. Je me croyais unique à leurs yeux, et ils n'étaient uniques que l'un pour l'autre.

Une pensée autrement plus agréable vint recouvrir ma frustration d'un voile de douceur. Je devais me réjouir pour eux, qu'ils se soient trouvés, qu'ils soient heureux ensemble, c'était tout ce qui comptait.

Restait l'énormité de la nouvelle qui donnait désormais à l'accident les allures d'un drame familial. Je compris aussi qu'en me révélant leur relation, Arturo comptait que ce soit moi qui informe nos familles respectives. À coup sûr, les parents d'Arturo, non contents d'avoir pris de la distance avec leur fils en réprouvant son mode de vie, allaient ruer dans les brancards. J'espérais que Domingo prendrait la chose avec philosophie. Pour Myriam, seule la survie de son fils importait. Elle était tellement folle de Nathan que tout ce qui faisait son bonheur la rendait heureuse. Quant à Aaron, ce serait sans doute une tout autre histoire. Je redoutais sa réaction. Il s'était résolu à regret à ce que Nathan ne lui succédât pas au cabinet d'architecture, il avait considéré d'un œil sceptique ses débuts de danseur et ne s'était incliné, à bout d'arguments, que devant les premiers succès de son fils.

Je n'avais pas lâché la main d'Arturo. Nous restâmes silencieux, perdus l'un et l'autre dans nos pensées. Délesté du poids de son secret, il dodelina de la tête et finit par s'assoupir. Malgré sa pâleur de cire, ses traits étaient détendus.

*

Il y eut des journées interminables d'hôpital, faites d'air confiné, de relents de désolation, de tension permanente, de couinement de semelles sur le linoléum brillant, d'odeurs douceâtres – désinfectant, médicaments, détergent – qui prenaient à la gorge et imprégnaient les vêtements, de chaleur moite qui faisait frissonner de dégoût, de lourd silence entrecoupé de conversations feutrées et ponctué du bip des appareils de surveillance…

Au fil des jours et de mes visites à Arturo, sans signe d'amélioration de l'état de Nathan, je sentais monter en lui un désespoir de moins en moins rampant qui menaçait de l'engloutir. Son chagrin me brisait le cœur. Et puis, au bout de six jours d'inconscience, Nathan sortit du coma. Myriam et moi étions auprès de lui. Ses paupières frémirent avec la fragilité des ailes d'un papillon et, avant même qu'il ouvrît les yeux, son premier mot, qui surprit sa mère, fut un prénom mal articulé. Celui d'Arturo. Je laissai Myriam à son émotion, dévalai les deux étages et galopai jusqu'à la chambre de mon ami pour le prévenir. Il était toujours alité, la mine crayeuse. À mon sourire triomphant, il comprit sans que j'aie besoin de prononcer un mot. Il ferma les yeux un long moment. Son visage fatigué se détendit, transfiguré par l'onde bienfaisante d'une immense vague de bonheur. Un bonheur inouï, palpable, où je lus la marque d'un incommensurable soulagement et d'un véritable amour.

— Merci, mon Dieu, merci ! lâcha-t-il à mi-voix (il me confierait plus tard qu'il avait prié chaque jour pour le rétablissement de Nathan, lui qui ne croyait en rien). Et ses jambes ? demanda-t-il aussitôt.

— L'essentiel, c'est qu'il se soit réveillé. Allez, viens, on monte le voir, répondis-je en l'aidant à s'asseoir dans un fauteuil roulant.

Je poussai mon invalide jusqu'au chevet de Nathan. Je n'ai pas de mots pour décrire ce qui se passa à peine la porte de la chambre ouverte, mais quiconque a vécu un grand amour comprendra. L'atmosphère se densifia d'une charge émotionnelle sans pareille. Je pris Myriam par le bras et sortis avec elle. « Laissons-les tous les deux un instant. » Elle me dévisagea en fronçant les sourcils, une question muette dans le regard, et me suivit sans résister. Je crois bien qu'elle comprit à cet instant-là.

11

Le loup dans la bergerie

Octobre 1982

— Ils sont ensemble, n'est-ce pas ?

La question de Myriam ne me surprit pas. Nous étions assises épaule contre épaule sur la banquette arrière du taxi qui nous ramenait à Brooklyn et ma tante me dévisageait avec une sorte d'urgence empreinte de fatalisme. Je hochai la tête.

— À vrai dire, cela fait un bon moment que je m'en doutais, mais je n'ai jamais eu le cran de le demander franchement à Nathan. J'ai préféré faire l'autruche. Une lâcheté, comme en Autriche, quand nous ne voulions pas voir l'évidence sous notre nez…

Myriam poussa un long soupir résigné et se rencogna contre la portière du taxi.

— Ça fait drôle quand même d'apprendre que son fils partage la vie d'un autre homme. Je me demande comment et quand il comptait nous l'annoncer…

— Il attendait sans doute le bon moment, enfin ce qu'il estimait être le bon moment…

Myriam eut une petite moue crispée, l'esquisse d'un pauvre sourire.

— Peu importe, je suis heureuse pour eux.

Un silence lourd de non-dits. Myriam essayait sans doute d'appréhender ce qu'impliquait cette nouvelle réalité et en quelques secondes c'était difficile.

— Je me demande comment Aaron va prendre ça. Mal sans doute. Enfin, tout ce qui compte, c'est que Nathan soit sorti d'affaire. Et puis j'ai toujours beaucoup aimé Arturo, ce n'est pas comme si je ne le connaissais pas. À bien y réfléchir, je crois que c'était écrit d'avance. Nathan aurait pu tomber plus mal.

Je me fis la réflexion que les mots étaient cruels. Tomber. Comme si leur histoire d'amour était une chute, une dégringolade, une disgrâce, une défaite. Je ne dis rien car il n'y avait rien à dire. Myriam se laissa aller contre la vitre, prit ma main, la serra et ferma les yeux.

— Je suis heureuse, répéta-t-elle. Nathan est vivant et c'est tout ce qui m'importe.

*

Aaron arriva peu après nous à Brooklyn. Il accueillit la nouvelle du réveil de son fils avec un soulagement si manifeste que ses yeux s'embuèrent. Il était rare qu'Aaron, toujours pudique et réservé, montre ses émotions.

— Je nous sers un cognac pour fêter ça. Moi en tout cas, j'en ai besoin, déclara-t-il en se dirigeant vers le bar.

Il voulait se rendre à l'hôpital mais ce n'était pas possible, les horaires de visite étaient stricts. Avec Myriam, ils iraient ensemble le lendemain matin à la première heure.

*

Ce soir-là, j'assistai pour la première fois à une dispute entre Myriam et Aaron. À vrai dire je n'y assistai pas vraiment, mais la rumeur de leur querelle monta jusqu'à ma chambre. Je compris à leurs éclats de voix que Myriam lui avait dit.

— C'est ta faute, tu l'as élevé comme une fille ! La danse, toujours la danse !

— Ah, parce que la danse est réservée aux filles ? C'est toi, l'architecte audacieux, le chantre de la modernité à tout prix, qui parles comme ça ? Je ne te reconnais pas…

— Il aurait dû être architecte, pas danseur…, s'entêtait Aaron.

— Mais qu'est-ce que ça a à voir ? Je croyais que tu étais fier de lui. Ton fils est une étoile, un génie de la danse, ça vaut mieux qu'un mauvais architecte.

Myriam dut se rendre compte de l'ambiguïté de ses paroles, car elle se reprit :

— Ce que je veux dire, c'est qu'il aurait fait un mauvais architecte, car, excuse-moi de te le dire, il n'aimait pas ça.

— Il était brillant à l'école, toujours le meilleur en mathématiques, en physique.

— Il ne récoltait des bonnes notes que pour briller à tes yeux, pour que tu sois fier de lui justement. Parce que tu n'étais jamais là. Mais je peux te certifier que ça l'ennuyait terriblement. Déjà tout petit, il n'était lui-même qu'à la barre. Évidemment tu ne t'en es jamais rendu compte, tu as toujours été si occupé, la tête dans tes projets, tes plans, tes chantiers.

— Je ne me suis pas assez occupé de lui, ni de toi ? C'est bien ce que tu insinues ?

Je les imaginais, Aaron, son expression contrariée, cheveux en bataille et visage rouge comme les rares fois où je l'avais vu en colère. Myriam, pâle, traits fermés, narines palpitantes et lèvres pincées, le regard froid, avec pour unique volonté de soutenir et de défendre son fils, envers et contre tous, y compris son mari, comme elle l'avait toujours fait, avec une dévotion jamais prise en défaut. Car entre Nathan et Myriam, il y avait un lien spécial qui excluait Aaron.

— Je ne t'ai jamais rien reproché. J'ai toujours été heureuse que tu puisses accomplir ton rêve. Et tu as merveilleusement réussi. Tu as toujours veillé sur notre famille, tu nous as offert une belle vie, tu m'as permis de créer mon école, et mon rêve à moi, c'est Nathan qui l'a réalisé. Il est devenu une étoile. Et ça n'a rien à voir avec son orientation sexuelle.

— Arturo, en plus ! On a laissé entrer le loup dans la bergerie et ça depuis le début. Avec ses airs… Si j'avais su…

— Tu l'as toujours apprécié, Arturo, alors ne sois pas hypocrite. Et si tu avais su, ça n'aurait rien changé du tout. Ce n'est ni une maladie, ni une faiblesse, ni un goût, c'est ainsi, tout simplement. Laisse-moi te dire que je préfère qu'il soit avec Arturo plutôt que de le savoir dans des relations glauques et sans lendemain.

Ces deux-là s'aiment depuis longtemps, et rassure-toi, Ruth me l'a confié, leur amitié ne s'est transformée en amour que très récemment.

— J'ai du mal à…

— C'est sans doute pour ça que notre fils a dû vivre en secret. Parce que tu as du mal… Parce qu'il avait peur de te décevoir, comme toujours. Tu devrais être heureux, simplement heureux, que Nathan soit tiré d'affaire et que quelqu'un l'aime sincèrement. Au lieu de quoi, tu as du mal !…

— Je suis déçu. Nous ne serons pas grands-parents. Personne ne perpétuera mon nom !

— Bon Dieu, Aaron, ce que tu peux être petit-bourgeois parfois ! Ton nom, il est à l'affiche de ses ballets. La seule chose qui compte c'est le bonheur de notre fils, rien d'autre. Moi je suis fière de lui.

— Moi aussi je suis fier de lui, et tellement soulagé.

Je refermai ma porte sans un bruit. Je les imaginais dans les bras l'un de l'autre, des parents épuisés et meurtris.

Nathan n'était pas sorti d'affaire pour autant. Il devrait se plier à une contraignante rééducation de ses membres inférieurs. Ce serait long, strict et difficile. Et pour le ménager, les médecins n'avaient pas révélé le pire.

12

Juste du temps

Octobre 1982

Arturo sortit de l'hôpital. Je l'installai dans son appartement où je passai trois jours avec lui. Dans le loft où trônait en majesté son Steinway à queue, je notais des indices de la présence de Nathan, dont le plus évident était la barre fixée au mur devant un grand miroir dans l'alcôve du fond. Malgré son bras cassé, Arturo voulait reprendre ses cours à la Juilliard le plus rapidement possible, ce qui était une gageure. J'essayai de l'en dissuader sans succès. Je lui trouvai une aide ménagère pour les tâches du quotidien qu'il serait bien en peine de prendre en charge dans les semaines à venir.

Quant à Nathan, c'était une autre histoire. Soulagés qu'il soit sorti du coma, les médecins ne lui avaient pas dit la vérité. Nathan ne pourrait plus jamais danser, ou juste sur la piste d'une boîte de nuit. En tout cas pas sur une scène. Mais cela, il ne l'apprendrait que plus tard.

Pour l'heure, encore hébété par ce qu'il avait traversé, il reprenait une alimentation normale et entamait des soins de kinésithérapie avec beaucoup de détermination. Myriam était en train d'organiser son séjour dans un institut de rééducation spécialisé. Avec l'aide des médecins, elle choisit un établissement près de Bridgeport, dans le Connecticut. C'était un peu éloigné de New York, mais c'était de loin le meilleur institut dans le domaine des traumatismes orthopédiques. Il n'y avait donc pas lieu de tergiverser.

J'aurais dû m'y attendre. Arturo bouleversa complètement ses projets. Il annula l'engagement de l'aide ménagère et prétexta la nécessité de rééduquer son bras et son épaule pour différer son retour à la Juilliard School. Ils n'auraient pas de mal à lui trouver un remplaçant. Quand je lui fis remarquer que je n'étais pas dupe et qu'il était inutile d'arguer de faux prétextes avec moi, il se contenta de me répondre par un petit sourire finaud.

Je louai une voiture et nous partîmes pour Bridgeport où il loua un grand studio lumineux. Il pourrait ainsi rendre visite à Nathan chaque jour. Myriam, qui considérait que ce rôle lui incombait, en conçut un peu de dépit, mais elle se laissa fléchir quand Nathan lui fit comprendre qu'il n'était pas indispensable qu'elle soit chaque jour à ses côtés. « Tu sais bien que Papa est incapable de se débrouiller sans toi. Vous viendrez me voir ensemble le week-end, et le reste du temps Arturo sera là pour supporter mes sautes d'humeur ! » Bonne joueuse, Myriam s'inclina avec dignité.

J'avais laissé nos trois enfants aux bons soins de Domingo et je ne pouvais m'éterniser aux États-Unis.

Une fois Arturo installé à Bridgeport, ma présence n'était plus indispensable.

Renouant avec nos vieilles habitudes, nous nous accordâmes avec Myriam une soirée entre femmes, un dîner dans une trattoria de Little Italy. Après les jours éprouvants qu'elle avait traversés, elle baissa la garde et se laissa aller aux confidences. Dont la moindre ne fut pas de me confier son regret de devoir faire le deuil de petits-enfants, regret qu'elle partageait avec Aaron.

*

Je ne pouvais quitter New York sans voir Deborah. Après avoir été une des étoiles montantes des talk-shows télévisés, mon amie touchait maintenant à la consécration. Elle venait d'être adoubée présentatrice de sa propre émission sur NBC, un rendez-vous hebdomadaire qui cartonnait, où elle recevait tous ceux qui comptaient. Politiciens et artistes se disputaient désormais à sa porte pour avoir le privilège de figurer dans sa liste d'invités.

Je lui fus infiniment reconnaissante de bousculer son agenda pour dégager *in extremis* une soirée pour nous. Nous avions si peu d'occasions de nous voir, en dehors de la semaine de vacances hivernale qu'elle venait régulièrement passer à Sosúa avec son mari. Ce fut, comme toujours, un délicieux moment de complicité et de connivence. Debbie quitta son masque de star des médias et je retrouvai avec bonheur ma complice des bancs de Columbia, aussi tendre, aussi vive, aussi iconoclaste, la langue toujours aussi bien pendue. Elle me confirma, si besoin était, que l'accident de Nathan, qui était devenu une véritable vedette, presque un « people » selon elle, avait plongé dans la tristesse la scène culturelle et la jet-set new-yorkaise. On attendait son retour, sur les planches comme en couverture des magazines, et elle espérait que ce serait bientôt, car « à New York, on oublie très vite ceux qu'on a portés au pinacle. Une célébrité chasse l'autre, et c'est valable pour moi aussi », conclut-elle avec une pointe d'amertume. Heureusement, et je m'en réjouissais pour elle, Deborah était encore bien loin du compte.

*

Au bout de dix jours, je repris l'avion, lestée d'une valise débordant de cadeaux pour ma famille, heureuse de quitter la grisaille humide de New York et de retrouver le soleil de mon île, et soulagée par la certitude que les choses rentreraient bientôt dans l'ordre. Il faudrait juste du temps.

Beaucoup plus de temps que je ne l'imaginais à ce moment-là.

13

Un coup de massue

Décembre 1982

Rideau sur sa carrière de danseur.

Le verdict définitif de l'équipe des médecins et des physiothérapeutes de l'institut de Bridgeport tomba deux mois après le début de la rééducation de Nathan. La danse, c'était fini pour lui, il ne pourrait plus caracoler sur une scène.

Pourtant il s'était accroché de toutes ses forces à cet espoir, avec une détermination sans pareille, serrant les dents, endurant mille tortures pour redonner à ses jambes leur fougue d'autrefois. En vain.

Ce fut un coup de massue pour tout son entourage. Pour Nathan, je craignais que ce ne fût le coup de grâce.

J'avais appris la nouvelle par une lettre d'Arturo qu'il avait ironiquement intitulée « Cadeau de Noël ».

Les belles espérances qu'ils avaient l'un et l'autre caressées venaient de se fracasser contre la réalité abrupte des dernières radiographies de Nathan.

Arturo était rempli d'amertume et de culpabilité, il se flagellait et disait ne pas voir d'issue à la situation. Il craignait aussi pour son couple. Bref, ils étaient malheureux l'un comme l'autre et je ne pouvais rien faire. Devant le désastre de leurs vies, mes maigres mots de consolation et d'encouragement sonnaient faux et n'étaient guère plus utiles que des cautères sur une jambe de bois. Car personne n'est jamais préparé à ce que sa vie s'écroule.

Un jour, Nathan m'a confié qu'il aimerait mourir au faîte de sa gloire, avant que sa carrière ne s'étiole, qu'ainsi sa jeunesse ne serait jamais derrière lui. Eh bien, voilà, nous y sommes. C'est maintenant ou jamais. Et franchement, Ruth, j'ai peur. Peur de ce qui pourrait advenir de lui face à ce gouffre vide et béant qu'est son avenir désormais.

Les mots d'Arturo réveillaient en moi le spectre de funestes souvenirs et le fantôme de Lizzie revint me hanter. Je souffrais pour eux, baignant dans une espèce d'affliction résignée. Je me sentais presque fautive du bonheur que je vivais au sein de ma propre famille. Quand je m'en ouvris à Almah, elle me secoua.

— Tu ne leur seras d'aucune aide en t'attendrissant sur leur sort. Bien au contraire. Pour les soutenir dans cette épreuve, tu dois rayonner d'énergie positive et leur communiquer de bonnes ondes.

— C'est nouveau, ironisai-je, tu fais partie d'une secte, tu as viré vaudou ? Depuis quand crois-tu aux ondes positives ? Et comment dois-je les leur envoyer : par courrier, dans un paquet avec un ruban rose ?

— Oh, Ruthie, tu réagis exactement de la mauvaise façon. C'est le chagrin et l'inquiétude qui te font parler ainsi. Il faut croire en eux, et laisser le temps au temps. Ils vont trouver leur chemin tout seuls, fais-leur confiance.

Dans sa lettre suivante, Arturo me confessait qu'au fond de lui-même il avait envisagé la situation qu'ils étaient en train de vivre dès leur sortie de l'hôpital. Et qu'une idée avait germé peu à peu dans sa tête, mais qu'il préférait attendre de voir comment les choses évolueraient avant de me mettre dans la confidence. Je me posais mille questions, prête à tout entendre. Je brûlais de curiosité mais je respectai la discrétion d'Arturo. Inutile de le harceler, je savais à quel point il pouvait être têtu quand il avait une idée en tête. Je n'avais donc plus qu'à espérer.

Finalement, quelques mois plus tard, Arturo me confia ses projets. Il allait faire passer sa propre carrière au second plan pour se consacrer à la reconstruction de Nathan. À un nouveau succès. Car il était intimement convaincu que tel était son destin.

14

Une belle victoire

15 janvier 1983

C'était un entrefilet dans la rubrique internationale section Amériques du *Listín Diario*. L'information aurait presque pu passer inaperçue mais, réflexe professionnel, j'épluchais toujours la presse avec une attention minutieuse. Mon cœur fit un petit bond de joie et mes souvenirs me ramenèrent des années en arrière sous la chaleur d'un soleil de plomb, aux abords du bassin du National Mall de Washington.

C'était une belle victoire. Celle des droits de l'homme, de l'égalité raciale, de la non-violence, la victoire d'un rêve devenu réalité. Enfin, peut-être n'y étions-nous pas tout à fait, mais c'était un bon pas en avant et il faisait s'envoler nos rêves.

C'était la récompense du combat d'un homme, un combat qui lui avait coûté la vie, mais avait fait de lui un mythe.

Le 15 janvier, jour anniversaire de la naissance de Martin Luther King, venait d'être déclaré férié aux États-Unis. L'événement serait dorénavant célébré le troisième lundi de janvier. Je connaissais pas mal de personnes qui devaient se réjouir. Dont mon ancien camarade Bernie Sanders. Vingt ans plus tôt il avait organisé notre participation à la marche pour les droits civiques, il était désormais maire de Burlington, dans le Vermont, le premier maire sans étiquette du pays, qui prêchait sa doctrine du socialisme démocratique et dont les initiatives locales étaient unanimement saluées.

Je m'empressai de prendre la plume pour écrire un mot enthousiaste à Arturo, suivant le précepte d'Almah. Des ondes positives. Je n'avais guère que ça à lui offrir. Dans la période difficile qu'il traversait, toute note d'optimisme était la bienvenue.

Et j'en écrivis un second à Bernie en souvenir du bon vieux temps, en espérant qu'il le recevrait.

Puis je me fendis d'une brève dans *La Voix*.

15

Un sigisbée

Septembre 1983

Pauvre Heinrich.

Il était un peu comme un chien dans notre jeu de quilles.

Il faut lui reconnaître que, s'il avait pris la place de Wil dans le lit d'Almah, il n'avait jamais cherché à jouer le père avec nous. Car s'il y en avait un pour assumer ce rôle-là, c'était évidemment et légitimement Markus.

Heinrich se bornait donc à être le mari de ma mère. Et un conseiller précieux. Avec son sens très juste des affaires, il avait contribué au développement de l'atelier de fauteuils Adirondack et aidé Frederick dans la gestion de la ferme.

Une intense et profonde relation fraternelle avait uni mon père et Markus. Bien qu'il ne m'en eût jamais rien confié, je devinais Markus parfaitement au courant des réserves de Wil concernant Heinrich. Sans jamais critiquer le remariage d'Almah, Markus était resté longtemps sur son quant-à-soi et se montrait circonspect à l'égard de son second époux.

Était-ce parce qu'ils étaient tous deux Autrichiens, parce qu'ils partageaient une histoire commune en bien des points, parce qu'ils avaient connu la même Vienne dans leur jeunesse, parce qu'ils aimaient tous les deux Almah, chacun à sa façon, ou parce que nous étions une tribu, toujours est-il que peu à peu leurs liens se resserrèrent. On pouvait noter cela à mille petits signes : des promenades ensemble, des joutes verbales, des rires partagés, des échanges de livres, jusqu'aux vacances que Markus et Marisol passèrent à Jérusalem dans la maison d'Heinrich et Almah.

Prétendre que je n'en concevais nulle amertume ni une pointe de jalousie serait mentir. Par pudeur, je n'osais pas interroger Frederick, mais, dans mon esprit, il allait de soi qu'il ressentait la même chose que moi. Un homme avait pris la place de notre père aux côtés d'Almah et c'était difficile à encaisser. En outre, sans être vraiment envahissant, Heinrich avait un petit côté raisonneur et donneur de leçons qui m'agaçait. Je lui avais toujours fait bonne figure, mais j'étais consciente que j'aurais dû lui accorder plus d'attention, plus de tendresse, et j'avais du mal.

Jusqu'au jour où il m'ouvrit son cœur.

*

C'était une journée maussade au soleil lourd, une de ces journées de basse pression qui disait que l'été tirait sa révérence, et dans sa fuite s'annonçait la saison cyclonique. Almah était partie pour une de ces chevauchées solitaires dont elle était coutumière et dont elle revenait les joues rouges et les yeux brillants. J'étais seule à la maison. Installée sur la terrasse, je peinais sur un article tout en veillant Tomás qui couvait une grippe.

Heinrich eut l'air d'arriver un peu par hasard, comme si de rien n'était, au gré de sa promenade. Je ne compris que plus tard qu'il avait délibérément choisi ce moment et prémédité cette rencontre.

Je le vis de loin. Il me fit un signe de la main et s'avança à pas mesurés vers la maison. Sa lenteur m'attendrit, nous avions fêté ses quatre-vingts ans l'année précédente. Après que je l'eus invité à prendre un rafraîchissement – il raffolait du jus de fruit de la passion –, nous nous assîmes sur la véranda. Il enleva son panama et se cala au fond d'un fauteuil Adirondack, un de ceux qu'Almah et Markus avaient créés autrefois. Il ne choisissait jamais une de nos *mecedoras*, et je me demandais, amusée, s'il ne fallait pas y lire un signe de constance indéfectible envers sa femme. Il étendit ses jambes devant lui. Il faisait tourner son jus dans son verre d'un mouvement saccadé du poignet, semblant méditer son entrée en matière. Il leva la tête et planta ses yeux dans les miens. Il y alla franco, tête baissée, cornes en avant, comme un bélier qui a décidé de fracasser une barrière.

— Tu ne m'aimes guère, n'est-ce pas, Ruth.

J'en restai comme deux ronds de flan. Ce n'était même pas une question. J'ouvris de grands yeux, gênée.

— Mais qu'est-ce que tu racontes, Heinrich… ? Je…

— Oh, ce n'est pas au vieux singe qu'on apprend à faire des tours, répondit-il sans se départir de son sourire.

Il n'y avait pas de bonne réponse et je ne répondis pas. Il s'éclaircit la voix d'un petit bruit de gorge.

— Vois-tu, Ruthie…, commença-t-il en hochant la tête, comme intimidé.

Je me crispai en entendant mon diminutif dans sa bouche. Il n'y avait plus guère que ma mère, Frizzie et Arturo pour m'appeler ainsi. Svenja aussi.

— … je n'ai jamais prétendu prendre la place de ton père. Je ne la prendrai jamais, ni dans le cœur de ta mère, ni dans le vôtre à Frederick et à toi… ni même dans celui de Markus. Ma place à moi est bien plus… modeste.

À l'inverse de mon père, Heinrich n'était pas un homme de mots. Il peinait un peu.

— Ce que je veux te dire, c'est que j'aime sincèrement ta maman… comme on aime à vingt ans, malgré mon âge. Et que je vous aime ton frère et toi, et vos enfants. Vous êtes la famille dont la vie m'a privé. Comme elle m'a privé d'Almah pendant des années. Parce qu'elle ne m'était pas destinée. Même si c'était ce que je désirais le plus au monde, je n'ai jamais été destiné à être l'amour de ta mère. C'est pour ça que je n'aimais pas ton père. Pour être honnête, je l'ai haï à la minute où j'ai vu le regard qu'Almah posait sur lui. C'était plus fort que moi. Je l'ai détesté pour tout un tas de mauvaises raisons, son physique de play-boy, son érudition, son aisance, même son métier… Je l'ai haï de me voler ce que je considérais à tort comme mien. D'ailleurs ta mère n'a jamais appartenu à personne si ce n'est à elle-même, et Wilhelm ne m'a rien volé. C'était évident, ça crevait les yeux, entre eux c'était… il n'y a pas de mot… J'ai bien été obligé de l'admettre.

Le regard d'Heinrich était empreint de nostalgie.

— C'étaient eux et rien d'autre. S'il y a une chose dont tu peux être sûre, Ruth, c'est que tu es une enfant de l'amour absolu, tout comme ton frère. Je me suis incliné, mais pas sans me battre, car ta mère en valait la peine. Si nous étions nés quelques dizaines d'années plus tôt, je me serais battu en duel ! Peu m'importait de me ridiculiser, d'y laisser ma fierté, mon amour-propre…. Je crois bien que j'avais perdu le sens commun. C'est Almah qui m'a éconduit, et fermement, tu la connais, tu peux imaginer. Quelle claque ! Et j'ai dû assister à leur mariage. Je me suis résigné, j'ai eu le temps de siroter ma jalousie et de ravaler ma frustration. Et quand il leur a fallu choisir entre fuir et rester, je les ai aidés car l'unique chose qui comptait pour moi, c'était qu'Almah soit en sécurité. Après, j'ai été habité par une peur, une peur corrosive, celle de ne jamais la revoir, mêlée à un fol espoir. C'est cela sans doute qui m'a permis de résister à l'intenable. Pourtant, c'est un paradoxe, après la guerre je n'ai pas cherché à avoir de leurs nouvelles, je craignais d'apprendre leur disparition dans la tourmente. Mais la vie a parfois d'invraisemblables inspirations. Si j'avais accepté que la vie ne me destinât pas à elle dans notre jeunesse, j'ai aussi accepté qu'elle m'offre une seconde chance. Les années n'avaient pas entamé mes sentiments pour Almah. Je ne suis certainement pas l'amour de sa vie, mais aujourd'hui je crois bien que je suis à ma place, celle d'un compagnon, d'un sigisbée, comme on dirait dans notre bonne vieille littérature autrichienne ! Tu vois, Ruthie, j'ai fait mienne la phrase de l'Ecclésiaste « Goûte la vie avec la femme que tu aimes tous les jours de ta vaine existence » !

Heinrich observa un moment de silence, pensif, puis reprit :

— Je n'ai pas compris ce qui s'est passé pendant cette guerre. Il y a longtemps eu cette interrogation constante et si douloureuse : où se trouvait le Dieu de miséricorde, de pardon et d'amour, en ces heures ? J'ai fini par décider, pour ma santé mentale et pour conserver un minimum de foi en l'homme, que je ne voulais pas comprendre. Chacun discipline sa mémoire et organise ses souvenirs comme ça l'arrange. Le chemin qui m'a mené à la sérénité n'a été ni rapide ni facile, mais aujourd'hui j'ai soldé mes comptes avec les fantômes du passé et je suis en paix. Et c'est en grande partie à vous tous que je le dois, Almah en tête bien sûr. Ces dernières années de bonheur, je ne remercierai jamais assez le ciel de me les avoir offertes…

Je l'avais laissé parler sans l'interrompre. Jamais Heinrich ne s'était confié à moi ainsi. Jamais il ne m'avait ouvert son cœur avec autant de sincérité, et j'en fus bouleversée. Je sentais mes réserves céder, la tendresse déferler en moi en une vague puissante. Après tant d'années.

— Parce que je crois que ça ne va pas durer…

Une espèce de fébrilité s'empara d'Heinrich qu'il calma en buvant son jus à longs traits.

— Tu n'as que quatre-vingts ans, Heinrich…

— Quatre-vingt-un, pour être exact !

Il prit une grande inspiration.

— J'oublie des choses, Ruthie, de plus en plus fréquemment. Où j'ai posé mon chapeau, ce que j'ai fait de mes clés, je ne retrouve plus mon rasoir… Je ne veux pas le dire à Almah, alors je fais comme si de rien n'était. Mais j'ai l'impression que ça empire. Je ne veux pas qu'elle se fasse du souci pour moi, mais je crois bien que je deviens sénile.

C'était dit sans pathos, un simple constat, et ce fut comme si j'avais reçu une douche glacée. Un mot dansait dans ma tête. Alzheimer.

— Tu sais, Ruthie, je n'ai pas peur de mourir, j'ai eu droit à un long et heureux sursis, et j'en remercie le ciel chaque jour. Non, ce qui me fait peur, c'est… de devenir un poids pour Almah, moi qui lui ai promis de veiller sur elle, jusqu'au bout de mes forces.

Je me sentais si mal à l'aise, si gauche, pas du tout à la hauteur de telles confidences. Heinrich avait pris un air désolé et penaud qui me bouleversa. Je posai une main sur son bras.

— Je suis désolé, Ruthie, j'avais besoin d'une oreille amie. Quand on est vieux, la pudeur n'est plus à l'ordre du jour, on n'en a plus le temps. Mais ça reste un secret entre toi et moi, hein, promis ? Enfin, ajouta-t-il, fataliste, si ça continue comme ça, ce sera bientôt un secret de polichinelle.

— Heinrich, il ne faut pas t'inquiéter, c'est normal que tu oublies certaines petites choses. Moi aussi parfois je suis étourdie, et je suis bien plus jeune que toi !

J'essayais de le faire sourire et j'y réussis. Un sourire qui s'estompa vite.

— Je ne suis pas idiot, je vois bien ce qui m'arrive, Ruthie, répliqua-t-il d'un ton résigné.

— Si tu as un doute, alors parles-en à Domingo. Il te rassurera. Et s'il le faut, je t'emmènerai à Santiago ou à la capitale consulter un spécialiste, et nous nous débrouillerons pour qu'Almah n'en sache rien.

— Il nous faudra être malins alors, tu sais, elle devine tout.

Heinrich termina son jus de fruits. Je savais gré à cet homme qui s'était invité dans nos vies de savoir où était sa place et de me le dire avec ces mots simples. Je lui savais gré d'aimer ma mère comme il l'aimait, sans regrets, sans retenue, avec honnêteté. Je savais ma mère sereine avec lui, apaisée, libre de continuer à aimer Wil par-delà son absence. Je lui savais gré de me faire confiance au point de me révéler son angoisse devant la maladie qui, peut-être, s'annonçait. Ébranlée par les confidences d'Heinrich, je décidai de lui donner la place qu'il méritait au plus profond de mon cœur et je pris la résolution de lui venir en aide autant que je le pourrais.

C'était l'heure que je préférais. Quand le soleil commençait à descendre presque au ras du ciel, que la chaleur brute de la journée s'estompait et qu'une légère brise montait de la mer. Je rentrai jeter un coup d'œil sur Tomás. Il dormait. Je posai une main légère sur son front. Sa fièvre était tombée. Je décidai de raccompagner Heinrich chez lui. Il coiffa son chapeau de paille, m'offrit son bras et nous prîmes le sentier qui conduisait à leur maisonnette.

— Un jour ce sera toi, Ruthie, la gardienne de l'histoire de cette famille. Il faut que tu conserves tout précieusement. On ne peut être entier si on perd la mémoire familiale. Et ça vaut aussi pour tes enfants.

Sans le vouloir, il me ramenait des années en arrière, à ma période new-yorkaise, quand j'avais compris que pour savoir qui on est, il faut savoir d'où on vient.

*

Je ne croyais pas qu'Heinrich fût malade.

Ce en quoi je me trompais.

Au cours des mois suivants, les signaux se multiplièrent et Almah prit peu à peu conscience de l'érosion de sa mémoire.

Des examens confirmèrent le diagnostic que j'avais redouté.

Alzheimer.

16

Rompecabezas

Janvier 1984

Ana Maria et Frederick Rosenheck
Herminia et Julio Andrade
Aileen et Richard Cusak

ont le plaisir de vous faire part du mariage de

Alicia Rosenheck avec Juan Carlos Andrade

et de

Elvira Rosenheck avec Julian Cusak

Les mariages seront célébrés le 25 février 1984
à 11 heures
en la cathédrale San Felipe de Puerto Plata.

Un faire-part à rallonge pour un double mariage.

Se marier en même temps. Les jumelles de mon frère, qui ne faisaient rien comme les autres mais tout à l'identique, s'étaient accrochées à cette lubie. « Une seule énorme fête, c'est bien plus fun, *isn't it ?* » insistait Alicia, tandis qu'Elvira approuvait énergiquement : « On a toujours tout fait ensemble, pas vrai, Papi ? »

Papi était d'accord.

Alicia et Elvira avaient étudié à Miami, l'une l'architecture d'intérieur, l'autre le design, partagé un appartement à proximité du campus, rencontré leurs futurs maris ensemble.

Juan Carlos Andrade, un fils de la bourgeoisie cubaine d'origine galicienne émigrée en Floride à l'avènement du communisme, pour Alicia qui souhaitait s'établir à Miami, près de sa belle-famille.

Julian Cusak, un Américain d'ascendance irlandaise, pour Elvira qui allait vivre à Boca Raton, histoire de ne pas trop s'éloigner de sa sœur.

Il fallait que suive l'intendance.

Et ce fut une autre paire de manches. Deux mariages en un, trois familles réunies, un *rompecabezas*[1] sans nom.

Église ou synagogue ?

Elvira ou Alicia d'abord ?

Qui asseoir au premier rang ?

Où loger les deux tribus étrangères ?

Comment satisfaire papilles cubaines et irlandaises ?

1. Casse-tête.

Quatre mois de préparation.

Le mariage de Frederick et Ana Maria faillit bien s'échouer sur l'écueil et il fallut toute la diplomatie d'Almah pour résoudre les innombrables questions d'ordre pratique et bien d'autres. Quant à moi, j'avais retiré mon épingle d'un jeu qui ne me concernait pas.

Frederick fit donc deux entrées successives dans l'église, au bras d'Alicia qui avait gagné le tirage au sort de l'ordre, puis d'Elvira. Elles étaient ravissantes, resplendissantes de bonheur, et c'était bien tout ce qui comptait.

Ce fut une autre fête familiale, grandiose comme l'avaient voulu les jumelles, enjouée comme nous en avions l'habitude, éreintante pour Ana Maria et Frederick qui y gagnèrent quelques mèches blanches. Je les soupçonnais, bien qu'ils ne l'eussent jamais avoué, d'être soulagés que soient casées leurs filles – un pas de plus vers la sérénité.

Dolly Parton clama *I Will Always Love You*, The Jackson Five répondit *I'll Be There*, Amy Grant expliqua *That's What Love Is For*, Michael Bolton affirma *Love Is a Wonderful Thing* et tard dans la nuit, après le disco, les valses viennoises et le mambo, Phil Collins conclut le bal.

Another Day In Paradise.

Sur les photographies, nos rides éventails au coin des yeux, nos rires entre parenthèses et nos tempes aux fils d'argent.

Les indices du temps qui passe.

17

À vau-l'eau

Mai 1984

Sosúa, le 15 mai 1984

Querido Arturo,

Sauve qui peut la vie ! Les choses partent à vau-l'eau.

Je suis encore sous le choc des événements de ces dernières semaines. Qui aurait pu imaginer des émeutes de la faim dans notre pays où pousse quasiment n'importe quoi ?

Évidemment, à Sosúa nous sommes beaucoup moins touchés par la situation que les citadins, et, même si la grogne est bien là, nous avons été épargnés par la violence extrême. Juste quelques paros, *plus bon enfant que violents, routes coupées, pneus brûlés, bref tu connais la musique (si j'ose dire).*

Je soutiens de tout cœur les révoltes populaires, auxquelles le gouvernement a répondu avec une férocité inédite. La population est encore choquée des centaines de morts des terribles soulèvements du mois dernier. La violence n'est jamais un bon moyen, mais il est vrai que la situation économique n'est plus tenable pour les plus modestes. Les prix flambent et l'inflation galope à la vitesse d'un cyclone. Tu te rends compte que la livre de riz est passée à 80 pesos ? Un record. L'électricité est de plus en plus défaillante, quelques heures par jour seulement, avec des coupures sans préavis. Tous ceux qui le peuvent se sont équipés d'un inverseur, mais l'essence est inabordable. Nous voilà maintenant dans les griffes du dragon international. Le gouvernement n'a pas eu d'autre choix que d'appliquer les mesures d'austérité recommandées par le FMI, sous peine de voir se tarir le robinet de l'aide financière. Nous allons payer cher l'intempérance de nos piètres dirigeants.

Certains parmi les plus vieux se prennent même à regretter le temps de Trujillo, c'est te dire, et ils rêvent de voir revenir la main de fer de Balaguer dont ils imaginent qu'il saurait redresser la situation. Et peut-être est-ce cela dont nous avons besoin, car notre pseudo démocratie est bien mal en point et loin d'avoir tenu ses promesses.

Tu l'as compris, nous voguons en des eaux bien incertaines sur un navire fissuré qui prend l'eau de toutes parts. Écopons, écopons !

Comme dans tout pays pauvre, deux mondes s'opposent, celui de ceux qui se noient et celui des privilégiés qui gardent la tête hors de l'eau. J'ai parfois honte de notre position, mais je dois l'assumer et je dénonce autant que je le peux les dérives du gouvernement.

Et comme le dit justement Almah, en citant Salomé Ureña qui lui est devenue une sorte de maître à penser pour sa liberté de vues et son engagement : « C'est en continuant à nous battre pour créer le pays dont nous rêvons que nous ferons une patrie de la terre qui est sous nos pieds[1]. »

Puisse sa maxime être de bon augure !

Je change de thème.

J'imagine que ça ne te surprendra pas puisque tu es dans ses confidences (je le sais, inutile de nier) : Gaya vient de nous annoncer son intention de poursuivre des études de biologie marine aux États-Unis. Plus qu'une intention, c'est une décision, un projet qui a doucement mûri, comme un fruit gorgé de bon soleil, et qui est maintenant aussi solide que du roc. Nous avons été mis devant le fait accompli. Cela faisait un moment que ça couvait, des années à vrai dire, et je dois avouer que je n'ai pas été plus surprise que ça. Elle a manigancé son coup en douce avec George qui, comme il s'y était engagé, financera non seulement ses études, mais aussi tout ce qui va avec, logement, entretien, argent de poche. Ensemble ils ont choisi l'université de Wilmington, en Caroline du Nord. Évidemment j'aurais préféré Miami qui est plus proche et bien reliée à Puerto Plata, mais, comme tu peux l'imaginer, je n'ai pas eu voix au chapitre.

---

1. Julia Alvarez, *Au nom de Salomé*, Paris, Éditions Métailié, 2003.

Gaya est en chemin pour réaliser son rêve d'enfant, j'en suis heureuse pour elle, et comment pourrais-je m'opposer à son grand-père américain ? George est tellement heureux, c'est comme si le projet de Gaya redonnait du sens à sa vie. Mais crois-moi, je vais avoir une sérieuse discussion avec lui car je ne veux pas que Gaya cède à la facilité de l'argent et perde le sens de l'effort. J'estime qu'il serait bon qu'elle se trouve un petit job si son emploi du temps le lui permet. Et je compte que tu appuies fermement mon point de vue.

Ta filleule part donc fin juin rejoindre George à Miami ; il l'aidera à s'installer à Wilmington. Elle m'a fait gentiment comprendre qu'elle pourra aisément se passer de moi. Pauvre George, elle va le mener par le bout du nez. Si tu peux de loin en loin garder un œil discret sur elle…

Voilà donc mon premier poussin hors du nid et ça ne nous rajeunit pas. C'est une drôle de sensation, comme un vide qui se creuse en moi. Avec une espèce de volonté farouche, je me suis entêtée à croire que mon monde était figé, immuable dans son bel équilibre, mais les enfants grandissent, nous vieillissons et chaque jour mon naïf aveuglement est battu en brèche. « Syndrome du nid vide », diagnostique Almah qui a toujours un avis documenté sur tout.

Coïncidence, Gaya part aux États-Unis à peu près au même âge que moi et avec le même objectif. On dirait bien que dans notre famille l'histoire se répète. J'espère seulement qu'elle ne décidera pas d'y faire sa vie. Car je ne voudrais pas vivre loin de ma fille trop longtemps.

Malgré la tristesse de mon cœur de maman, si je considère les choses d'un autre œil, je dois t'avouer en confidence que, dans la situation difficile que nous traversons, savoir Gaya, toujours prompte à la révolte, loin du climat malsain dans lequel nous vivons, et ne pas avoir à assumer les frais de ses études et de son entretien est une véritable bénédiction. Ton frère, qui avait envisagé de reprendre du service à plein temps dans une clinique privée, est rasséréné et je suis contente qu'il ne soit pas contraint de renoncer à ses idéaux. Comme tu peux l'imaginer, la fondation médicale fonctionne à plein régime, Domingo et ses acolytes ne chôment pas.

Et de ton côté, quelles sont les nouvelles ?

La fin de l'année scolaire approche. As-tu l'intention de venir ? Je crains bien que non.

Comment avance le projet de Nathan ? Ce qu'il a entrepris est faramineux, d'une folle ambition, et j'ai hâte de voir le résultat. J'espère qu'il ne te donne pas trop de fil à retordre, le connaissant ça ne doit pas être facile tous les jours...

Réponds-moi vite, raconte-moi tout, tes lettres me manquent.

Je t'embrasse de tout mon cœur,
Ruth, toujours fidèle au poste.

18

Un petit sourire victorieux

Mai-août 1984

Gaya nous quittait pour réaliser son rêve d'enfance. Son départ pour les États-Unis fut un tendre déchirement. Almah cherchait à me consoler.

— Toi aussi, tu es partie à New York à son âge. C'est un passage obligé si on veut faire des études valables, remarquait-elle, insinuant sans avoir l'air d'y toucher que bientôt ce serait le tour de David.

Des études valables. Gaya n'avait pas opté pour la voie la plus simple. Aucune formation dans l'île ne pouvait la préparer au métier auquel elle se destinait. Pas plus qu'elle n'avait la moindre chance de trouver ici un emploi dans cette spécialité.

Elle avait choisi le jour où nous fêtions son *bachillerato*[1] pour annoncer :

— J'ai décidé d'étudier la biologie…

---

1. Équivalent du baccalauréat.

J'avais approuvé. À l'UASD[1], il y avait évidemment une filière biologie.

— … marine, avait-elle précisé en me fixant droit dans les yeux.

Je l'avais dévisagée, interloquée.

— Mais pour quoi faire ?

— Je veux étudier les baleines.

Ça sonnait comme une évidence. À cette minute-là, j'en avais terriblement voulu à Almah. C'était elle et personne d'autre qui avait fait naître et cultivé cette marotte chez Gaya, avec ses rituelles expéditions d'hiver à Samaná. Avait-elle inconsciemment incité sa petite-fille à faire ce qu'elle-même ne pouvait mener à terme ? J'avais encouragé cette inclination sans jamais penser que cela pouvait devenir une véritable passion, au point que Gaya veuille en faire son métier, un métier sans débouchés sur notre île. Je n'eus pas le temps de répliquer.

— George a pris tous les renseignements et nous avons choisi Wilmington, en Caroline du Nord, avait ajouté ma fille avec un petit sourire victorieux qui disait assez qu'elle avait tout calculé.

Un gros pincement au cœur. Qu'est-ce qui me peinait le plus ? Le « nous » pour Gaya et George, qui m'excluait sans préavis, ou la Caroline du Nord ? Je préférai oublier le « nous ». Miami, à peine deux heures d'avion, ça aurait été acceptable, quand la Caroline du Nord me paraissait bien lointaine. Les joues rouges, Gaya passa ses doigts en peigne dans sa crinière ébouriffée, repoussa la mèche qui cachait ses yeux et précisa :

---

1. Université autonome de Saint-Domingue.

— George financera mes études et s'il le faut je travaillerai, ne vous inquiétez pas, ajouta-t-elle sans me laisser le temps de la repartie.

David considérait sa sœur avec une admiration respectueuse. Par son assurance, sa détermination farouche, son calme, c'était l'effet qu'elle lui faisait. Domingo hocha la tête et je lus une nuance d'amusement dans ses yeux.

— Oh, mais je ne suis pas inquiet le moins du monde, puisque tu as tout prévu, constata-t-il avec son flegme habituel.

Moi non plus, je n'étais pas inquiète. Simplement triste à l'idée que Gaya quitte la maison.

Le soir, au creux de notre lit, réfugiée contre le torse de Domingo, je soupirai :

— Elle va horriblement me manquer !

Domingo me consola. Il partageait ma tristesse. Ces tournées sanitaires dans le *campo* où Gaya l'accompagnait volontiers, leurs parties de pêche et leurs randonnées, ces moments privilégiés qui n'appartenaient qu'à eux allaient aussi lui manquer.

— Mais nous devons nous réjouir pour elle. Quand on a une passion, il faut se donner les moyens de la vivre, ajouta-t-il en caressant mes cheveux.

— Nous devenons de vieux parents ! Bientôt ce sera David, tu verras, lui aussi va nous quitter.

— Il reste Tomás, nous ne sommes pas encore orphelins de nos enfants. Et puis après, il y aura nos petits-enfants, dit Domingo avec un sourire en roulant sur moi.

Son corps sur le mien, c'était ce dont j'avais besoin à cette minute précise pour me sentir vivante et encore jeune.

*

Gaya s'installa à Wilmington en août, d'autant plus facilement que, née sur le territoire américain, elle bénéficiait de la double nationalité. Peut-être était-elle en quête de la part d'Américaine en elle. Pour l'avoir affronté, je savais le tiraillement des racines multiples qui s'enchevêtraient en nous.

Le pire, le plus douloureux, restait encore à venir, mais à ce moment-là je l'ignorais.

Au cours des cinq années suivantes, nous ne reverrions Gaya que sporadiquement. Elle mettrait un point d'honneur à ne rater aucune des fêtes de fin d'année, fièrement affublée d'un sweat-shirt trop grand siglé UNCW, mais elle passerait toutes ses vacances d'été de stage en stage, dans un zoo marin de Floride à soigner des phoques, à bord d'un bateau pour étudier la faune des côtes chiliennes, dans un centre de sauvegarde des tortues à Puerto Vallarta, sur un navire d'exploration polaire dans l'Arctique…

Elle avait oublié nos baleines à bosse.

19

Sous le signe des Seahawks

Octobre 1984

Seahawk Village, le 5 octobre 1984

Mami, Papi,

Me voilà désormais sous le signe des Seahawks, les faucons de mer, ce qui me plaît bien. Je vous explique.

George m'a beaucoup gâtée. Je suis logée sur le campus dans le Seahawk Village qui est un complexe d'appartements universitaires avec un club-house et une piscine. Le mien a quatre chambres, une cuisine tout équipée, avec un lave-linge et même un sèche-linge. Vous imaginez ! Mes trois roommates, *Meryl, Lauryn et Shannon, sont sympas. Lauryn est ma préférée, elle vient de Caroline du Sud et suit les mêmes études que moi.*

L'année universitaire a commencé sur les chapeaux de roues. La mise en route est un peu rude pour moi qui suis habituée au rythme paresseux des tropiques, mais c'est extrêmement stimulant. J'ai choisi mes matières et il me faut prendre tout un tas de décisions.

Par exemple pour le sport. Il y a tellement de disciplines que je ne sais pour quoi opter. Le golf qui rassemble l'élite de l'université est trop snob, la natation où je suis bonne, trop solitaire. J'hésite entre le basket, le softball et le football pour leur esprit d'équipe. Il me manque sans doute quelques centimètres pour le basket. Toutes les équipes s'appellent les Seahawks et nos couleurs sont le bleu marine, le turquoise et l'or. Ce qui me rappelle la mer et le soleil de Sosúa.

Je contemplai le Polaroid que Gaya avait joint à sa lettre. Rayonnante, elle posait dans un sweat assorti d'une casquette aux couleurs des Seahawks.

L'océan d'ici n'est pas aussi beau que chez nous mais la plage est immense et idéale pour le jogging. De toutes mes décisions, la plus difficile a été le choix d'une sororité.

J'interrompis ma lecture pour me replonger dans mes souvenirs. La même question s'était posée à moi, et j'avais finalement fait le choix de n'appartenir à aucun de ces clubs de jeunes étudiantes. Je voulais le moins d'entraves et de contraintes possible. Une décision que j'avais parfois regrettée quand je voyais le réseau d'entraide et de relations que cela offrait.

Il y en a une qui te conviendrait parfaitement, Mami, c'est Alpha Xi Delta, avec sa devise « Le stylo est plus puissant que l'épée ». J'ai choisi Alpha Gamma Delta. C'est celle qui me correspond le plus pour ses valeurs et sa devise (Inspirer la femme, impact sur le monde, vivre avec un but), et elle a une portée internationale. Son symbole est une ancre, ce qui est en soi un signe.

Me voilà donc prête à entamer cette année qui, je le sens, va être formidable.

Je suis déjà invitée chez Lauryn pour Thanksgiving !

Je vous embrasse tous très fort. Gaya.

Et voilà, mon aînée commençait sa vie loin de moi, et, malgré un pincement au cœur, j'en étais heureuse.

Elle ne rentrerait pas pour ses premières vacances universitaires.

Comme l'avait dit Domingo fort justement, il me restait encore mes deux garçons.

20

Digressions anarchiques

Janvier 1985

« *Il se cherche sans avoir trouvé son univers.* »

« *Une chorégraphie complexe qui manque d'émotion.* »

« *La virtuosité technique ne fait pas l'âme d'un ballet.* »

« *Des digressions bien peu captivantes.* »

Laminée par la presse, la première chorégraphie de Nathan, *Digressions anarchiques*, fut un échec cuisant.

*

Un grand silence avait suivi le baisser final du rideau. Un silence lourd d'une perplexité gênée. D'abord pas un applaudissement, puis quelques timides claquements de mains, comme une politesse. Les critiques s'étaient esquivés sournoisement. Nathan avait immédiatement compris. En fait, dès les premières mesures, puis quelques minutes après l'entrée en scène de son étoile, il avait ressenti la tension du public. Plus tard, il se dirait qu'il n'avait pas choisi le bon compositeur, qu'il avait manqué d'inspiration, qu'il avait eu trop d'inspiration, il se reprocherait d'avoir voulu être à la mode, et mille autres choses encore. Le rituel dîner qui avait suivi cette première manquait de joie. Arturo semblait chagrin, les danseurs papotaient entre eux, échangeant avec leur chorégraphe des regards en biais. Même Myriam, son inconditionnelle alliée, semblait sur ses gardes et pesait chacune de ses paroles. Il n'y avait rien de cette exaltation d'autrefois, lors des premières des ballets dont Nathan était l'étoile.

Alors, humilié, il avait écourté la soirée, prétextant la fatigue. Il était resté silencieux pendant tout le chemin du retour et, dans leur grand lit, il avait tourné le dos à Arturo, lui opposant un silence résigné. Il n'avait pas dormi de la nuit, voulant croire, contre toute attente, que son intuition le trompait.

Arturo sortit très tôt le matin pour faire la moisson des premiers journaux. Il fit halte dans un bar, commanda un café, ouvrit les quotidiens et chercha fébrilement la page culturelle. Peiné par ce qu'il lisait, il se dit qu'il fallait cacher à Nathan l'étendue du désastre. Il jeta dans une poubelle les journaux les plus critiques et n'en garda qu'un qui affichait une tiédeur acceptable. Nathan lui sauta dessus à peine eut-il franchi le seuil et lui arracha le quotidien des mains. Puis, excédé, il enfila un jogging et descendit acheter le reste de la presse. Arturo se prépara à l'orage.

Le danseur étoile qui avait été l'enfant chéri des critiques était maintenant fustigé comme un chorégraphe présomptueux, qui n'avait pas trouvé son terrain d'expression. La plus indulgente des chroniques parlait d'une « impression mitigée ». Pâle, poings serrés, regard fixe, Nathan semblait ne plus rien voir. Il était ailleurs, s'enlisant dans le marais du désamour. Arturo posa une main sur son épaule en un geste de réconfort.

— Un véritable artiste ne se préoccupe pas du public. Oscar Wilde, tenta-t-il maladroitement.

Nathan se dégagea d'un haussement d'épaules agacé.

— Wilde n'était qu'un dandy cynique féru d'aphorismes foireux ! aboya-t-il, des larmes de rage plein les yeux. C'est complètement con ! C'est le public qui est le meilleur juge, car c'est pour lui que nous créons. Il faut avoir le courage de regarder la réalité en face. C'est un échec. On ne peut même pas parler d'une erreur de jeunesse. J'ai trente ans.

— Le succès c'est d'aller d'échec en échec sans perdre son enthousiasme. Churchill, risqua Arturo doucement.

— Tu fais chier, Arturo, va te faire foutre avec tes citations débiles ! Je ne suis pas Churchill, je ne suis qu'un danseur estropié et un mauvais chorégraphe !

La voix de Nathan se brisa. Sans prévenir, le voile qui brouillait ses prunelles se transforma en un furieux torrent sur ses joues. Arturo s'en voulut de sa maladresse. Pourquoi avait-il toujours besoin de se réfugier derrière la dérision ? Que ne pouvait-il trouver ses propres mots pour réconforter Nathan ? Le téléphone sonna. Arturo décrocha. Myriam avait lu la presse et venait aux nouvelles. Une main sur le combiné, Arturo articula silencieusement « ta mère » et Nathan fit signe que non. Il ne voulait parler à personne. À sa mère moins qu'à quiconque. Arturo bredouilla une excuse et raccrocha tandis que Nathan lui tournait le dos et partait s'enfermer dans la chambre en jetant :

— La danse, c'est terminé pour moi.

La porte claqua avec la brutalité d'un couperet qui tombe. Une soirée avait suffi à anéantir la vie de Nathan pour la seconde fois. Arturo resta impuissant et meurtri, car il savait trop tout ce qui n'était pas dit. Les mots suspendus dans l'air comme des bulles menaçant de crever et d'empuantir l'atmosphère entre eux. L'accident, sa responsabilité, la carrière brisée de Nathan, le fait que lui s'en était tiré indemne, sans conséquence sur son art. Il sut qu'il devait se préparer à une rude bataille.

Il n'y eut finalement pas de bataille. La guerre était perdue.

Car plus que son orgueil meurtri, c'était l'élan vital de Nathan qui était atteint, la danse était le tuteur de son existence.

Le ballet ne connut en tout que huit représentations, soit deux fois moins que ce qui était programmé, et Nathan s'enfonça rapidement dans ce qui ressemblait fort à une dépression. Sa faconde battue en brèche, il ne restait plus qu'un homme démoli. Il se laissa aller, ne se levait plus qu'à la mi-journée, sautait les repas, traînait en survêtement devant la télévision, sans goût à rien. Au bout de six semaines, il finit par ne plus sortir du lit. Puis il se mit à passer ses nuits dehors. Et Arturo n'en dormit plus. S'étant mis en tête de se prêter à une nouvelle série de shootings pour Mapplethorpe, qui n'avait toujours pas exposé sa première série de photographies, Nathan rejoignait sa clique au Kellers, devenu en quelques années le repaire sulfureux de la vie nocturne des gays, où le photographe recrutait ses modèles et ses amants parmi la clientèle latine et afro-américaine. Un soir, de guerre lasse, Arturo se laissa traîner à contrecœur au 354 West Street. Au sortir du club, il se jura que, lui vivant, Nathan n'y remettrait plus les pieds.

En désespoir de cause, Arturo, qui avait déjà tiré la sonnette d'alarme auprès de Myriam et d'Aaron, m'appela à l'aide.

— Il va très mal, Ruth, je t'assure. Et il refuse de voir un médecin. Je ne sais plus quoi faire pour le tirer de là. J'ai essayé de le faire sortir, de l'emmener en week-end, de lui faire rencontrer des gens. Rien à faire. Il refuse même de voir ses parents. Myriam est aux cent coups. Tout seul, je n'arrive à rien. Si tu as une idée, n'importe laquelle… Je me disais que…

Arturo poursuivit son plaidoyer et je savais parfaitement ce qu'il se disait. Il ne fallait pas être grand clerc pour entendre entre ses mots. Nous savions tous les deux à quel point Nathan aimait l'île, ses plages, son soleil. Après l'accident, après sa rééducation, quand il avait fini par admettre qu'il ne danserait plus, il avait passé de longues semaines à se ressourcer à Sosúa. Arturo avait la naïveté de penser que le soleil caraïbe guérissait tous les maux, ceux de l'âme comme ceux du corps. Mais moi, je savais que ce n'était pas vrai. Le fantôme de Lizzie était là pour me le rappeler.

— Tu te trompes, Arturo, le soleil n'est pas une thérapie magique. Je ne veux pas recommencer comme avec Lizzie que j'ai été incapable d'aider. Je ne le supporterais pas. Et je ne peux pas imposer ça aux garçons. Ni à ton frère. En tant que médecin, il se sentira responsable.

— Je t'en prie, Ruth, il faut essayer, je t'en prie. C'est ma seule issue. S'il te plaît, Ruthie !

Et bien sûr, Arturo eut gain de cause.

21

Un baume lénifiant

Mars 1985

Nathan jeta l'ancre à Sosúa à peine une semaine après que je me fus laissé fléchir par Arturo.

Almah avait tenu à m'accompagner pour l'accueillir et nous avions passé la nuit à Saint-Domingue, profitant de l'occasion pour faire quelques emplettes dans la capitale, notamment des livres, une denrée rare dans le Nord. J'avais dégoté une petite librairie dans la rue Mella. La Trinitaria ne payait pas de mine, une vitrine sombre, une porte étroite qui donnait sur une enfilade de salles mal éclairées. Il y avait là beaucoup d'occasions, des livres anciens et des publications politiques. Le libraire était un vieux monsieur toujours tiré à quatre épingles avec de petites lunettes à l'ancienne sans monture, un pantalon de toile et une *guyabera* de lin pleine de plis savants impeccablement repassée. Lors de ma première visite, des années auparavant, il avait pris un air docte pour me confier qu'il avait emprunté le nom de sa boutique à la société secrète fondée par Duarte en 1838 pour lancer la lutte d'indépendance du pays contre l'Espagne. Je l'avais sans doute appris en cours d'histoire mais je l'avais oublié. Depuis, nous étions devenus bons amis. Je me laissais volontiers guider par ses conseils judicieux et rapportais toujours des ouvrages intéressants. Almah y dénicha un roman de Zweig en allemand, ce qui la ravit, et un vieux traité de médecine naturelle qu'elle décida d'offrir à Domingo. Ce fut une soirée joyeuse et bien arrosée, comme nous nous en octroyions trop rarement, et le lendemain nous partîmes pour l'aéroport sous un ciel limpide. Derrière le rideau des cocotiers de l'avenue des Amériques, la mer turquoise étale étincelait comme un bijou. Un jour parfait.

*

C'est peu dire que Nathan avait pâle figure quand il débarqua à Las Américas. Oublié le garçon lumineux que nous connaissions. Il semblait totalement au bout du rouleau, pâle et efflanqué, morose et sans énergie. Il eut à peine un sourire et ne décrocha pas un mot durant le chemin de retour, faisant mine de dormir pour ne pas avoir à nous parler. Mais à plusieurs reprises, en jetant un coup d'œil dans le rétroviseur, je surpris son regard vide qui se perdait par la fenêtre. J'avais fait préparer pour lui le grand bungalow. « Tu es ici chez toi. Aussi longtemps que tu veux. »

Le soir même, en m'allongeant, exténuée, à côté de Domingo, je me fis la réflexion que je rejouais une partition déjà interprétée des années auparavant. Et je tentai d'oublier mes sombres pensées entre ses bras.

*

Ce fut une période difficile pour Nathan. En moins de trois ans sa vie s'était effondrée. Il avait dû renoncer à sa vocation, il était retourné à l'anonymat de l'homme de la rue après avoir brillé sous les projecteurs. Amputé de ses ailes de danseur, il avait dû tirer un trait sur sa carrière, puis il avait tenté avec détermination et courage de se réinventer. Il avait cru rebondir et, sévère camouflet, il venait d'essuyer un échec qui remettait en cause cette fragile reconstruction. Si la vie ne s'arrête pas à trente ans, le nouvel élan qu'il avait cru donner à la sienne s'était brisé net. Nathan était un être blessé, laminé corps et âme.

J'essayais de renouer les fils de notre ancienne complicité, mais c'était peine perdue. Je me heurtais à un mur et découvrais une personne que je ne connaissais pas. Je chérissais les images d'autrefois, celles de nos années communes, de notre vie quotidienne dans la maison de Brooklyn où nous avions vécu comme frère et sœur. C'était ma faiblesse depuis toujours, idéaliser l'enfance, la mienne comme celle des autres. Or Nathan était adulte. Le souvenir brûlant du cliché de Mapplethorpe ne me le rappelait que trop. Il y avait sa vie d'artiste, sa vie de star, sa vie de couple, autant de vies dont j'avais été exclue. Je le récupérais dans une vie d'homme brisé. Il se montrait parfois capricieux, amer, entêté, pessimiste. Mais surtout, il ne se montrait pas, car il était comme absent à lui-même.

Pourtant, je me sentais nécessaire, plus que pour mes enfants qui poussaient sans entrave.

Parfois la carapace de douleur et d'indifférence de Nathan se fendillait. Quand j'arrivais à entamer un dialogue avec lui, j'avais beau lui répéter qu'un échec est une opportunité de rebondir, il n'en démordait pas : la danse lui avait claqué la porte au nez, il devait réinventer sa vie et il ne voyait pas comment.

— Barman ? Garde-malade ? Croque-mort ? ironisait-il, aussi grinçant qu'un accord de *guira*. De toute façon, je ne sais rien faire. J'aurais dû écouter mon père. Si j'avais suivi des études d'architecte, je pourrais intégrer le cabinet, au lieu de quoi je suis tout juste bon à en être le coursier.

— Nathan, la dérision n'est pas une solution ! Tu es un artiste, tu es bourré de talent et de créativité. Tu vas trouver une nouvelle voie… Cherche en toi, au fond de toi il y a une pépite qui sommeille et qui ne demande qu'à s'exprimer, j'en suis certaine.

J'étais peinée car il n'y avait même pas d'apitoiement dans le discours de Nathan, juste un constat et de la résignation. Il n'avait jamais connu d'échec jusqu'à l'accident, et depuis tout avait déraillé. La seule personne que Nathan tolérait dans son exil intérieur, la seule qui parvenait à lui arracher un sourire, c'était Almah.

Arturo téléphonait régulièrement. Quand je lui tendais le combiné, Nathan faisait signe que non. Non, il ne voulait pas lui parler. Je rassurais mon ami : « Il reprend du poil de la bête, ne t'inquiète pas. » Et de fait Nathan semblait aller un peu mieux. Comme Arturo l'avait espéré, le soleil et la mer étaient un baume lénifiant pour son âme blessée. Un jour, je lui dis que les Chinois considéraient l'échec comme la mère du succès. Nathan haussa les épaules et sourit tristement.

— Tu me fais penser à Arturo avec son répertoire de citations qu'il dégaine à la moindre occasion. La dernière fois c'était Oscar Wilde ! D'ailleurs je lui ai répondu méchamment et je ne me suis jamais excusé.

Ce soir-là, et je considérai que c'était une petite victoire, Nathan appela New York et eut sa première conversation apaisée avec Arturo.

*

Au fil des jours, j'en étais sûre, quelque chose cédait en lui. Un matin, je le surpris à sourire béatement au spectacle de la mer, un autre à façonner avec application des boules de sable qu'il alignait sur la grève. Il s'abandonnait souvent, le visage tendu vers le ciel comme une offrande, livré à la morsure du soleil. « Quand je ferme mes paupières, c'est tout rouge à l'intérieur, comme un feu qui me dévore, et ça brûle tout, les dérives de mon existence, le mauvais sort », disait-il avec une esquisse de sourire.

Un beau jour, Nathan me demanda un cahier, avec des feuilles blanches, pas de lignes surtout, un crayon de bois et une gomme. Je l'emmenai au Batey où nous ne trouvâmes qu'un de ces cahiers de dessin pour enfant avec Donald en couverture. Et là, au milieu de la boutique, son cahier entre les mains, Nathan éclata de rire, son premier vrai rire depuis son arrivée. Arturo avait raison : notre île caraïbe était bien une forme de thérapie.

Un soir que nous paressions sur la terrasse, Nathan me raconta l'histoire de George Balanchine qui n'était pour moi qu'un nom. Une blessure au genou avait mis rapidement fin à sa carrière de danseur, mais il avait réussi à devenir l'un des chorégraphes les plus influents du siècle et un pionnier du ballet américain.

— Voilà ce que j'aurais voulu, un destin comme ça. Être le nouveau Balanchine. Ou comme Noureev, voir le rideau se lever des dizaines de fois sur une de mes chorégraphies. Mais ça n'arrivera pas. Pas à moi. Si on ne m'a pas sifflé, c'est par pure compassion. Ce ballet était une erreur totale, depuis le premier instant où il a commencé à germer dans mon cerveau.

Certains soirs, Almah déboulait dans son bungalow, un panier au bras. Une bouteille de vin, deux verres, des cacahuètes grillées. Direction la butte du coucher de soleil. J'espérais qu'il retrouvait chez elle un peu de cet amour maternel sans limites, qui, sans l'asphyxier comme celui de Myriam, lui redonnerait foi en lui. Je savais qu'Almah pouvait enchanter des fragments de vie.

22

Histoire du soir

Avril 1985

— Ma parole, Almah, tu trimballes un âne mort !

Nathan étala le plaid sur l'herbe et déposa délicatement le lourd panier sur l'herbe rase. Almah s'assit face à la mer. Il se laissa choir à son côté.

— Tu as la souplesse d'une danseuse, constata-t-il, tandis qu'il s'escrimait à déboucher la bouteille de vin choisie par sa tante.

— Inutile de me flatter, mais c'est gentil d'essayer. J'ai la souplesse de mes vieux os et c'est tout !

— Je suis sérieux, Almah. Bien des jeunes femmes t'envieraient, crois-moi.

Almah lut la sincérité dans les yeux de Nathan et se rengorgea discrètement. Les compliments d'un homme, fût-il son neveu, étaient toujours bons à entendre, d'autant qu'ils se faisaient rares ces derniers temps. *La rançon de l'âge*, songea-t-elle avec résignation en fouillant au fond du panier.

— J'ai apporté quelque chose de spécial ce soir.

Nathan la gratifia d'un haussement de sourcil vaguement intéressé. Tandis qu'ils savouraient le vin frais, Almah lui tendit un livre à la tranche jaunie. La couverture cartonnée et enluminée disait que c'était une antiquité.

— Tiens. Je lisais cette histoire à Frizzie et Ruthie quand ils étaient petits. Ils en raffolaient. Je l'ai retrouvée dans ma bibliothèque et j'ai pensé à toi.

Nathan déchiffra le titre, *Enriquillo*, de Manuel de Jesús Galván, et il feuilleta le livre. Il prit un air déçu.

— Oh, Almah, c'est en espagnol. Je ne suis pas sûr de pouvoir le lire.

— C'est un excellent exercice, ça t'obligera à faire des efforts ! Et il y a ça aussi, ajouta-t-elle en lui tendant un album épais. Des photographies de quand vous étiez petits. Il y a Ruth et Frederick, puis toi plus tard, précisa-t-elle avec un sourire complice.

Lorsqu'elle souriait comme ça, Almah chassait les mauvaises ondes. Nathan succomba à la curiosité. Il prit l'album, qu'il posa sur ses genoux, et se mit à le feuilleter d'un air distrait.

— Tu te souviens des étés que tu passais ici ?

— Bien sûr que je m'en souviens. Très bien, même. J'adorais venir, c'était tellement mieux que les horribles colonies de la Borscht Belt[1].

Nathan pointa d'un air interrogateur une vieille photographie où il avait reconnu ses cousins.

---

1. La Borscht Belt, aussi appelée Alpes juives, était une zone touristique de la région des Catskills fréquentée par les Juifs new-yorkais entre 1920 et 1970. On y comptait de nombreux hôtels, centres de vacances, campings et colonies de vacances.

— Ruth a six ans et Frizzie dix. Il y a deux autres enfants, Lizzie et Samuel, précisa Almah. Les quatre mousquetaires !

— Ils sont en maillot de bain, déguisés de plumes, d'épées de bois et d'armures en carton, constata Nathan en détaillant le vieux cliché.

— Oh ça ! s'exclama Almah dans un éclat de rire. Tu n'étais pas encore né ! C'est une de leurs créations théâtrales. Ils avaient pris l'habitude de mettre en scène les histoires qu'on leur racontait à l'école et chaque dimanche ils nous infligeaient une représentation qu'ils avaient répétée en grand secret. Je me souviens très bien de celle-là. Ils l'avaient intitulée *Anacaona*. C'est Lizzie qui tenait le rôle-titre, elle avait tiré la couverture à elle et ma Ruthie jouait les utilités. Un soldat et un chien, tu t'imagines ? Lizzie l'aurait fait passer par un trou de souris à l'époque ! Pauvre Ruthie !

Les paroles d'Almah se télescopèrent avec un souvenir enfoui au fond de la mémoire de Nathan. *C'est le soir, ce moment suspendu avant qu'on éteigne la lumière et qu'il glisse dans le sommeil. Il a six ans. Il est dans son lit, douillettement blotti contre Ruth qui lui raconte son histoire. Toujours la même, celle qu'il adore. Anacaona, la chef taïna avec sa plume dans les cheveux et ses fesses et ses seins à l'air, la vaillante guerrière meurt en luttant contre les envahisseurs espagnols.*

— Je la connais sur le bout des doigts, cette histoire. Ruthie me la racontait pour m'endormir quand elle vivait avec nous à Brooklyn. Ça me fascinait, il y avait de l'amour, de l'aventure, des batailles, de l'injustice, tous les ingrédients d'un bon mélodrame. Je ne voulais que cette histoire-là, et si par malheur elle en changeait un seul détail, je la rappelais à l'ordre.

Nathan souriait avec attendrissement à l'évocation de ces soirées d'enfance.

— Ça ne m'étonne pas de Ruth, marmonna Almah. Elle adorait cette histoire. Je te parie qu'elle a toujours le livre dans sa bibliothèque.

— Je vais lui demander de me le prêter, décréta Nathan en levant son verre sous le nez d'Almah avant de le vider.

Almah nota comme une résolution joyeuse dans le ton de son neveu et cela lui fit chaud au cœur. Ce soir-là, en redescendant la butte vers la maison, elle remarqua que le pas de Nathan était plus léger. Sur ses lèvres flottait un vrai sourire, le premier qu'elle voyait depuis des semaines.

23

Une armée de petits bâtons

Avril 1985

Ce ne fut pas un hasard. Je tombai sur le cahier de Nathan et c'était comme si je cherchais des indices. Pour être franche, Donald me narguait. Le cahier traînait, ouvert à l'envers sur la table de la terrasse du bungalow déserté par Nathan, parti en balade. C'était presque un appel et je n'y résistai pas. Une scène vécue quelques années auparavant, quand j'avais découvert les terrifiants écrits de Lizzie, me percuta comme un boomerang.

Le cahier de Nathan était plein de dessins et de notes. Des mots avaient été jetés en désordre, encerclés dans des bulles, certains soulignés de deux ou trois traits. Je remarquai que quand il écrivait pour lui, Nathan ne déformait pas ses A et que son écriture était plus rapide, nerveuse, tout en angles, finies les rondeurs et exit le A chantourné.

Les pages étaient semées d'un langage sibyllin dont j'essayai en vain de comprendre le sens. Une armée de petits bâtons droits ou inclinés qui s'organisaient en franges, en volutes, en figures géométriques, en arcs de cercle. Des dessins d'enfant qui mouchetaient les feuilles dans tous les sens. Puis, soudain, dans un éclair de lucidité, je saisis la signification de ce que j'avais sous les yeux. C'était une évidence : ces petits bâtons, c'étaient des danseurs. Quoi d'autre ? Nathan travaillait. Était-ce ainsi que naissait un ballet ? Je reposai le cahier, honteuse de mon indiscrétion, contente de voir qu'il revivait.

*

Je me mis à surveiller Nathan, d'aucuns diraient à l'espionner. J'assistais à une émouvante métamorphose. Désormais, il arpentait les plages toujours solitaire mais d'un pas assuré, il hantait le village où il échangeait des salutations, il chevauchait les *lomas* avec Almah, il devenait loquace au cours de nos dîners. À sa demande, j'avais installé la vieille lunette à étoiles de mon père sur la galerie de son bungalow et la nuit il restait de longs moments l'œil collé à observer les constellations.

Un matin, j'osai la demande qui me brûlait les lèvres :

— Tu travailles, Nathan ?

Il écarta ma question d'un sourire, et à lui seul ce sourire me sembla une réponse. Il me dit d'un air pénétré :

— Dans ce pays, rares sont les choses qui ne dégagent pas de la beauté. La poésie est partout présente. Il y en a plus dans la silhouette d'un fermier juché sur son mulet que dans tout ce que je verrai à New York en une décennie.

J'étais bien d'accord avec lui et je jubilais intérieurement car, quand un artiste reconnaît la beauté et la fait sienne, c'est qu'il mijote quelque chose.

Je sus ce matin-là que Nathan était en train de guérir de ses blessures, qu'il était sur la voie salvatrice de la création.

24

With love from your old fellow

Mai 1985

Nantucket, le 20 mai 1985

Ma Ruthie,

Je te tire mon chapeau. Vieille habitude, me diras-tu. Mais cette fois, je te le tire bien bas.

Merci, Ruthie. Tu es notre fée chérie.

Nathan est rentré à New York complètement requinqué. Il est gai et optimiste, plein d'une énergie nouvelle. Je retrouve le Nathan d'avant. Enfin, celui d'après l'accident et d'avant l'échec de Digressions. *Il y a tellement d'avants que je m'y perds.*

Incroyable comme quelques semaines chez vous ont réussi ce que de longs mois d'attentions ici n'ont pu faire.

Il a décidé de louer quelque chose à Nantucket pour l'été. Il a trouvé une petite maison sur pilotis plantée sur l'eau, face à l'océan. Il a même acheté un vélo pour se déplacer dans le village, ce qui lui permet d'exercer ses jambes.

Il y est en ce moment et ne veut de moi là-bas sous aucun prétexte. Il prétend avoir besoin de s'isoler pour travailler à un projet dont il ne veut rien me dire. Si tu as la moindre idée de ce qui se trame, s'il te plaît, mets-moi dans la confidence.

Pour l'instant je respecte son besoin de solitude, d'autant que mes cours ne sont pas encore terminés, mais je ne désespère pas de le rejoindre et d'en savoir plus d'ici quelques semaines. Je pense donc passer l'été dans le Massachusetts, et sans doute ne venir qu'une dizaine de jours à Sosúa, histoire de saluer mes parents et de te voir.

Embrasse tendrement tout le monde pour moi.

With love from your old fellow, *Arturo.*

Je repliai la lettre d'Arturo avec soin. Celle-là me faisait particulièrement plaisir. C'était la première lettre joyeuse que je recevais depuis de longs mois.

J'étais heureuse d'apprendre que Nathan avait repris du poil de la bête. En revanche, je n'avais pas la moindre idée de ce projet dont Arturo me parlait, même si la nouvelle corroborait mon intuition. Les alignements de petits bâtons revinrent danser dans mon esprit.

Nathan avait retrouvé le goût du bonheur.

25

Décisions radicales

Septembre 1985

Nantucket, le 2 septembre 1985

Ma chère Ruth,

J'espère que tu me pardonnes de t'avoir fait faux bond cet été.

Bien sûr tu m'as manqué, mais pour être tout à fait honnête avec toi, je dois t'avouer que je n'ai guère eu le temps d'y penser et que je n'ai aucun regret.

Cet été dans le Massachusetts a été un des plus beaux de ma vie. Un des plus fructueux aussi.

J'ai pris des décisions radicales. Et Nathan n'y est pas étranger.

J'ai démissionné de la Juilliard où je ne donnerai plus que quelques cours occasionnels.

Pourquoi ? te demandes-tu. Et c'est là la grande révolution.

Nous avons décidé de travailler ensemble, Nathan et moi. Depuis son retour de Sosúa, je sentais qu'il mijotait quelque chose, que quelque chose avait mûri en lui. Eh bien, voilà, ça a éclos ! Nous nous sommes lancés dans un projet fou et exaltant : nous travaillons à un ballet dont je compose la partition. Nous y avons longuement réfléchi, et c'est devenu une évidence.

Je ne t'en dirai pas plus, d'une part parce que les choses sont encore embryonnaires, d'autre part parce que nous avons décidé d'un commun accord de ne rien révéler à qui que ce soit. Même pas à toi...

La lettre continuait sur le même ton enjoué. Des banalités. Aucune vraie confidence. Comme si Arturo s'était absenté de notre amitié. C'est ainsi que je le ressentis.

Il avait raison, j'avais été déçue qu'il ne passe pas la semaine de vacances estivales prévue à Sosúa. Mais j'étais encore plus déçue de ne pas être mise au parfum de ce fameux projet qui « l'exaltait » et qu'il me prenne ainsi à la légère. À ses silences énigmatiques, à la banalité des cartes postales dont il m'avait gratifiée durant l'été, je me doutais bien que quelque chose de ce genre couvait. Quelque chose qui n'appartenait qu'à lui. À lui et à Nathan.

Je n'avais plus qu'à me résigner et à espérer qu'il daignât m'en dire un peu plus avant longtemps. Vexée, je rangeai sa lettre et décidai de ne pas y répondre.

26

Encore une extravagance

1986

Bien qu'elle lui fût adressée, Almah m'avait exhibé la lettre de Svenja comme un trophée, avec même une note très perceptible de fierté dans le regard qui signifiait : « Encore une extravagance de Svenja. »

Elle m'observa tout le temps que dura ma lecture, hochant la tête à chacun de mes sourires. Effectivement, Svenja restait à la hauteur de sa réputation.

— Elle s'est assagie quand elle a rencontré Eival. Parce qu'il était son grand amour, et elle ne lui a jamais failli, je l'aurais su, déclara Almah. Elle a eu beaucoup de mal à se remettre de sa mort. Mais une femme n'est pas vieille à soixante-dix ans. Elle peut vivre encore longtemps et a le droit d'être heureuse.

— Tout de même, mener une vie de bamboche à son âge…

— Ce n'est pas une vie de bamboche, Ruth. Ce que tu peux être vieux jeu parfois ! Elle s'amuse, voilà tout, et elle en a bien le droit. Le corps a ses raisons que le cœur ignore ! Mais là, tu vois, elle dit que c'est du sérieux. Tu l'as lu comme moi.

Svenja venait de rencontrer un colonel de Tsahal à la retraite, un homme de soixante-deux ans qui vivait à Beer-Sheva, au cœur du Néguev. Ce qui faisait d'elle une sacrée séductrice, au même titre que ces actrices hollywoodiennes dans la force de l'âge qui s'entichent de jeunes premiers. Mais Almah avait raison, on ne pouvait lui jeter la pierre de croquer ce qui lui restait de vie à pleines dents.

Le cancer avait fini par avoir raison d'Eival. Svenja l'avait soutenu dans son long bras de fer avec la maladie, six années de lutte, de rémissions, de récidives chaque fois plus sévères. À plusieurs reprises on l'avait cru définitivement sorti d'affaire. La rechute n'en avait été que plus dure.

Il y avait eu une shiva pour Eival. Malgré ses relations distanciées avec la religion, Svenja n'avait pu y couper. Dans sa mesure, Eival avait compté dans la construction de son pays, dans son développement sanitaire. Après sa jeunesse en kibboutz et une brillante carrière de praticien, il avait occupé de hautes fonctions au sein du ministère de la Santé. On n'aurait pas compris que Svenja n'honorât pas sa mémoire selon la tradition. Almah avait assisté son amie comme une sœur au cours de la semaine rituelle. Je n'avais pas pu me déplacer, mais je conservais, toujours brûlant, le souvenir de bribes de la lettre que m'avait adressée ma marraine à cette époque.

... Eival s'est battu comme un lion jusqu'au bout. Même si ses griffes, à la fin, n'étaient plus guère acérées...

... Quand la vie nous fait un cadeau, elle se hâte de le reprendre... Vieillir seule n'est pas une perspective amusante et ce n'était pas dans mes projets. C'est une chose que tu ne connaîtras pas, Ruthie. Un mari, trois enfants, des petits-enfants à venir... Je n'ai d'autre famille désormais que Mirawek et vous tous...

Ces mots simples et sincères m'avaient terriblement émue.

Avant de jouer les veuves joyeuses, Svenja avait passé plusieurs années à se remettre de son deuil. Lors de ses séjours à Jérusalem, Almah s'évertuait à lui redonner goût à la vie, et cela lui fut précieux. Le temps d'une parenthèse, elles renouaient avec leur complicité de jadis, quand Svenja faisait les quatre cents coups à Sosúa, affrontant sans sourciller les critiques des vieilles pies et des culs serrés, une double catégorie où elle avait rangé tous ceux qui la critiquaient. Quand Almah repartait, Svenja retombait dans une solitude de misanthrope qui lui était contre nature. J'avais proposé à Almah de nous retrouver toutes les trois à Vienne où elles auraient joué les guides touristiques pour moi, une vieille envie qui me taraudait toujours, mais Almah avait refusé tout net, préférant, avec Heinrich, retrouver Svenja en Israël, « une terre qui n'était pas plombée de souvenirs noirs ».

En précieux allié d'Almah, le temps avait fait son travail, et Svenja avait peu à peu renoué avec l'effervescence qui la caractérisait. Elle s'était lancée dans maintes activités associatives, humanitaires et culturelles, des voyages organisés, une vie sociale et amoureuse mouvementée jusqu'à rencontrer ce fameux Simon, la dernière en date de ses conquêtes, autour d'une table de roulette, lors d'une croisière en Méditerranée.

J'étais heureuse pour elle, indéfectiblement, quoi qu'il advînt de cette relation. Svenja méritait d'être encore heureuse, comme l'avait souligné Almah. Et je me surpris à penser que les femmes de sa génération, Almah et elle en tête, suivies de peu par Myriam, étaient de sacrées battantes, des femmes à qui on n'en contait pas. Des femmes qui traversaient la vie avec la flamboyance de qui a franchi les champs noirs de l'horreur, sans garder ni haine ni peur. Elles avaient le courage de qui sait se relever avec dignité, la force de qui possède, greffée à l'âme, une énergie vitale indéracinable. La vie mérite toujours de gagner.

Mes trois fées étaient là pour me le prouver et c'était la leçon que me donnait Svenja aujourd'hui.

27

Ça passe ou ça casse

Mai 1987

Une impression de déjà-vécu, voilà ce que je ressentais. Nous n'étions pas au Lincoln Center, dans la salle prestigieuse du New York City Ballet, mais dans le West Village, au Martha Graham Studio Theater, un lieu où une bonne partie de l'histoire de la danse contemporaine s'était écrite. Ce qui estampillait le nouveau ballet de Nathan comme une création ambitieuse, innovatrice et contemporaine.

Il avait fallu trouver des mécènes et leur soutirer le financement, convaincre un théâtre, recruter les danseurs, ajuster musique et chorégraphie, dessiner des décors, réaliser les costumes, et répéter, répéter et répéter, encore et encore… Ça avait été un travail de presque deux ans. Deux années pendant lesquelles Nathan et Arturo avaient travaillé d'arrache-pied, main dans la main, n'avaient jamais baissé les bras malgré les multiples embûches dressées sur leur chemin. Ils en ressortaient soudés et grandis, comme artistes et comme couple. Malgré leurs taquineries et leurs escarmouches, je décelais entre eux une communion et une harmonie approfondies et consolidées par les années et les épreuves.

La tension du clan – et nous étions nombreux car même les parents Soteras avaient fait le voyage – était manifeste avant même l'ouverture de l'austère rideau de toile noire derrière lequel se concentraient les danseurs. Assise entre Almah et moi, Gaya, qui avait fait spécialement le voyage depuis Wilmington, balayait la salle d'un regard émerveillé. Je cramponnais la main de Domingo. J'imaginais les derniers ajustements des costumes – dont le livret disait qu'ils avaient été créés par Óscar de la Renta, un couturier dont l'univers coloré rappelait les racines dominicaines –, les échauffements, les cous étirés, les dos cambrés, les poings serrés, les signes de croix, les rituels cabalistiques, Nathan donnant ses ultimes consignes, Arturo dans la fosse pianotant dans le vide de ses doigts fins, son genou agité de tressautements – il faisait toujours ça quand il était stressé… J'étais sous pression, mesurant l'enjeu phénoménal de ce qui allait se jouer.

Nathan et Arturo s'étaient quasiment retirés du monde pour bâtir cette œuvre commune. J'imaginais aisément l'euphorie créative des mois passés à travailler ensemble. Et comme cela, plus que tout, avait dû cimenter leur couple. Je savais par les courtes lettres d'Arturo que jamais ils n'avaient été aussi proches l'un de l'autre, assis côte à côte au piano, partageant des repas sur le pouce, vivant sans horaires, passant des nuits entières à explorer les infinis ressorts de leur imagination.

« Ça passe ou ça casse », m'avait avertie Arturo sans rien lâcher d'autre que « c'est parfois dans la désobéissance aux codes que se trouve le salut ». Je pestais de ne pas avoir été mise plus avant dans la confidence, mais Arturo avait été totalement insensible à mes supplications. Aucune information n'avait percé dans la presse. Nous ne savions absolument pas à quoi nous attendre. Juste le nom du ballet qui disait histoire et racines.

Même Myriam n'en savait rien car, quand Nathan avait utilisé ses locaux pour y travailler, il l'avait obligée à lui en remettre les clés et leurs doubles pour qu'elle ne soit pas tentée de venir l'espionner en catimini, nous avait-elle raconté d'un air déconfit. Elle était sur des charbons ardents, frétillant d'excitation sur son siège.

J'avais pourtant ma petite idée. Le nom du ballet, *Anacaona*, réveillait en moi le souvenir de douillettes soirées hivernales dans la maison de Brooklyn, un édredon de plume moelleux, une histoire, toujours la même, racontée sur le ton de la confidence, des éclats de rire haut perchés et des étonnements d'enfant.

28

L'âme d'Hispaniola

Mai 1987

Gazouillis de flûte, cacardements de clarinette, ronronnements de *guira*, roucoulements du piano, la nature murmurait. Nous étions en pleine forêt vierge. La végétation touffue, presque oppressante, cernait quelques huttes de bois sommaires édifiées en demi-cercle. Apparente immobilité. Des frémissements. Une danseuse timide apparut, bientôt suivie d'un aréopage d'Indiens lents et gracieux, avec pour seuls vêtements leurs peintures corporelles. Une incroyable liberté de mouvement les animait, leurs gestes souples, désinvoltes et voluptueux respiraient un hédonisme bienheureux.

Je n'avais nul besoin du livret pour comprendre l'histoire. La facilité avec laquelle je décodais les signes m'enchanta immédiatement, une petite satisfaction personnelle qui me gonfla d'un orgueil puéril.

Celui-là, cacochyme et tordu, c'était le *behique*[1].

Celle-ci, impériale, gracieuse, virevoltante, c'était la *cacica*.

Cette syncope de contractions et de relâchements du bassin et des épaules, c'était le jeu de pelote.

Ces filets de fumée, c'était la *cohoba*[2].

Une sorte d'ivresse s'empara du corps de ballet après l'évocation de cette cérémonie rituelle.

Tableaux de liesse, rapprochements érotiques, duos d'amour, affrontements guerriers, j'étais transportée au cœur du récit de la vie d'Anacaona, la *cacica* des récits d'enfant de Nathan, celle dont la statue se dressait sur la Plaza Mayor de Saint-Domingue.

Le piano égrena des notes comme une frange d'écume, la rumeur des *tamboras* enfla, libérant les entrailles de la mer, et je sentis, suspendue entre les résonances lourdes, la présence invisible du danger, l'approche inexorable du chaos menaçant le précaire éden des Taïnos.

Précédés d'une étrange croix figurée par deux danseurs, conquistadores et évangélisateurs à la raideur guerrière investirent la scène. Durant la lutte, la danseuse étoile, Anacaona, éclipsa son amant, Caonabo, par sa virtuosité. Gracieuse diablesse sur fond de fournaise, elle planait littéralement dans les airs au-dessus

1. Chaman.

2. Cette cérémonie taïno consistait en l'inhalation, précédée d'un vomissement purificateur, de substances hallucinogènes qui provoquaient un état d'extase permettant la communication avec des divinités.

des épées et des canons espagnols, en toutes sortes de figures audacieuses à la pointe du déséquilibre.

Il y eut des batailles, de la douleur, des sacrifices, des victoires, des trahisons, de l'amour, des morts. Sauts, tours, pirouettes s'enchaînaient à une allure d'enfer, laissant à peine le public respirer. Quand Anacaona fut mise aux fers puis à mort sur le bûcher, le souvenir ému d'un quatuor d'enfants s'escrimant sous l'ombrage incandescent d'un flamboyant se faufila dans mon esprit. Invisibles, Lizzie, Samy et Frizzie tremblaient avec moi.

Puis, par une ellipse temporelle inattendue, on plongea dans le Spanish Harlem et le récit d'une colonisation des temps modernes.

*

Sensuel et ensorcelant, imprégné de la force et de la beauté brute de la nature, le ballet était un voyage allégorique autour du bonheur idyllique et de la chute d'un peuple, de la colonisation, de l'exil, avec une violence élégante et une charge érotique affirmée.

Je savais de quels fils Nathan avait tissé son ballet et son imaginaire créatif me laissait pantoise, car j'assistais à un spectacle total, inédit. Il avait suivi la voie de Noureev, sublimant la chorégraphie des danseurs masculins qui, entre acrobaties, cirque et danse, n'avait plus rien d'académique. Dans la fougue de sa troupe, je retrouvais cette sauvagerie qui m'avait frappée des années plus tôt dans son interprétation du prince Siegfried.

Le jeu des résonances entre les deux civilisations, l'une destinée à disparaître et l'autre appelée à régner, apparaissait dans un dialogue entre contrainte et liberté, grâce et rigidité. Fragmenté en tableaux, le schéma narratif revisitait l'histoire de la colonisation et révélait l'âme d'Hispaniola, s'inspirant du syncrétisme religieux et retraçant au plus juste son identité indienne. Nathan avait réussi à capturer l'âme métisse de notre île, jusque dans son évocation finale du Spanish Harlem des années 1970, autre choc des cultures, autre oppression.

Son style hybride, oscillation permanente entre austérité formelle et démesure fougueuse, point de bascule entre ballet classique et folklore, mariait les traditions tribales aux techniques classiques et contemporaines, mêlait les influences indiennes et afro-caribéennes, une sorte de synthèse qui servait son propos avec une efficacité remarquable.

Cette danse n'était pas un simple assemblage de gestes harmonieux qui racontaient une histoire. Cette danse créait un univers émotionnel qui rétablissait le contact avec les énergies anciennes, naturelles et mythiques sommeillant sous le vernis de la culture.

C'était audacieux, créatif, inspiré, brillant. Du jamais-vu. Me revint le souvenir de cette vieille lettre de Nathan au lendemain de son premier succès d'étoile. Où il me confiait qu'il trouvait le livret de *Swan Lake* trop cliché, trop XIXe, que le New York City Ballet ne savait pas raconter des histoires si bien que ça. Que son ambition était ailleurs, qu'il rêvait de quelque chose de dérangeant, d'iconoclaste, de quelque chose qui révolutionnerait la danse.

Quant à la musique, elle épaulait chaque infime détail, soulignait chaque sensation avec une perfection divine. Tout était parfaitement millimétré, partition et danse se répondant avec justesse et délicatesse, une harmonie consommée.

J'imaginais Arturo dans sa fosse, vibrant, fabuleusement vivant. Il avait réussi ce que je lui souhaitais depuis des années. Il avait mis son âme à nu et je savais déjà que ce n'était qu'un premier pas dans sa carrière de compositeur. Bien avant que le rideau ne tombe, je sus que leur pari était gagné.

Le plafond résonna des dernières mesures, pleurs des violoncelles, quelques notes égrenées au piano dominées par le grondement du cor, fureur incontrôlée qui mourut en une agonie ultime.

Ce fut d'abord un timide crépitement d'applaudissements, qui enfla pour devenir rafale, puis déferlante. La salle s'était levée pour une ovation debout.

*

On attendait l'avis de Walter Brown qui faisait la pluie et le beau temps sur la scène culturelle newyorkaise, laissant pleuvoir couleuvres ou guirlandes de fleurs. « *Un ballet intense, intègre, totalement surprenant et vigoureusement engagé, qui fera date... un hommage habile entre histoire et questionnements contemporains... des partis pris originaux mêlant classicisme et ethnographie…* »

La presse encensa *Anacaona*. C'était un événement esthétique singulier, une perle chorégraphique, une danse de l'intelligence qui ne s'opposait pas à celle de l'émotion, un jeu de collages, de métamorphoses incessantes…

Dès lors, le ballet afficha complet pour l'intégralité de sa programmation et le producteur dut ajouter des représentations.

*

Plus tard, Arturo me confierait que le voyage n'avait pas été facile. Nathan et lui avaient dû mener une lutte farouche contre leurs démons, quand le doute s'invitait et remettait en question leur projet. Il me parlerait aussi de ces vilains mots, rivalités, mesquineries, jalousies, qui rimaient avec succès. Mais leur ambition commune et leur volonté avaient fini par triompher et les conduire là où ils voulaient aller, au sommet.

Anacaona ouvrit la voie. Nathan venait d'entamer un parcours chorégraphique qui allait faire de lui une figure importante de la danse contemporaine. Il imprimerait un style unique et innovant, soutenu par un langage chorégraphique narratif questionnant l'identité – un reflet de l'époque. Avec Arturo, ils vogueraient de succès en succès. « Pas des succès d'estime, mais de bons gros succès commerciaux », comme s'en vanterait Nathan, qui avait gardé quelque chose d'enfantin dans ses rodomontades.

Quelques années plus tard, leur ballet intitulé *Terre promise*, une ode à l'exil qui retraçait, pour qui savait lire entre les lignes, l'histoire familiale, serait carrément porté aux nues et ferait de Nathan un des chorégraphes les plus courtisés au monde, consacré en 1998 par un American Dance Festival Award.

29

Un caillou sauvage

Juillet 1988

Encore un arrachement. Un de plus. Ma fille à peine revenue, déjà repartie.

Deux jours après notre retour de Wilmington où Gaya, toge noire, *mortarboard* sur la tête et diplôme roulé à la main, avait paradé entre les professeurs et les étudiants, elle nous entreprit.

Elle choisit ce moment précieux d'après le repas où nous profitions de la relative fraîcheur sur la véranda. C'était une soirée familiale ordinaire, comme nous les aimions, et pour la première fois depuis longtemps nous étions réunis tous les cinq. David, qui venait d'obtenir un diplôme de finance à l'UASD et attendait le verdict concernant ses demandes dans diverses universités américaines, lisait un magazine économique, à demi enseveli dans un hamac suspendu à l'autre bout de la véranda, Tomás arrosait ses nouvelles plantations, Domingo fumait en silence la seule cigarette quotidienne qu'il s'autorisait, je me balançais voluptueusement dans un fauteuil en écoutant chanter les grenouilles. Un instant de paix, suspendu.

Gaya nous rejoignit sur la pointe des pieds comme si elle avait peur de troubler la quiétude de ce moment. Je me méprenais. Elle avançait à pas feutrés sur un terrain qu'elle savait miné. Elle tira une chaise pour s'asseoir entre Domingo et moi, bras autour de ses jambes repliées, menton sur les genoux, une position qu'elle affectionnait. Elle se racla doucement la gorge à deux reprises pour capter notre attention et :

— Il faut que je vous dise… j'ai trouvé un travail.

Je stoppai le balancement de ma *mecedora* en calant un talon sur le sol et me redressai contre mon dossier. Dans l'euphorie de la remise des diplômes, dans la presse du voyage aller-retour express, nous n'avions pas abordé ce thème que Gaya avait sciemment éludé. Convaincue que son diplôme, trop pointu, ne lui ouvrirait guère de débouchés, j'étais curieuse de ce qu'elle allait nous annoncer.

— Oui ? l'interrogea Domingo placidement

— Quoi comme job ? demanda David, qui manifestement pouvait à la fois lire et écouter.

Gaya prit une grande respiration avant de répondre, et à ce petit temps d'arrêt je sus que ce que j'allais entendre ne me plairait pas.

— J'ai signé un contrat de deux ans avec la station Darwin…

— Et ça se trouve où, la station Darwin ? demandai-je avec un espoir qui se recroquevillait.

— Darwin, c'est la théorie de l'évolution, précisa David qui décidément, du fond de son hamac, n'en perdait pas une miette.

— En Équateur, me répondit Gaya tout en hochant la tête en direction de son frère.

Voilà, un continent se dessinait entre ma fille et moi, par-delà l'Atlantique, l'Amazonie, les Andes, bref des barrières, des frontières. Une pluie de gravier crépita dans mon estomac.

— Dans les îles Galápagos, précisa Gaya.

Rajoutons le Pacifique pour faire bonne mesure. J'eus l'impression que même les grenouilles s'arrêtaient de chanter.

— Mais c'est au bout du monde ! parvins-je à articuler avec effarement.

— C'est le meilleur job qui était offert, ajouta Gaya sans tenir le moindre compte de ma remarque. Tout le monde le voulait, ce poste, mais j'avais l'avantage de parler espagnol et c'est moi qu'ils ont choisie. C'est vraiment une chance !

— Tu as fait tes études aux États-Unis et maintenant tu pars carrément à l'autre bout du monde. Ça veut dire qu'on ne te verra pas pendant deux ans ? m'étranglai-je.

— Maman, arrête de me traiter comme une enfant, protesta Gaya avec une petite grimace courroucée. Les avions, ça existe. Et crois-moi, c'est une formidable opportunité. Là-bas, je vais encore apprendre des choses.

— Tu aurais pu nous en parler avant d'accepter.

— Maman, je te connais par cœur. Tu m'aurais mis des bâtons dans les roues, tu aurais fait des pieds et des mains pour me dissuader, j'aurais fini par céder et je me serais retrouvée à distribuer des poissons morts à des dauphins sauteurs dans un parc aquatique !

— Ton pays n'est pas assez bien pour toi ?

— Tu sais bien que j'adore notre île, mais il n'y a rien ici pour moi. Enfin, pas encore, car j'espère bien que ça viendra. En attendant, je vais me former sur le terrain.

Je levai la main en signe de reddition, depuis longtemps j'avais renoncé à exercer toute autorité sur ma fille.

— Elle est où exactement, cette station, et on y fait quoi ? demanda Domingo qui avait suivi notre échange avec un amusement évident que je devinais à son sourire en coin.

— Dans l'île de Santa Cruz, c'est la plus importante de l'archipel des Galápagos qui est à la fois un parc national et une réserve marine. La nature et la faune y sont magnifiques, uniques au monde…

Un caillou sauvage perdu au milieu du Pacifique, voilà où ma fille allait s'exiler. Ses mots embaumaient le vent du large et résonnaient déjà d'un bruit de valise.

— … c'est un centre de recherche international : il y a des scientifiques du monde entier, des géologues, des océanologues, des volcanologues, des biologistes comme moi, de vraies pointures dans leur domaine. On y étudie toutes sortes de choses. Je vais travailler sur un programme qui explore des solutions pour harmoniser le milieu naturel et l'activité humaine, pour minimiser l'impact du tourisme sur les espèces endémiques. C'est sûr, ça me sera drôlement utile quand je reviendrai pour nos baleines, ajouta-t-elle avec une détermination sereine.

Si tu reviens un jour ! pensai-je.

— Et puis vous pourrez venir me voir, les visites sont autorisées !

Il n'y avait rien à ajouter, que des encouragements et des vœux de réussite. Je me consolai en me disant que compte tenu de la situation économique qui ne s'améliorait pas, de la disette énergétique et des violents mouvements sociaux, ce n'était finalement pas un mal que Gaya ne reste pas.

Deux semaines plus tard, elle s'embarqua pour les Galápagos. J'espérais qu'elle emportait avec elle l'amour de ses parents, le manque de ses frères et le goût de son île.

30

George le solitaire

Août 1988

Puerto Ayora, Station Darwin, le 10 août 1988

Chers tous,

Me voilà installée à Santa Cruz.

C'est un monde au bout du monde, très différent de chez nous.

Le village de Puerto Ayora, la capitale de l'île, est tout petit, bien plus que Sosúa, à peine dix rues de sable. Il n'y a pas de voitures, juste quelques pick-up pour transporter des marchandises. Pas de bruit, pas de pollution, un petit paradis.

La vie est agréable, c'est une existence entièrement gouvernée par la nature qui se révèle bien étrange. Dans les rues, on croise des otaries avec leurs bébés qui ne craignent pas l'homme. Parfois elles dorment sur des bancs. Ce sont les animaux qui sont les véritables habitants des lieux et nous ne sommes que des invités.

Ici tout le monde se connaît. Les Équatoriens sont des gens très doux, ils ne sont pas fanfarons et n'ont pas la gouaille des Dominicains, ils sont plus réservés, plus respectueux, plus travailleurs aussi. Ils sont plutôt petits et ont pour la plupart un physique très marqué d'Indiens, peau mate, yeux et cheveux noirs. Ils parlent un espagnol beaucoup plus académique que le nôtre. Ils sont discrets et sortent peu, sauf en fin de semaine où ils se lâchent, et ce sont des beuveries sans nom. De ce côté-là, ils n'ont rien à envier aux Dominicains.

Je vis près du port, je partage une petite maison avec deux autres chercheurs, Sam, qui vient du Québec, et Rebecca, une Argentine, qui émaille ses discours de che *à tout-va. Rien qu'à la façon dont il l'observe à la dérobée dès qu'elle ne le voit pas, je sens qu'il va se passer quelque chose entre eux.*

Je vais à la station à pied tous les matins. Ce qui me plaît, c'est que nous sommes une équipe venue des quatre coins du monde, tous animés par la même passion.

La faune est vraiment fabuleuse, bien au-delà de mes espérances, il y a des espèces rares, beaucoup endémiques, des spécimens hors normes. J'ai fait la connaissance de George le solitaire, la plus vieille tortue terrestre du monde. C'est un colosse, comme vous pouvez le voir sur la photo, qui est né en 1910, presque comme toi, Almita ! J'ai une tendresse particulière pour les fous à pattes bleues qui ressemblent à des personnages de bandes dessinées. J'ai fait mes premières plongées au milieu des otaries, des requins, des raies et des baleines à bosse. Je vous épargne le nom des espèces, mais les eaux d'ici sont bien plus riches que les nôtres. Le week-end, nous partons en bateau visiter les autres îles ou en randonnée à l'assaut des volcans. L'archipel est grand et chaque île réserve des surprises. Je n'ai pas le temps de m'ennuyer !

La seule chose qui me manque vraiment, c'est la chaleur et le soleil. Je n'aurais jamais cru qu'il puisse faire aussi froid en plein Pacifique.

Et bien sûr, vous tous, vous me manquez aussi.

Je vous embrasse de tout mon cœur, Gaya.

Sur la photographie jointe, Gaya posait hilare à côté d'une jeune Indienne aux cheveux longs. Entre elles, une espèce de monstre préhistorique de bonne taille au long cou fripé surmonté d'une petite tête peu engageante.

En relisant sa lettre, il me sembla que Gaya n'avait rajouté sa dernière phrase qu'au moment de signer, pour faire bonne mesure, comme une formule de politesse qu'il ne faut pas oublier pour ne pas froisser son destinataire. Je sentais bien que sa vie était ailleurs désormais. Et bien remplie. Je l'imaginais, sur son îlot perdu au milieu du Pacifique, ma petite fille devenue une chercheuse assoiffée de connaissances, une femme que rien n'arrêtait, surtout pas les frontières. Je considérai le timbre si exotique. Notre famille avait vraiment essaimé tout autour du monde. Étions-nous destinés à n'être en permanence que des exilés ? À ne rien vivre d'une façon linéaire et stable ? Sans doute était-ce cela qui faisait toute notre richesse, cette quête permanente d'un ailleurs plein de promesses. La mère en moi, la mère juive dont se moquait Domingo, espérait juste que l'exil de Gaya ne serait pas définitif.

Je me gardai de me confier à lui, je n'étais pas sûre que la fibre paternelle fût tissée des mêmes fils que les liens d'une mère avec ses enfants.

*

« Il faut que j'aille faire la connaissance de ce George qui a le même âge que moi ! » décréta Almah quand je lui fis lire la lettre de sa petite-fille.

J'étais prête à parier qu'elle serait la première à rendre visite à Gaya. Ce en quoi je ne me trompais pas. Ce ne fut une surprise pour personne.

Quelques mois plus tard, abandonnant Heinrich pour deux semaines, ma mère mit le cap sur les Galápagos, munie du livre de Darwin sur l'origine des espèces, « une lecture de circonstance ».

31

Pas assez de ponts

9 novembre 1989

4 h 45 premiers coups de pioche.

19 h 09 ouverture de la première brèche.

« Les hommes construisent trop de murs et pas assez de ponts. »

Markus se plaisait à répéter cette formule de Newton et j'étais entièrement d'accord avec lui.

Le mur tomba. Et avec lui, le symbole de la guerre froide et de la séparation du monde en deux camps.

Vingt-huit ans d'Histoire venaient de trouver une conclusion.

C'était attendu, la politique de glasnost de Gorbatchev avait préparé le terrain, érodant consciencieusement le rideau de fer depuis de longs mois. C'était l'après-midi chez nous et nous décidâmes de nous rassembler autour d'un dîner comme nous en avions coutume quand quelque événement valait que nous soyons ensemble. Un œil dans l'assiette, l'autre sur l'écran de la télévision.

La porte de Brandebourg, surmontée du drapeau de la RDA avec son marteau et son compas, étincelait sous le froid soleil d'hiver. Pourtant, ce que les jeunes Allemands brandissaient debout ou assis à cheval sur le mur, une jambe à l'est, une jambe à l'ouest, c'était le drapeau sobre de la RFA. Garçons et filles mélangés ouvrant la porte de la liberté à coups de pioche, une interminable file de vieilles Trabant franchissant la frontière pare-chocs contre pare-chocs, les index et majeurs haut brandis en V victorieux, les coupes de champagne et les verres de vin entrechoqués, les baisers est-ouest, les plaques de béton basculant lentement sous l'assaut d'outils improvisés, les immeubles tristes et les rues bondées de Berlin-Est, les policiers et les soldats est-allemands médusés, engourdis dans leurs uniformes bruns, leur autorité défaite en bandoulière, tout cela avait un air de fraternisation universelle.

Les lèvres de notre cher Markus tremblotaient. Lui dont l'impassibilité était pourtant légendaire avait du mal à maîtriser son émotion devant ces images encore impensables quelques mois auparavant. Almah restait silencieuse, un sourire énigmatique flottait sur ses lèvres. La liesse populaire était contagieuse, même à des milliers de kilomètres, même pour ceux qui n'avaient pas souffert dans leur chair la punition et la partition de l'Allemagne.

Au centre de l'écran, un couple d'âge mûr aux tenues démodées se tenait immobile, main dans la main, devant la vitrine illuminée d'une boutique de vêtements féminins, la bouche entrouverte, les yeux rivés sur un mannequin qui portait une robe jaune à fanfreluches, une robe de prêt-à-porter bon marché, à peine jolie. Leur fascination, leur émerveillement d'enfants découvrant un somptueux cadeau me bouleversa. Se tournant face au journaliste qui les filmait avec la froide indécence du voyeur, la femme eut ces simples mots : « C'est beau ! » Simplement ces deux mots qui disaient la vie à l'Est, ce qu'on leur avait ôté, leur mutilation, leur sacrifice. Leur image, symbole d'une humanité amputée, me hanterait longtemps, nouant ma gorge chaque fois qu'elle me visiterait. Je décidai d'ouvrir mon article sur cette rencontre.

*

L'émotion intense qui secouait le monde entier avait une résonance particulière à Sosúa. Même si le mur de la honte signifiait la punition du régime qui les avait reniés et la rançon d'une faute incommensurable, certains des pionniers allemands de Sosúa avaient été meurtris par la partition de l'Allemagne, et dans les familles c'était un sujet sensible, miradors, chiens et barbelés rappelant d'autres sinistres images. Seul Werner Bartel, pourtant berlinois de naissance, s'était publiquement réjoui du partage de sa ville natale, ses convictions socialistes raffermies par ce « mur de protection antifasciste », comme l'appelait le gouvernement est-allemand. Mais bien vite, aux récits dramatiques qui transpiraient de l'Est, même lui avait déchanté, comme il l'admettait volontiers dans les houleuses discussions politiques qui se tenaient autrefois à l'Oasis.

Nous restâmes deux jours quasiment scotchés devant le poste de télévision. Le lendemain des premiers coups de pioche, les accents du violoncelle de Mstislav Rostropovitch arrachèrent des larmes à Almah. Dos au mur, sous l'œil complice d'un Mickey rigolard qui proclamait « *Willkommen in ~~Ost~~ Berlin* », assis sur une mauvaise chaise de fer empruntée aux gardiens de la guérite de Check Point Charlie, Rostropovitch se mit à jouer. Les premières notes du prélude de la suite n° 1 pour violoncelle seul de Bach happèrent quelques passants, qui se transformèrent en une poignée puis, au fil des notes, en un attroupement, jusqu'à grossir en une foule immense. Ce fut un moment de grâce, un moment suspendu, qui deviendrait une des images symboliques de la chute du mur de Berlin et le symbole d'une liberté retrouvée.

Cette parenthèse m'avait offert une trêve dans le titanesque projet qui m'occupait depuis plus d'un an. Elle m'avait permis de reprendre mon souffle pour mieux affronter la dernière ligne droite de ce chantier dans lequel je replongeais tête baissée avec un enthousiasme et une énergie décuplés, le cœur apaisé et revigoré d'une bouffée d'optimisme.

32

Un demi-siècle

Mars 1990

Voilà, nous y étions.

Le Batey était en habit de fête. Entré en effervescence, le village vibrait de cette fièvre si particulière qui disait que le lendemain serait de ces jours que l'on n'oublie pas. Les hôtels affichaient complet, tout comme la maison de Frizzie, la mienne et les bungalows de la *finca* où s'entassaient famille et amis.

Demain, ce serait le grand jour. Le maire de Sosúa couperait le ruban du musée juif en grande pompe, recueillant les lauriers d'une réalisation dans laquelle il s'était bien peu investi.

— Qu'importe ! m'avait consolée Almah. L'essentiel, c'est que ce musée existe. Nos histoires ont un socle définitif désormais. Ce musée, dont les murs résonnent de l'écho de nos vies, c'est la pierre angulaire de notre communauté. Et nous savons tous à qui nous le devons.

J'avais rayé de ma mémoire les affres des deux ans de chantier, de démarches administratives, de chasse aux informations, de courriers restés sans réponse, d'heures laborieuses dans les poussiéreuses archives nationales…

L'exposition était fin prête. Après bien des hésitations, j'avais opté pour une approche chronologique, certes banale, mais didactique et efficace. Un voyage de la Conférence d'Évian au monde d'aujourd'hui, une déambulation dans la vie quotidienne de la communauté au fil des ans.

J'avais passé des semaines le nez plongé dans les archives de la Dorsa. J'en avais triomphalement exhumé des courriers et les premiers guides pédagogiques pour fermiers en herbe. Les Archives nationales étaient un joyeux foutoir où je n'avais retrouvé que quelques photographies de Trujillo lors de ses visites à Sosúa et une copie de l'accord signé entre le Joint et le gouvernement dominicain, une pièce majeure qui ouvrait la visite.

En parallèle se dessinaient quelques itinéraires de vie singuliers et des thématiques qui me tenaient à cœur, celle des enfants notamment. Je voulais que les visiteurs touchent du doigt le bonheur intense de notre enfance, même si, à vrai dire, ils ne pouvaient qu'à peine l'envisager. Je voulais surtout qu'ils emportent avec eux un peu de notre mémoire.

*

C'était le soir, la nuit tombait. Main dans la main, nous déambulions, Almah et moi, seules dans ce modeste édifice pour lequel j'avais sué sang et eau.

À de petites crispations de la sienne, à de menus tressaillements de ses doigts, je sentais son émotion devant certaines vitrines renfermant des souvenirs qui la touchaient en plein cœur : la photographie du double mariage d'Emil et de Markus, le premier numéro de *La Voix de Sosúa*, les outils miniatures du potager des enfants… Mais à cette heure, il n'y avait plus de place pour mes propres émotions. Je vérifiais les éclairages, rectifiais l'aplomb d'un cadre, effaçais une trace de doigt sur une vitre, ramassais un copeau de bois oublié, caressais le gros livre d'or qui attendait sagement sur son pupitre les signatures des premiers visiteurs.

— Cinquante ans que nous sommes arrivés ! s'exclama Almah devant la vitrine renfermant un exemplaire du premier numéro de *La Voix de Sosúa*. Le temps a filé comme du sable entre mes doigts. Le parfum de l'aventure a déserté cet endroit depuis longtemps, on n'y vit plus désormais que des vies normales. Un demi-siècle… Je me demande ce qui est le plus long, ajouta-t-elle avec cette espièglerie enfantine qui lui appartenait, un demi-siècle ou cinquante ans ?

Je la regardais avec attendrissement.

— C'est magnifique ce que tu as accompli en deux ans, enchaîna-t-elle en balayant du regard les vitraux qui représentaient trois bénédictions judaïques. Moi seule sais la détermination et l'énergie que tu y as mises. Tu es partie de rien, c'était un projet ambitieux, un travail de titan, et je suis vraiment admirative, vraiment fière de toi. Je te le dis maintenant, car demain ce sera le bazar, le *volapük* de Markus, ajouta-t-elle en riant.

— Sans ton aide, Maman, je n'y serais jamais arrivée. Je me souviens du jour où on a envoyé les premières lettres comme des bouteilles à la mer, j'avais si peur de gratter de vieilles plaies !

Ruth se tut et un sourire s'invita sur ses lèvres au souvenir de la pagaille à la poste de Puerto Plata au moment d'affranchir et de poster leurs courriers. Leur joie quand elles avaient reçu les premières réponses, ces encouragements, ces témoignages, toutes ces histoires qu'elles découvraient. Et ces centaines de photographies qui affluaient de toutes parts. Heureusement, Almah était là pour l'aider à faire le tri dans ce fatras de documents. Il leur avait fallu être vigilantes et équitables, attentives à ne froisser personne, et mettre de l'ordre dans ce capharnaüm où le seul chemin fiable était la mémoire d'Almah. Et cette collecte de vieux objets... Ruth laissa échapper un petit rire :

— Tu te souviens de la lessiveuse en fer-blanc de Dilma ! Avec notre pick-up, on aurait dit les ferrailleurs de *hierro viejo*[1] !

— Oh, et quand on a reçu ce billet de 20 shekels plié dans une enveloppe le même jour que le gros chèque de l'association des anciens de Sosúa à Miami ! renchérit Almah.

Son principe, celui des petits ruisseaux, avait trouvé sa concrétisation dans les oboles des anciens qui avaient finalement alimenté une grande rivière. J'avais eu aussi la surprise de recevoir des subsides d'illustres inconnus, principalement des familles juives américaines,

1. Littéralement « vieux fer », le cri des ferrailleurs qui sillonnent les villages dominicains.

qui avaient eu vent de mon projet, probablement *via* le Joint, notre ancien organisme de tutelle, qui s'était révélé lui aussi un généreux mécène.

— C'est chouette, tout le monde a tenu à participer à sa façon, même modestement. Ce n'est pas le musée du Joint ou de la Cilca, c'est le nôtre, à tous. Et c'est grâce à toi, Ruthie. Ce musée, c'est ta réalisation. Bravo !

Je sentis la chaleur monter de mon cou à mes joues. J'étais en train de rougir telle une gamine, car je recevais ces louanges avec un infini plaisir, comme une douce caresse. Almah, si généreuse avec ses petits-enfants, était plutôt avare de compliments à mon égard. Elle préférait me tarabuster pour que j'avance, sa façon à elle de m'éperonner. Ce soir, elle baissait la garde avec tendresse, rien que pour moi. Au fond, je savais pertinemment que ce projet de musée n'aurait pas abouti sans son aide, elle aussi le savait, mais elle choisissait de m'en accorder tout le crédit avec délicatesse.

— C'est ta réalisation aussi, Maman.

— D'accord, j'en partage un peu la maternité avec toi, mais ça reste un secret entre nous. Un secret, tu m'as bien comprise. Tout le mérite est pour toi. Et pour le maire. Je ne tiens pas du tout à être mise sur le devant de la scène demain, pas devant toutes ces vieilles badernes…

— Ces vieilles badernes comme tu dis, ce sont tes copains d'autrefois !

— Ne crois pas ça. Nous étions une communauté, solidaire certes, mais avec tous ses travers. Enfin, je les aime bien tous autant qu'ils sont, car ils font partie de mon histoire. Tu sais que Rainer Schlesinger est là ! Toujours fidèle au rendez-vous, celui-là !

— On te mettra juste au centre des photographies, avec une flèche qui dira « conseillère historique » !

— Oh, Ruthie, arrête de te moquer de moi ! Incline donc ce spot correctement, il éclaire le plafond !

Je baissai les interrupteurs, noyant le musée dans l'obscurité, et refermai la porte de bois derrière nous d'un tour de clé. Nous traversâmes le jardin en longeant la synagogue qui, pour ne pas être en reste, s'était offert une remise en beauté, bancs revernis, dais dépoussiérés et nouveaux vitraux représentant les sept jours de la création. Le parfum suave de l'herbe de coco fraîchement tondue chatouilla mes narines. Au passage, je vérifiai que la bâche qui protégeait la stèle de marbre gravée, que le maire dévoilerait le lendemain, était bien assujettie.

Soudain j'eus besoin de me confier. Là, avec la permission de la nuit qui cachait mon trouble, je me laissai tomber sur les marches de l'escalier de la synagogue. Almah s'assit à mon côté, prête à accueillir mes confidences.

— Dis-moi, Ruthie, quelque chose te tracasse ? m'encouragea-t-elle avec douceur.

Je ne savais pas très bien comment lui dire.

— J'ai découvert que mon existence, notre existence ici, trouvait ses fondements dans une utopie. C'est le moment ou jamais de te le dire. À force de fouiller dans les archives, j'ai exhumé de vieux documents. Dans les premières décennies du siècle, au sein du Joint, l'avocat Rosenberg et l'agronome Rosen se sont faits les chantres du développement de colonies sous les tropiques. De 1924 à 1938, ils ont été les architectes d'une expérience sociale innovante : la transformation d'urbains en fermiers. Ils ont établi cent cinquante mille Juifs en Crimée avec la bénédiction de l'État soviétique. Ils y ont importé des semences, des tracteurs et des équipements de forage américains. C'était une soi-disant tentative de régénération de la « race juive » en la nettoyant de la pollution de siècles de vie urbaine. Le projet Crimée a été liquidé en 1938 par Staline, le Joint a persévéré dans son projet, ils ont alors choisi Sosúa. Dans une période où il se révélait difficile de trouver un pays accueillant des Juifs en grand nombre, la proposition de Trujillo est tombée à pic. Tu vois, Papa avait vu juste, comme ses notes en témoignent : Sosúa n'était pas une œuvre philanthropique.

— C'est vrai, tout est politique. Je sais bien, Ruthie, que ton père avait vu juste dès le début. C'était son caractère fouineur, comme il s'en vantait. Il avait réussi à convaincre Markus, et ébranler Emil et Mirawek. Mais il valait mieux battre en brèche cette position et laisser croire en la philanthropie du projet. C'était salutaire pour beaucoup d'entre nous. Ce temps est loin derrière nous, il vaut mieux désormais s'en tenir à la version officielle, celle qui fait plaisir à tous, tu ne crois pas ? Pas une allusion sur ce sujet demain, hein, motus !

Je laissai échapper un soupir résigné.

— Ton père serait fier de toi. De la bonne graine de journaliste, comme il disait ! Quoi qu'il en soit, ton existence est fondée non sur une utopie, mais sur une réalité, celle d'un exil, et de l'enracinement dans une terre d'asile qui a été un révélateur pour notre famille. Certes, notre famille s'est construite sur des absences, sur des vides, sur des vies perdues, sacrifiées, mais elle s'est solidement construite. C'est de cela qu'il faut te persuader.

Almah se releva, épousseta sa robe et nous regagnâmes la maison dans une étrange communion, celle du devoir accompli et d'une connivence intime.

Un instant parfait avec ma mère.

*

Que dire des festivités du cinquantenaire ?

Elles furent exactement conformes à ce qu'on était en droit d'en attendre.

Il y avait la famille, Myriam, Svenja, Mirawek, Emil, Nelly, les amis, Dieter, Arturo, Deborah… Un aréopage d'officiels représentant le gouvernement, des élus locaux, des journalistes.

Les pionniers avaient accouru des quatre coins de la planète, ceux de la première et de la deuxième génération, ceux de l'association des anciens de Miami, et c'était émouvant au-delà des mots. Il y avait d'anciens cadres fondateurs du Joint à l'origine du projet, dont Rosen qui ne fut pas le dernier à s'attendrir. Il y avait aussi les absents. Enivrée par un tumulte d'émotions, je les regardais, ces pionniers, et un puissant sentiment de reconnaissance me liait à eux. Ils avaient tous peuplé mon enfance et ma jeunesse. Tant de choses étaient advenues, tant de vies s'étaient construites ici, des bonheurs, des drames aussi, cela donnait le vertige. J'oubliais les petites jalousies, les rancœurs, les mesquineries, pour ne garder que les sourires. Avec leur détermination, leur goût de l'effort, leur âpreté au travail, leurs renoncements, leur dignité magnifique devant l'ineffable, ils s'étaient faufilés dans les lézardes de l'Histoire pour écrire ici une page de leur vie, la page essentielle, celle sans laquelle rien d'autre n'aurait pu advenir. Ils étaient des rocs, de la race des vainqueurs, et la présence de chacun ici, aujourd'hui, témoignait de ça : ils étaient victorieux et indestructibles.

La synagogue n'avait pu accueillir tout le monde pour le service religieux et les invités piétinaient sur la pelouse en une cohue compacte.

Il y eut des embrassades, des accolades, des rires, des congratulations, des confidences, des séances de photographie, des toasts, des libations, des agapes, des chants, des danses, des gueules de bois, et des larmes, beaucoup de larmes.

« Quelle assemblée épatante ! » répétait Almah, les yeux brillants, rayonnante de fierté. « Y a pas à dire, un véritable *volapük* », répondait Markus en m'adressant un clin d'œil. « Bravo, Ruthie, tu as magnifiquement réussi », me félicitait Domingo avec quelque chose de nouveau dans le regard, quelque chose qui ressemblait à de l'admiration. L'histoire des pionniers lui apparaissait dans toute sa magie. Il touchait du doigt l'aura poétique et romanesque de notre histoire. Nous pouvions partager cela désormais.

Je crois bien que ce fut ce qu'on appelle un moment suspendu, une parenthèse enchantée, un instant de grâce.

Les cinquante ans de Sosúa.

33

Le fait accompli

Décembre 1990

Nous piétinions fébrilement, Domingo et moi, dans le hall des arrivées de l'aéroport de Puerto Plata. Je l'observais en douce. Il s'était fait beau pour accueillir sa fille. Il portait un des deux polos Fred Perry que je lui avais offerts pour son anniversaire, le rouge qui faisait ressortir sa peau brune. Comme beaucoup de Dominicains, il avait cette faiblesse d'aimer afficher des marques américaines. Ça ne lui ressemblait pas et cela m'attendrissait. Avec un petit frisson d'orgueil, je me fis la réflexion que mon mari était toujours magnifique, malgré les années.

L'avion en provenance de New York nous ramenait Gaya. Nous n'avions pas pu lui rendre visite dans son repaire de Santa Cruz et cela faisait plus de deux ans que nous ne l'avions pas vue. Deux ans et demi exactement, une éternité. C'était la fin de l'année, la période où beaucoup de Dominicains exilés rentraient au pays pour les fêtes de la Nativité. L'aéroport en effervescence grouillait de familles au bord de l'hystérie. Des ribambelles d'enfants piailleurs couraient en tous sens. Une grand-mère coiffée d'un chapeau de feutre rouge à pompon blanc et une femme moulée dans un tee-shirt à l'effigie du mari attendu déployaient une grande banderole « *Juanito Bienvenido* » ; une gamine en tenue de fête cramponnait une grappe de ballons multicolores, d'autres trépignaient d'impatience en riant fort. Je les regardais tous, attendrie par cette allégresse contagieuse qui caractérise la Navidad dans notre île.

Les avions étaient surbookés et le vol de Gaya annoncé avec plus d'une heure de retard. Le niveau sonore était difficilement supportable, aussi nous décidâmes d'aller prendre un café hors de l'enceinte aéroportuaire. Assis à la table bancale du *colmado* d'un hameau voisin, sirotant un café épais comme un sirop, nous affrontions des questions d'ordre logistique.

— Je suis sûr qu'elle ne voudra pas réintégrer sa chambre d'enfant à la maison. Il va falloir l'installer dans un des bungalows de la *finca*, observa Domingo.

— Elle sera à côté d'Almah et Heinrich, j'imagine que ce ne sera pas pour lui déplaire, soulignai-je.

— De toute façon, il n'est pas dit qu'elle restera à Sosúa. Elle va trouver un travail. Il y a le nouveau Marineland à Punta Cana…

— Tu sais bien qu'elle déteste Punta Cana. Peut-être va-t-elle enseigner à l'université. Ou s'installer à Saona, qui sait ?…

Nos supputations allaient bon train, car nous n'avions pas la moindre idée des projets que pouvait former Gaya. Puis il fut temps de regagner l'aéroport. De loin, je repérai, émergeant de la foule, une hôtesse d'American Airlines en uniforme bleu marine qui allait et venait en brandissant un panonceau à notre nom. Je ne pus réprimer une bouffée d'angoisse en me précipitant vers elle, Domingo dans mon sillage. Et dans un filet de voix :

— Je suis Mme Soteras. Que se passe-t-il ?

— Vous êtes de la famille du passager Gaya Soteras ?

— Nous sommes ses parents…

Devant ma mine alarmée, l'hôtesse sourit.

— Ne vous inquiétez pas, Mlle Soteras ne sera pas sur cet avion, il était surbooké. Elle a pris le suivant qui atterrira à 16 heures.

Je poussai un soupir de soulagement en sentant tous mes muscles se relâcher. Mon Dieu, cesse-t-on jamais d'être mère ?

— Tu t'alarmes toujours sans raison, observa Domingo.

— Sans raison, tu en as de belles ! Toi tu ne t'alarmes jamais de rien. Je ne suis pas taillée pour encaisser des émotions de cette ampleur sans broncher.

Domingo cultivait le flegme endémique des Dominicains. Parfois c'était apaisant, parfois irritant. Je l'interrogeai du regard. Et maintenant ?

— Je n'ai pas envie de faire un aller-retour à Sosúa. Allons déjeuner dans un bon restaurant de Puerto Plata, décida-t-il. Des fruits de mer, ça te dit ?

*

Je fouillais la foule dense du regard et je les vis de loin. Petite, teint mat, cheveux de jais raides, yeux noirs.

C'était l'Indienne des photographies de Gaya.

— Gaya a invité une amie apparemment, laissa tomber Domingo qui les avait également repérées.

Quelques secondes plus tard, ma fille était dans mes bras. Ou moi dans les siens car elle me dépassait de quinze bons centimètres.

— Ma chérie, je suis tellement heureuse, enfin tu es là !

Elle passa dans ceux de son père. Une longue étreinte.

Puis, se retournant, elle passa un bras autour des épaules de l'Indienne qui était restée immobile, plantée quelques pas en retrait.

— Je vous présente Julia. Mon amie.

Gaya la poussa doucement vers nous et Julia nous tendit une main timide.

— Je suis très heureuse de faire votre connaissance.

Une raideur onctueuse, une voix d'enfant douce et timide qui résonnait d'un accent d'ailleurs. Andin ? Tout en serrant la main de Julia – « Bienvenue à Sosúa, vous êtes là pour les vacances ? –, je me demandais ce que les mots de Gaya signifiaient. Cette dernière s'empressa de préciser :

— Julia n'est pas là pour des vacances, elle s'installe ici. Nous allons travailler ensemble.

J'apprenais que Gaya avait un projet professionnel, projet dont elle ne nous avait rien dit. J'apprenais aussi qu'elle avait une associée dans la poche. Je n'osais pas regarder Domingo en face. Je n'avais pas la moindre idée de ce qu'il pensait.

*

Elles étaient claquées, comme l'expliqua Gaya. Vingt heures de voyage, trois avions, des Galápagos à Quito, de Quito à New York, de New York à Puerto Plata.

— L'avion était surbooké. Ils ont mis les places aux enchères. Nous avons laissé les nôtres et gagné 300 dollars chacune, rigola Gaya en étouffant un bâillement. Excusez-moi, je pique du nez.

Je lui jetai un coup d'œil dans le rétroviseur. Elle avait posé sa tête sur l'épaule de Julia et fermait les yeux. Comme elle était bien plus grande, ça faisait un drôle d'angle, déséquilibré et inconfortable. Je me retournai et, baissant les yeux, je vis leurs deux mains qui reposaient sur le genou de Gaya. Leurs doigts entrelacés.

Envahie par un terrible malaise, je frémis et ne pus retenir une petite grimace. Je levai les yeux, Gaya avait ouvert les siens et m'observait avec une expression qui hésitait entre amusement et provocation. Un petit sourire bravache vint fendre son visage et dans ses yeux passa une ombre à peine perceptible. Revendication ou prière ? Je me repris, considérai ma fille longuement en prenant soin de ne pas afficher ma surprise. Nous n'en avions jamais parlé ouvertement avec Domingo, mais nous avions tacitement admis que notre fille n'était pas attirée par les hommes. Julia était-elle la réponse à nos questionnements muets ? Je me retournai vers Domingo en lui lançant un regard circonspect. Absorbé par la conduite, il n'avait rien remarqué.

La pensée qui me traversa la tête ensuite prenait racine dans un souvenir ancien. Gaya venait de nous jouer le même tour qu'Almah bien des années plus tôt, quand elle avait débarqué au bras d'Heinrich. Nous mettre devant le fait accompli. Sans en avoir rien dit.

Une façon de faire comme si les choses allaient de soi.

Car finalement n'allaient-elles pas de soi ?

34

Ces visages d'ailleurs

Mars 1991

Une promesse faite à un enfant, on ne peut s'en dédire.

Gaya avait douze, non, treize ans, quand George s'y était engagé quelques jours après avoir fait sa connaissance dans son penthouse new-yorkais de la 5e Avenue.

Elle ne le lui avait jamais rappelé, mais c'était resté gravé dans sa mémoire. George traquait la moindre occasion de passer du temps avec sa petite-fille, et celle-ci en était une de taille. Il avait suivi l'évolution du chantier, assisté à l'inauguration *via* le journal de CBS et, dès l'ouverture au public annoncée, lui avait proposé : « Rendez-vous à New York. »

Gaya, qui essuyait les plâtres de son agence d'observation des baleines à Samaná, arrivait de Puerto Plata par un vol United, George de Miami où il n'en finissait pas de s'ennuyer dans sa retraite dorée.

— J'ai voyagé à côté d'un mec qui n'a pas arrêté de flirter ! déclara-t-elle en embrassant son grand-père sur le seuil du penthouse. Un lourdingue, tu n'imagines pas !

— Bonjour, ma chérie, oui je vais bien et moi aussi j'ai fait bon voyage, répliqua George, rodé aux entrées en matière tapageuses de Gaya.

— Oh, George, pardon, et merci pour le voyage, la classe affaires j'apprécie, se reprit Gaya en le câlinant. J'ai hâte ! Ah, et tiens, un cadeau pour toi, ajouta-t-elle en extirpant de son sac un paquet mal ficelé. Tu m'excuses, j'ai pas eu le temps de faire un joli emballage !

George déchira le papier pour découvrir un sweat à capuche brodé « Sauvons les baleines de Samaná » et laissa échapper un hoquet de surprise.

— Merci, ma chérie, juste ce qu'il me fallait pour les balades sur la plage en hiver !

— J'ai le mien, on se fera une photo ensemble et on l'enverra à Maman !

George sourit en pensant que jamais il ne porterait ce sweat à capuche. Ce n'était ni très chic ni de son âge.

— Bon alors ? On y va ?

Gaya avait du mal à contenir son impatience.

*

Ils s'embarquèrent à Battery Park sur un ferry flambant neuf baptisé *Statue Cruises*. Ça avait plus l'air d'une visite touristique que d'un pèlerinage sur un lieu de mémoire. Sur le pont, Gaya, nez au vent, regard rivé sur leur destination qui se dressait à quelques encablures, respirait les effluves marins mêlés aux relents de gasoil. Les cris lancinants des goélands scandaient l'avance lente du bateau.

En ligne de mire, l'île-prison devenue île-musée sous la férule des activistes. Celle où ses grands-parents, Almah et Wilhelm, avaient vu leur rêve américain se dissoudre dans les eaux grisâtres de l'Hudson. Là où même sa grand-tante Myriam n'avait pas eu le droit de leur rendre visite. Là où Ruth, sa mère, lui avait confié avoir été conçue. Là d'où, armés d'espoir, ils avaient embarqué pour une île des Caraïbes où il ne leur restait plus qu'à se réinventer une vie.

Ellis Island.

Comme George, très à son aise avec les chiffres, le lui avait expliqué, ça avait été un projet de longue haleine, presque dix années de réhabilitation, mené par le cabinet d'architecture bostonien Finegold Alexander and Associates, secondé d'un cabinet new-yorkais. La restauration et l'adaptation du bâtiment principal à des fins muséographiques avaient coûté quelque 150 millions de dollars, résultat d'une levée de fonds publique. Le musée avait ouvert ses portes le 10 septembre 1990. Ils étaient parmi les premiers visiteurs. Un pont, construit pour la rénovation de l'île, reliait Ellis Island au Liberty State Park du New Jersey. Ils avaient choisi la voie maritime, comme Almah et Wilhelm autrefois.

Gaya et George s'éloignaient de la ville vivante, de son vacarme, de ses enseignes surdimensionnées, de ses vitrines remplies de produits, de ses trottoirs débordant d'une foule affairée. Après une halte sur Liberty Island, ils abordèrent Ellis Island. L'endroit était silencieux, comme mort. Une espèce de recueillement trouble s'empara des visiteurs dès qu'ils posèrent le pied sur l'îlot. La plupart restaient muets, recevant de plein fouet le choc de centaines de milliers de noms de migrants passés par l'île gravés sur le mur d'honneur érigé devant le bâtiment principal. Ils n'étaient pas tous là, bien sûr. C'était impossible. Pour cela, il aurait fallu un mur plus long que la Grande Muraille de Chine, marmonna Gaya, tandis que George déchiffrait des noms au hasard. Lui cherchait des patronymes irlandais. Elle celui de sa grand-mère, qu'elle ne trouva pas. C'eût été bien improbable. Elle fut surprise de se sentir meurtrie, comme si on la privait d'une vérité qui la construisait.

Ensuite vinrent ces visages d'ailleurs, sourires absents, yeux angoissés, pleins d'espérance ou de résignation, les portraits de ces destins avortés et en devenir, un improbable grand écart.

Le grand hall du rez-de-chaussée était désert, Gaya l'imagina rempli de fonctionnaires taiseux et d'émigrants piétinant interminablement devant les bureaux des officiers d'immigration pour se faire enregistrer. Le tas de malles et de vieilles valises en carton symbolisant banalement l'exil ne l'émut pas plus que les montages photographiques. Elle ne retrouvait rien de ce qu'elle avait imaginé : les dortoirs surpeuplés, le réfectoire bruyant, les froides salles d'examen médical, le triste jardin d'enfants… Il y avait des maquettes de l'île à différentes époques, des photographies de la restauration avant l'ouverture du musée et des listes et des chiffres. Des listes de noms de bateaux des traversées. Des listes d'associations. Des listes de pays d'origine. Des dates. Des chiffres et des statistiques dans tous les sens. Rien qui fouettât son imagination. Elle se sentait vide à l'intérieur. Pourtant, elle voyait Almah, sa grand-mère, jeune maman perdue entre ces murs inhospitaliers, égarée dans ces longs couloirs lugubres avec Wilhelm, ce grand-père qu'elle ne connaissait que sur papier glacé ; dans une valise tout ce qu'ils possédaient désormais, ce qu'ils avaient sauvé de leur vie viennoise, cette vie d'avant dont elle ne connaissait rien. Elle les imaginait, blottis l'un contre l'autre, transpercés par le froid humide de la nuit qui tombait, contemplant Brooklyn interdit et ses lumières scintillantes. Elle les voyait tendre la main à en toucher les buildings de la *skyline* de Manhattan à travers les lambeaux de brume…

Les visiteurs pouvaient faire un don en mémoire d'un immigrant. Gaya se demanda si un tel geste aurait un sens. Personne de sa famille n'avait transité par Ellis Island avant d'émigrer aux États-Unis. Ses grands-parents avaient été refoulés, Myriam et Aaron étaient arrivés avec un compte en banque suffisamment garni pour qu'on ne fît pas obstacle à leur installation. Gaya signa néanmoins le livre des visiteurs et glissa un billet de 10 dollars dans l'urne, sans trop savoir pourquoi. George fit de même. Après deux heures de visite, ils quittèrent l'île. Ils étaient silencieux, un peu abattus. Une chape de mélancolie leur était tombée dessus.

*

Au retour Gaya se campa sur le pont arrière. Dans le sillage d'écume du ferry se dessinaient des arabesques moirées. En les regardant, elle se fit la réflexion qu'ici la vie sous-marine avait bien peu de chance. Levant le nez vers les tourelles, les bulbes et les façades aux parements blancs qui s'éloignaient lentement, elle plongea dans le passé.

Elle est Almah. Elle est cette jeune femme de la bonne société viennoise qui voit s'éloigner son rêve ; elle se tient, un petit garçon blotti contre son cou, au côté de Wil désemparé, fringant journaliste dont l'Histoire a laminé les projets. Elle ne sait pas alors que le pire de la guerre est encore à venir. Elle se serre contre lui, glisse son bras sous le sien, pose doucement sa tête sur son épaule. Il ne faut pas grand-chose à Almah pour apaiser les autres. Elle sait faire cela d'instinct. Tournant le dos à la poupe, elle entraîne Wil vers l'avant du bateau qui les emmène vers l'avenir.

Oui, c'est ainsi qu'ils avaient dû quitter Ellis Island, lui le cœur lourd, elle déjà vibrante d'une nouvelle vie qu'elle ignorait encore.

Ce fut une fulgurance.

Gaya se promit de demander à Almah de lui raconter Ellis Island. Dans les moindres détails. Comme elle l'avait vécu. Ce serait bien mieux que cette visite restée muette.

Et puis Vienne. Elle voulait connaître cette ville où était née sa grand-mère, où elle avait grandi, où elle avait valsé au bal des débutantes, d'où elle s'était enfuie au bras de son amour, un enfant à la main.

Un voyage, avant qu'il ne soit trop tard. Avant que sa mémoire ne s'éteigne.

Gaya voulait savoir d'où elle venait, du plus loin que cela fût.

35

Juste un lieu triste

Avril 1991

Gaya était rentrée depuis des jours quand je reçus sa carte postale qui avait mis trois semaines à me parvenir. Une vue du pont de Brooklyn. Je la retournai.

Bonjour de New York.
Ellis Island n'a rien d'exaltant. Juste un lieu triste.
En revanche, nous sommes montés
jusque dans la couronne de Miss Liberty
et ça c'était fun !
Et George m'a emmenée dîner au Pierre.
C'était magnifique.
Gaya
Avec toute mon affection, George.

Ces deux-là faisaient la paire.

Gaya savait faire passer George par un trou de souris. Elle en était parfaitement consciente. Elle en profitait.

Elle en abusait. Et il se prêtait au jeu avec un évident plaisir.

Cinquante et un ans après le transit de mes parents, Ellis Island était donc devenue un lieu de mémoire, de cette mémoire dont j'étais exclue. Frizzie, lui, avait fait partie de l'aventure. Moi aussi, à bien y réfléchir – encore que d'une façon fort incertaine –, puisque je lui devais mon second prénom, Elisa, comme Almah me l'avait confié.

Dans l'album de famille, il n'y avait guère de photographies de leur passage dans l'île-prison. Je ne me souvenais que d'une seule : mon frère, trois ans, triomphant, serrait dans ses bras un camion de pompiers cabossé. Un camion donné par les dames de la Croix-Rouge, un objet qui se cachait encore probablement quelque part dans ses étagères derrière sa collection de locomotives et les wagonnets de son train électrique. C'était le seul souvenir tangible de leur passage à Ellis Island. Ça et les tampons sur leurs vieux passeports.

J'avais du mal à appréhender ce qu'avait pu être leur séjour dans ce sas de l'émigration américaine. Pour comprendre, peut-être devais-je y aller. Je pris ma décision : j'irais lors de mon prochain voyage à New York. Je pourrais même proposer à Almah de m'accompagner. Et si, comme je l'imaginais, cette perspective ne l'enchantait pas, j'irais avec Arturo.

Et, pour que mon pèlerinage soit complet, il me faudrait aussi aller jusqu'en Autriche, ce qui me paraissait un rêve irréalisable tant Almah était fermement campée sur ses positions.

Je ne me doutais pas que la promesse tenue par George avait déclenché la même lancinante envie chez Gaya. Plus qu'une envie, un besoin. Celui de revenir dans le passé de notre famille.

36

Payer le prix

1991

Quand, en 1943, la Déclaration de Moscou avait officiellement fait de l'Autriche une victime du nazisme, les réactions avaient été vives à Sosúa et les voix n'avaient pas manqué de s'élever, lâchant des bordées d'exclamations et de jurons en yiddish – *Gevaldikeh Zach ! A shandeh oun a charpeh ! Drek ! Got in himmel*[1] *!* –, et quand le yiddish était de sortie à Sosúa, c'est que quelque chose allait de travers.

« *Les Autrichiens ne reconnaîtront jamais leurs torts !* tempêtait Wilhelm, le regard brûlant. *Ils se posent en victimes de l'annexion par l'Allemagne, alors qu'ils l'ont applaudie des deux mains ! Je le sais, j'y étais, j'ai vu les rues de Vienne ce jour-là !*

— *Quelle hypocrisie, non mais quelle hypocrisie !* fulminait Markus.

---

1. « Une chose terrible ! Une honte et un déshonneur. Merde ! Dieu du ciel ! »

— *Pas étonnant, vu la façon dont ils se sont comportés, des dirigeants au simple citoyen. Main dans la main, complices et lâches. Reconnaître leur faute les mettrait du côté des bourreaux, pestait Emil.*

— *Les Alliés sont des couards et ils se font complices du nazisme*, grognait Mirawek.

— *Tu y vas un peu fort, là !* » le tempérait Markus.

Bref, ça avait été une levée de boucliers écœurée, un tollé, un emportement collectif contre le gouvernement autrichien de l'époque, qui s'était mué en une sourde rancune. L'affront avait eu du mal à passer, si tant est qu'il fût jamais passé.

Depuis la fin de la guerre, l'Autriche, « première victime du nazisme », restait donc campée sur ses positions. Les organisations juives s'étaient heurtées au front du refus des gouvernements autrichiens d'après-guerre. En 1953, Nahum Goldmann, président du Congrès juif mondial, décocha au chancelier Julius Raab, qui se plaignait qu'on accusât l'Autriche de se victimiser, cette saillie devenue célèbre : « Je suis venu vous demander combien d'argent les Juifs doivent aux Autrichiens. »

*

Or voilà que, sous les pressions de tous bords, après des décennies de politique de l'autruche, l'Autriche, qui contrairement à l'Allemagne avait toujours été très réticente à dresser le bilan de son passé, venait de reconnaître sa coresponsabilité dans les crimes nazis.

— Quarante-six ans pour faire acte de contrition, il leur en a fallu, du temps, souligna Markus avec amertume quand nous apprîmes la nouvelle.

— Quelques années de plus et nous aurions manqué ça ! grimaça Almah. Tu imagines la tête de Mirawek ! Arc-bouté sur le sujet comme il l'était, je suis sûre qu'il fait des sauts de carpe sous les orangers de son jardin à Jérusalem. Quant à Wil, il doit exécuter une petite danse de la joie là où il est.

— Il y a de quoi ! Mais moi, je m'en fiche. Tant d'eau a coulé sous les ponts… Et ça ne changera rien à ce qui s'est passé. De toute façon, ma vie n'est plus là-bas depuis bien longtemps, répliqua Markus.

— C'est quand même une victoire et c'est ainsi que l'on écrira l'Histoire désormais. Tu ne peux pas y être indifférent, rétorqua Almah avec une note de satisfaction très perceptible.

Heinrich, qui depuis quelques semaines était dans une période de grande lucidité, l'approuva d'un hochement de tête.

— Maintenant ils ne peuvent plus s'opposer à l'acquittement d'indemnités ni à la restitution des biens. Ils vont bien être obligés de s'exécuter, nota-t-il d'un ton placide. Les survivants autrichiens de l'Holocauste attendent depuis un demi-siècle la reconnaissance de leur droit à un dédommagement raisonnable pour leurs souffrances et non une aumône. L'Autriche va passer à la caisse comme l'Allemagne !

— Comme si on pouvait évaluer en monnaie sonnante et trébuchante tout ce qui a été perdu… Voilà bien une position de commerçant, mon pauvre Heinrich. Et j'ignorais que tu attendais encore ça.

Almah chapitrait rarement Heinrich et j'en fus meurtrie pour lui, qui avait bien plus souffert qu'elle ou

Markus. Mais il ne s'en offensa pas et rétorqua, imperturbable :

— C'est une question de principe, Almah, l'Allemagne s'en est bien acquittée, elle[1]… Mais si le gouvernement veut réparer, il faut qu'il le fasse tant qu'il y a encore des victimes en vie.

— C'est sans doute un paradoxe, mais je refuse de me considérer comme une victime. C'est aussi une question de principe de vie. Si tu es une victime, tu n'avances pas.

Pour une fois, Heinrich tenait tête à Almah et il s'entêta :

— C'est une façon très concrète de reconnaître ce qu'ils ont volé, les vies, les biens…

— Crois-tu vraiment qu'ils puissent jamais en payer le prix ? répliqua Almah d'un ton qui n'appelait pas de réponse.

*

Finalement, en 1995, après presque cinquante années de pressions et de protestations internationales, le Fonds national autrichien d'indemnisation pour les victimes du national-socialisme fut créé. Le président de la communauté juive demanda et obtint que la simple présentation d'un extrait de naissance donnât droit au dédommagement forfaitaire prévu sous forme d'un paiement unique. Il n'y avait pas de date limite pour le dépôt d'une demande.

1. L'Allemagne fédérale a dû verser, en plus de 12 milliards de francs à l'État d'Israël, quelque 340 milliards de francs aux victimes du génocide elles-mêmes.

Ce serait David qui, très au fait de l'actualité, prendrait les choses en main. Après son MBA obtenu à Harvard quatre ans auparavant, on lui avait offert sur un plateau un poste de consultant junior dans un établissement financier de Wall Street. Chaque année, il empochait de confortables primes et gravissait des échelons qui le rapprochaient du management. Il avait naturellement endossé à distance la fonction de conseil financier et juridique de notre famille, un rôle dans lequel il faut bien reconnaître qu'il excellait.

Sans tenir compte du désaveu d'Almah et du désintérêt poli de Markus, il fit toutes les démarches par Internet. En 1996, Almah et Markus, comme chacun des 28 500 survivants de l'Holocauste nés en Autriche à travers le monde, reçurent une indemnisation de 5 087 euros.

Mais les choses ne devaient pas en rester là.

37

Le Faro a Colón

Juillet-octobre 1992

— Ce phare est une véritable monstruosité, déclara Almah, péremptoire, en repoussant d'un geste méprisant le *Diario* du jour.

— Je suis bien d'accord avec toi, approuva Heinrich, sans qu'on sût ce qu'il en pensait vraiment car il la contredisait rarement.

J'ajoutai mon grain de sel :

— Je me demande bien comment ils ont pu choisir un projet pareil. Un tel manque de goût, ça confine à l'exploit ! Je serais curieuse de connaître l'avis d'Aaron !

— Et c'est tellement coûteux ! Plus de 70 millions de dollars, renchérit Frederick.

— L'architecte est probablement un proche du gouvernement, je ne vois pas d'autre explication, ajouta Domingo, soulignant à demi-mot la corruption rampante qui gangrenait notre pays.

— En fait ce sont les plans d'un architecte écossais[1], qui datent de 1931, précisa Frederick, toujours bien renseigné.

— Il aurait dû rester en Écosse ! Et le pire, souligna Domingo, très remonté, c'est cette croix qui sera projetée dans le ciel. Le catholicisme n'est pas la religion d'État, nous sommes dans un État laïc, que je sache !

Ana Maria se contenta de hocher la tête en signe d'approbation. Pour une fois elle était d'accord avec nous. Puis elle se ravisa :

— Moi, ce qui me peine, c'est qu'on va y transférer les restes de Christophe Colomb. Je trouve que sa tombe mérite de rester dans la cathédrale !

Évidemment ! Je me retins de lui dire que personne ne savait où se trouvaient au juste les ossements du grand amiral. Entre Saint-Domingue et Séville, la bataille d'experts était toujours ouverte.

*

Chaque fois que le sujet revenait sur la table, il enflammait nos discussions familiales. Si nos avis divergeaient sur des points de détail, ils se rejoignaient sur l'essentiel : le phare-mausolée, dont la construction se terminait après six années de travaux, était une hérésie, tant sur le plan esthétique que symbolique, financier et politique.

1. L'Écossais Joseph Lea Gleave remporta le concours architectural parmi 455 participants venus de 48 pays. La cérémonie d'attribution eut lieu au Brésil en 1931, et le jury comprenait des architectes de renom tel Frank Lloyd Wright.

Sans parler des conséquences sociales, puisqu'il avait fallu expulser de leurs logements de fortune plusieurs milliers de familles qui avaient malencontreusement choisi de poser l'ancre à l'emplacement retenu pour le phare, quelques décennies avant qu'on en décide la construction. On avait également rasé les quartiers populaires précaires situés entre le centre-ville et l'aéroport, sur les rives du fleuve Ozama. Il fallait cacher les piètres conditions de vie et la misère du peuple au pape et aux souverains espagnols qui avaient annoncé leur visite, ils auraient pu s'en offusquer. Et tant pis pour les mal-logés. C'était d'un cynisme politique et d'une hypocrisie sans nom.

Résultat, le phare du 500e anniversaire de la découverte des Amériques, l'un des plus grands chantiers de notre pays, était aussi l'un des plus contestés, tant par le peuple que par ce qui restait des forces de gauche, sans compter les amoureux de l'esthétique, et il y en avait encore dans le pays.

*

On inaugura en grande pompe notre monstruosité architecturale pompeusement baptisée Faro a Colón, un mausolée stalinien obèse, 210 mètres de long, 59 mètres de large, d'une tristesse à pleurer, 5 000 tonnes de béton gris en forme de crucifix couché qui, à la nuit tombée, projetait dans le ciel une croix de lumière figurant celle du Christ. Au cœur du phare, veillé par un quadrille de soldats en grand uniforme blanc qui battaient inlassablement la semelle dans un ballet bien réglé, se trouvait une sorte d'autel sans goût ni grâce, sous lequel on avait scellé une urne supposée contenir les ossements de Christophe Colomb.

En octobre, Jean-Paul II gratifia la République dominicaine d'une visite officielle et, genoux à terre, il baisa le sol d'Hispaniola. Signe de reconnaissance et d'humilité pour ces terres dont on avait maté et dûment converti les habitants, Indiens primitifs et impies qui vénéraient les esprits et les éléments. Enfin ceux qui survécurent, à peine une poignée d'entre eux, car les tribus furent décimées par les fièvres européennes et les combats inégaux, quand elles ne choisirent pas le suicide collectif. Une véritable réussite de l'Église catholique, en réalité un génocide.

Suivirent de près les souverains espagnols, Juan Carlos Ier et Sophie, qui promirent de somptueux cadeaux, pièces de mobilier d'époque, matériel de navigation, cartes de navigation anciennes, livres précieux et autres incunables, qui seraient entreposés dans les salles latérales du phare, constituant le fameux musée des Amériques, sur le point d'ouvrir ses portes.

Ce que nous ignorions à l'époque, c'est que le phare, trop gourmand en électricité, ne résisterait pas à la pénurie d'énergie qui pénalisait le pays. Après quelques mois d'exploitation, l'emblème de la conquête allait tout bonnement cesser de projeter sa gigantesque croix dans le ciel *capitaleño* dominicain.

Les murs de béton se tapisseraient lentement de larges coulées noirâtres sous l'assaut des pluies tropicales.

Le projet de l'ambitieux musée des Amériques capoterait lui aussi. Beaucoup des nombreux pays du Nouveau

Monde, qui avait été gratifié d'une salle dédiée, n'enverraient rien de plus qu'un drapeau de toile ou des photographies en lieu et place des antiquités promises. Un camouflet ! Quant aux restes de Colomb, le mystère restait entier, personne ne savait s'ils avaient été rapatriés à Séville des siècles auparavant ou s'ils étaient réellement ensevelis dans le mausolée de béton érigé en l'honneur du navigateur génois.

Finalement, seuls les écoliers subiraient avec résignation le pensum imposé de la visite du monument à la gloire du découvreur des Amériques.

— Il n'y a pas de quoi être fier ! Voilà où mène l'orgueil boursouflé de nos politiques. C'est la montagne qui accouche d'une souris, conclurait Almah avec philosophie, quelques mois plus tard, mettant un point final à nos diatribes sur le phare.

38

Décret n° 319

Octobre 1993

Après coup, cela semblait facile.

Pourtant, le voyage n'avait pas été de tout repos.

Et surtout il fut long.

À la manière d'une alpiniste partie pour vaincre une montagne, Gaya prit son temps et avança à son rythme sur le parcours semé d'embûches qu'elle s'était choisi. Elle se heurta à mille difficultés qu'elle affronta sans flancher, les aplanissant les unes après les autres avec une détermination jamais prise en défaut. Avec une force qui s'était enracinée en elle aussi solidement que les massifs coralliens au fond de la mer, elle rallia à son combat des ONG nationales et internationales, batailla contre la pusillanimité des autorités, balaya les réserves des indécis, écrêta les réticences de ceux qui faisaient la pluie et le beau temps au ministère de l'Environnement et des Ressources naturelles, mit dans sa poche scientifiques et universitaires de tous bords et en particulier ceux de son ancienne université de Wilmington, résista au jeu malsain de la corruption élevée au rang de religion par les petits fonctionnaires. Elle avança, sans jamais renoncer, luttant contre les moments de découragement où le doute l'invitait à remettre en question son projet. Car elle y croyait de toute son âme et savait, au fond de son cœur, que la récompense se trouvait au bout du chemin, si dur fût-il, lorsqu'elle découvrirait la vue magnifique en atteignant le sommet.

Et elle y était.

*

Le Banco de la Plata y la Navidad fut officiellement créé par le décret n° 319 le 14 octobre 1993[1]. Le sanctuaire de protection des mammifères marins incluait la baie de Samaná et le Cayo Levantado et se déployait le long de la côte nord entre le cap Français et la baie de San Lorenzo, plus connue sous le nom de baie Écossaise. 19 438 milles carrés d'une profondeur de 18 à 3 000 mètres, où, de janvier à avril, loin de l'hiver qui refroidissait les eaux de l'Atlantique Nord, quelque 3 000 baleines à bosse – *Megaptera novaeangliae*, soulignait Gaya avec un rien de fierté presque maternelle – pourraient désormais mettre bas, élever leurs baleineaux et s'accoupler en toute quiétude. Au-delà des animaux, les écosystèmes du Banco, récifs coralliens, mangroves et autres prairies marines, seraient aussi protégés de fait,

1. Le Banco de la Plata y la Navidad a en réalité été créé par le décret n° 319 le 14 octobre 1986. Pour des raisons de chronologie, la liberté a été prise de le dater plus tardivement.

de même que les nombreuses épaves qui dormaient depuis des siècles face à la côte, à demi enfouies sous le sable et les forêts de corail.

Compte tenu du manque de profondeur des eaux en bordure de la côte, les bateaux de croisière devaient désormais obtenir une autorisation de passage. Gaya avait également réussi à faire entériner des procédures d'observation des mammifères marins qui faisaient dorénavant l'objet d'une charte stricte, pour éviter que les pêcheurs, qui s'improvisaient guides animaliers pendant la saison touristique, n'approchent les baleines de trop près et sans précaution.

*

— … une des rares zones de protection de cette nature dans le monde et le premier sanctuaire de mammifères marins créé dans l'océan Atlantique. C'est non seulement un sanctuaire pour les baleines à bosse, mais aussi pour toutes sortes d'autres espèces sous-marines, les baleines de Minke, les baleines à bec de Blainville, les baleines à bec de Cuvier…, s'exalta Gaya le soir où nous fêtions le décret en famille.

— Mon Dieu, j'ai accumulé pas mal de connaissances à mon âge, mais les baleines à bec manquaient à mon répertoire ! s'exclama Almah avec un rire de petite fille.

— Sans compter les dauphins à gros nez, les dauphins tachetés de l'Atlantique, les dauphins tachetés pantropicaux, les dauphins à bec étroit, renchérit Gaya.

— Des dauphins à gros nez ! Oh, tu m'en présenteras un, s'il te plaît, intervint Domingo en riant.

Gaya sourit avec indulgence à son père.

— Il y a aussi des globicéphales, et je ne parle même pas des rorquals de Bryde, ni de ceux de Rudolphi, des tortues marines, des invertébrés comme le lambi et des poissons pélagiques, sans oublier les lamantins qui sont inscrits sur la liste rouge des espèces en danger de l'UICN[1], poursuivit Gaya, très en verve.

— Des globi quoi ? intervint Tomás.

— Glo-bi-cé-pha-les, ce sont des cétacés, on les appelle aussi dauphins pilotes parce qu'ils nagent à l'étrave des bateaux.

— Respect ! Ma sœur est une grande spécialiste des dauphins !

— Tu en doutais ? le taquina Gaya.

— Pas du tout ! Sous l'eau c'est ton domaine !

— Et dans les *lomas*, le tien !

Je souris. Entre Gaya et Tomás, je reconnaissais un lien spécial, ce quelque chose de viscéral qui les liait à l'île, à cette terre, à cette mer, qui était un ciment entre eux, quelque chose que David n'éprouvait pas et qui l'excluait de leur relation. Un accent chantant des Andes brisa le silence.

— Et ce n'est pas tout, intervint timidement Julia.

On l'avait presque oubliée. Toutes les têtes se tournèrent vers elle. J'admirai silencieusement la compagne de ma fille. Julia si discrète, si réservée. Julia qui restait toujours en retrait. Julia qui avait su prendre sa place en douceur dans notre famille. Je soupçonnais qu'elle avait dû être soumise à rude épreuve durant ces derniers mois par une Gaya qui ne la ménageait guère.

1. Union internationale pour la conservation de la nature.

— Oui, Julia ? l'encouragea gentiment Almah.

Le temps avait aiguisé son regard sur les autres. Almah percevait leurs faiblesses sous les apparences, ce qui filtrait d'eux à leur insu. Elle découvrait des facettes d'eux-mêmes que parfois ils ignoraient. Elle savait le besoin de Julia d'exister, son farouche désir de faire pleinement partie de notre famille. Julia se racla la gorge, rejeta le rideau de ses cheveux noirs derrière son épaule et, bravant sa timidité, se lança :

— Il n'y a pas que la faune qui sera protégée, il y a aussi tous ces bateaux qui ont coulé près des côtes, un véritable musée sous-marin qui sera maintenant à l'abri de la convoitise des chasseurs de trésors.

Julia se tut et se tourna vers Gaya pour chercher son approbation. Elle venait de lui offrir une nouvelle occasion de briller.

— Julia dit vrai : on a localisé pas moins de trente-cinq épaves de galions et de bâtiments plus modernes dans les eaux du Banco.

Markus émit un petit sifflement admiratif en levant les sourcils.

— Trente-cinq ! Mais c'est énorme ! J'imagine que c'est un véritable livre d'histoire sous-marin, s'exclama Domingo.

— Ça doit être une véritable fortune qui dort dans vos eaux territoriales, sans doute des millions de dollars ! intervint George, qui n'avait pas hésité à nous rejoindre, sautant dans un vol Miami-Puerto Plata comme il le faisait à la moindre occasion désormais.

— Tu ne crois pas si bien dire. J'ai plongé sur les épaves du *Guadalupe* et du *Tolosa*. Ils ont été pris dans un cyclone en 1724 alors qu'ils arrivaient d'Espagne et ils ont coulé dans la baie de Samaná. C'est proprement fascinant. Aux dires des archéologues, c'est un témoignage exceptionnel sur l'architecture navale du XVIIIe siècle. Il y a encore plus ancien, le *Golden Fleece*, le navire du pirate Bannister, qui a coulé dans la baie en 1686, et le *Concepción*, en 1641, et aussi le *Scipion*, un navire de guerre français, qui a sombré en 1782. Et le *San Miguel* qui ralliait l'Espagne depuis le Mexique, chargé d'or et de bijoux préhispaniques, en 1551, mais celui-là, il est plus près de Río San Juan. Il a été pillé. Il y en a un autre, encore non identifié, qui date du XVIIIe siècle, plein de matériel de guerre, face à Playa Grande.

Je regardais ma fille, ébahie à double titre. J'étais soufflée par ses connaissances si précises et loin, comme Domingo, de me douter que nos eaux abritaient tant de richesses. Gaya savourait son triomphe et était intarissable. Elle ne fanfaronnait jamais, elle n'était jamais pédante ni sujette à des accès d'orgueil. Mais c'était son quart d'heure de gloire, comme aurait dit Arturo, un aboutissement, une consécration, et personne n'eût songé à lui reprocher la satisfaction qui la rendait radieuse.

Elle avait été l'initiatrice et la cheville ouvrière de ce projet, jouant un rôle prépondérant dans la création du Banco. Pourtant, malgré près de trois ans de travail et de lobbying acharné, elle était restée dans l'ombre, et si les médias se gargarisaient de cette réserve marine qui éclairait le pays d'une nouvelle aura écologique et culturelle, le nom de Gaya n'apparaissait quasiment nulle part, tandis que d'autres se pavanaient sous la lumière des projecteurs. Elle n'en paraissait nullement affectée, seul le résultat comptait pour elle, et j'y lus, au-delà d'une immense sagesse, la marque d'un engagement sincère et désintéressé. J'étais terriblement fière de ma fille et je me dis qu'en cela elle ressemblait à Almah.

Almah qui justement fit tinter son couteau sur le pied de sa coupe de champagne pour déclarer :

— Et maintenant, le cadeau !

— Le cadeau ! Le cadeau ! entonna Tomás tout excité et aussitôt suivi par un joyeux chorus.

Almah tendit un écrin de velours à sa petite-fille. Gaya l'ouvrit et se saisit délicatement de la chaîne en or. Nous avions longuement hésité avec Almah. Gaya ne portait jamais de bijoux, ou juste quelque bracelet de pacotille, lacet de cuir et bois de coco ou larimar[1], qu'elle achetait à des artisans locaux, « pour les soutenir », disait-elle. Après réflexion, nous avions opté pour une chaîne en or à maillons serrés avec en pendentif une plaque façon GI où nous avions fait graver deux baleines sur le recto et « Banco de la Plata - 14 octobre 1993 » sur le verso.

Je fus soulagée de voir Gaya sincèrement émue. Ses yeux brillaient d'émotion quand elle tendit sa nuque vers Julia qui assujettit le fermoir. Elle caressa le bijou en disant :

— Merci. Il ne me quittera pas, je le glisserai sous ma combinaison quand je plongerai.

Au bout de la table, George nous considérait, étrangement mal à l'aise. Je me sentis prise en faute ; comme il s'était annoncé au dernier moment, j'avais omis de l'associer au cadeau. Il tira de sa poche une enveloppe

1. Pierre fine bleue originaire de République dominicaine.

qu'il tendit à Gaya. Un chèque, pensai-je, tandis qu'elle déchirait l'enveloppe d'où, avec une certaine perplexité, elle extirpa une photographie. Elle décocha à son grand-père un regard interrogateur.

— C'est un bateau, crut-il bon de préciser.

— Oui, j'ai des yeux, je le vois bien…, hésita Gaya, soudain embarrassée, une lueur d'incompréhension dans le regard.

— C'est mon cadeau. Il t'attend à Miami. Deux ponts, quarante passagers, une vraie cabine de pilotage, un équipement radio dernier cri… Tu vas en avoir besoin, vous allez recevoir beaucoup de visiteurs désormais…

Un silence gêné tomba sur la tablée. Gaya était soufflée et peinait à comprendre. Sonnée, elle fit circuler la photographie du bateau qui passa de main en main. Il n'y avait pas à dire, c'était un beau bateau, un remplaçant de luxe pour son vieux rafiot qui menaçait de rendre l'âme à chaque sortie en mer. La munificence de George éclipsait notre chaîne en or. Gaya se leva, fit le tour de la table et embrassa son grand-père. Puis elle déclara :

— Merci, George. Je n'ai pas de mots… J'ai rêvé d'un bateau comme celui-là. Il a déjà un nom. Si tu n'y vois pas d'inconvénient, je l'appellerai *Wilma*.

Une bouffée d'émotion bloqua ma poitrine. Je glissai un œil vers Almah qui porta un index discret au coin de sa paupière.

Si George fut vexé, il n'en laissa rien paraître. Je l'aimais bien, George, il était beau joueur.

39

Les requins

Juillet 1993

David se racla la gorge en faisant tourner son café dans sa tasse. Je me recroquevillai mentalement, me préparant à encaisser le coup. Je connaissais assez mon fils pour deviner que nous n'étions pas seuls tous les deux sur la terrasse par hasard, qu'il avait soigneusement choisi son moment et qu'il allait m'asséner quelque chose qui n'allait pas me plaire. J'aurais été Almah, je lui aurais jeté un « Arrête de lanterner », mais j'étais Ruth et je préférais reculer le moment de l'entendre, ne fût-ce que d'une poignée de secondes.

Un nouveau raclement de gorge et mon fils se lança.

— Je voulais que tu sois la première à le savoir…

Je pris sur moi, une grande respiration, et hochai la tête pour l'encourager.

— Je… m'installe à New York. Définitivement. J'ai accepté un poste dans une banque d'affaires. Optimisation fiscale pour les grands comptes.

Bingo, je l'avais deviné. À peine son MBA obtenu, David me quittait définitivement et ne rentrerait plus que pour les vacances, et encore, si j'avais de la chance… Je lâchai un grand soupir.

— Mon Dieu, David ! Tu sais qu'il y a des banques à Saint-Domingue et de grosses entreprises. Tu n'as rien trouvé ici qui soit assez bien pour toi ?

— Je n'ai pas cherché. C'est Wall Street le centre névralgique des affaires du monde, de ce côté de l'Atlantique du moins.

— Tu as pris ta décision ou c'est encore une hypothèse ?

— J'ai signé mon contrat chez Lazard, une des banques d'investissement les plus importantes de Wall Street.

Nouveau soupir de résignation.

— J'imagine que je devrais être heureuse que tu ne partes pas à Hong Kong ou à Singapour.

Je me mordis les lèvres, ce n'était pas ce que David attendait de moi.

— Oh, David ! Tu vas vivre loin de nous. J'avais espéré que tes études terminées, tu reviendrais t'installer ici.

— Maman, c'est une opportunité extraordinaire comme je n'en trouverai jamais ici. Extrêmement bien payée. De grosses responsabilités. Je vais brasser des millions de dollars. C'est exaltant ! Tu…

Je l'interrompis d'un geste de la main. Je ne comprenais pas, voilà ce qu'il allait dire… Bien sûr que je comprenais. L'île était trop petite, trop peu développée, avec son économie embryonnaire, pour les ambitions de mon fils.

— Ils sont venus me chercher. Une offre pareille, personne ne comprendrait que je la refuse !

— Je suis sûre que c'est un beau poste. Mais as-tu bien pesé les options ? J'aurais tellement aimé que tu vives ici, comme ton frère et ta sœur. C'est facile de nous voir, de faire des choses ensemble, en famille. L'île va te manquer, la mer…

— C'est l'asphalte qui me manque quand je suis ici, l'effervescence de New York, les journaux, les théâtres, les restaurants, les bars de nuit…

Je le savais, en quelques années David était devenu un indécrottable citadin, il n'avait pas cet attachement viscéral à notre île comme son frère et sa sœur, mais qu'il le formulât aussi clairement me déstabilisait. Il se rembrunit.

— Tu devrais être fière de moi. Au lieu de quoi…

— David, je suis fière, j'ai toujours été très fière de toi. Je ne souhaite que ta réussite et ton bonheur, même si ça passe par l'exil.

— L'exil, quel terme grandiloquent ! Tu dramatises tout !

— C'est juste que j'aurais aimé te garder près de moi.

— Maman, ouvre les yeux, regarde la réalité en face : j'ai vingt-cinq ans. Je ne suis plus ton petit garçon.

Soudain, de façon incongrue, il éclata de rire.

— Mon Dieu, tu es une caricature de la mère juive dans toute sa splendeur !

Je crus entendre Domingo qui se moquait parfois de mon attachement maladif à mes enfants. Ou pire, Almah, toujours prompte à épingler mes faiblesses.

— Pfftt, n'importe quoi ! Je suis une mère, voilà tout !

David secoua la tête en me souriant avec cet air finaud qui laissait présager un mauvais coup.

— Ne bouge pas, j'ai un cadeau pour toi !

Il se leva et partit dans sa chambre. Il revint un paquet à la main. Sous le papier d'emballage je découvris un album de bande dessinée signé William Erwin Eisner.

— J'ai trouvé ça dans un déballage dans le village. C'est un dessinateur juif, précisa David, j'ai toute sa collection de *The Spirit*. Là, il raconte les difficultés d'un jeune homme qui s'émancipe de sa mère pour vivre pleinement son rêve américain.

Je feuilletai l'album, perplexe.

— Comment dois-je le prendre, je me demande ?

— Comme un cadeau, j'imagine.

— Un cadeau à message, si j'ai bien compris ?

David eut un petit hochement de tête.

— C'est très drôle, je t'assure.

*

David fit son annonce solennelle à la table du déjeuner dominical autour de laquelle nous étions tous rassemblés. Je fis bonne figure pour ne pas être de nouveau taxée de mère juive, je ne voulais surtout pas devenir ce genre de mythe familial. Domingo ne se montra pas surpris. Il lui semblait naturel que nous ayons un fils établi aux États-Unis, comme la majorité des familles dominicaines. Almah laissa échapper un petit rire.

— C'est de famille, on dirait bien ! Gaya nage avec les requins sous l'eau, toi tu vas devoir apprendre à louvoyer parmi les requins de la finance, et, crois-moi, ils sont autrement plus dangereux que ceux de nos côtes ! Et toi, Tomás ? Quels requins comptes-tu affronter quand tu seras grand ?

Du haut de ses treize ans, Tomás prit le temps de réfléchir. Il posa ses couverts et fronça les sourcils avant d'annoncer :

— Les requins, je m'en fiche. Ce sont les vaches qui m'intéressent. Moi, je serai éleveur, comme oncle Frederick.

C'était une déclaration naïve d'enfant. J'adressai une prière silencieuse au ciel pour que ce fût de bon augure.

Comme une vraie mère juive.

40

Onzième année

1994

— Elle avait un peu vos yeux, déclarait Heinrich en dévisageant Almah avec la bienveillance distante qu'on accorde à une étrangère sympathique, quoique les siens fussent plus bleus.

La mémoire d'Heinrich allait et venait. Il butait sur les mots, avait de plus en plus de mal à coordonner ses gestes. La première fois qu'il ne reconnut pas Almah, elle eut un choc. Heinrich se mit à lui parler de la jeune fille qu'il avait aimée autrefois, Almah Kahn, si belle, si aristocratique, si intelligente, si prometteuse. Il la parait de toutes les qualités. Et je crois que ma mère y trouvait une sorte de consolation à son immense peine. Je craignais que cela ne la confrontât à ses souvenirs d'autrefois, mais elle tenait le coup. « Racontez-moi Almah Kahn », encourageait-elle Heinrich en lui tapotant la main avec douceur, et elle partait en voyage avec lui dans leur jeunesse viennoise.

Il se levait et, avec une expression qui fleurait l'insouciance, il esquissait vaillamment trois pas de valse en fredonnant, les bras arrondis dans le vide, pour lui montrer comme il dansait gracieusement autrefois avec sa cavalière. Tout guilleret, il lui racontait le Loos, ses plafonds à caissons et ses boiseries, les pâtisseries du Central, la Sachertorte de Demel, les mokas du Schwarzenberg, les récitals dans la grande salle du Musikverein ruisselante d'ors, ses colonnes doriques, ses cariatides, les figures allégoriques du plafond peint, son acoustique exceptionnelle. Un sourire béat s'étirait sur ses lèvres quand il évoquait un dîner de schnitzel arrosé d'un verre de vin de Styrie sous la treille d'un restaurant de Grizing, une promenade sous les tilleuls du Ring ou dans les allées du Stadtpark au milieu des statues de Schubert, de Strauss et de Bruckner. Son œil frisait quand il décrivait les éventaires crasseux des quais du Danube où l'on vendait pour un pfennig des photographies de femmes dénudées aux yeux aguichants…

Alors Almah revoyait les pâtisseries surmontées d'un capuchon de crème fouettée des vitrines du Central, elle retrouvait sur sa langue la pointe acide de la gelée d'abricot de la Sachertorte, le goût exquis d'une bouchée de Demel, elle respirait l'arôme délicat du chocolat crémeux qui s'échappait d'un pot en argent, un buchteln tout chaud du café Hawelka lui brûlait les lèvres, une bouffée de la Gloriette qu'elle chipait à Wilhelm lui picotait la gorge, ses doigts frissonnaient au contact de la poignée de laiton de l'ascenseur de la Majolika Haus et dans son oreille résonnait le murmure de rivière d'un divertissement de Schubert.

Puis le sourire d'Heinrich dégénérait en une moue grincheuse, et il pestait contre ce freluquet tiré à quatre épingles qui la lui avait volée, et cette petite dinde qui n'avait pas voulu de lui, tandis qu'Almah réprimait un rire derrière sa main et que sur sa joue gauche se dessinait l'esquisse d'une fossette. Elle savait gré à la mémoire d'Heinrich d'avoir préservé les moments doux et de lui épargner les souvenirs de ses années sombres. Il retournait là où il se sentait jeune, fort, solide. Almah frappait timidement à la porte de sa mémoire. Parfois elle restait close. Quand il revenait à lui, elle l'accueillait dans le présent avec un sourire sans pour autant craindre qu'il reparte en voyage pour autrefois. Car elle y retrouvait Wilhelm et ce n'était pas si douloureux.

Elle se fabriqua une cuirasse. La mémoire effritée, les moments de confusion absolue, les pas de valse maladroitement exécutés, les objets disparus, la confusion des sentiments, l'agressivité, les sautes d'humeur, les algarades, Almah fit face à tout avec abnégation et constance. Elle apprit à guetter les moments de lucidité d'Heinrich de plus en plus éphémères et à s'en réjouir. Elle refusait de se laisser abattre par son irrémédiable glissement vers les ténèbres. Je suis sûre que ses soins attentifs, la douceur du climat, l'atmosphère de bienveillance et l'amour dont il était entouré adoucirent la maladie d'Heinrich et en retardèrent l'échéance.

*

Huit ans en moyenne.

Quand le diagnostic avait été posé sur les troubles d'Heinrich, Domingo nous avait informés sans faux-semblants de ce à quoi nous devions nous attendre en termes d'espérance de vie.

Nous entrions dans la onzième année.

Heinrich avait lutté avec détermination et lucidité, mais sans illusions. Longtemps il s'était maintenu dans un état d'égarement léger tout à fait gérable, avec de longues pauses de parfaite clarté. Mais son état s'était brusquement détérioré et il déclinait rapidement depuis quelques mois, jusqu'à ne plus pouvoir marcher et finalement ne plus quitter son lit. Il ne pouvait désormais plus s'alimenter seul, il était devenu grabataire et nous savions tous qu'il approchait à grands pas de sa fin.

— Je suis tellement reconnaissante au ciel de m'avoir épargné une telle dégradation pour Wil, soupira Almah alors que nous sortions de sa chambre. Je n'aurai jamais connu ton père autrement que jeune et beau. Je ne devrais pas dire ça, mais…

Elle n'acheva pas sa phrase et détourna pudiquement son regard du mien. Je comprenais qu'Almah se corsetât dans une espèce de dureté qui l'empêchait de s'effondrer. Je voyais dans sa déclaration une nouvelle preuve de son amour pour mon père, un amour sans pareil, et, assez égoïstement, cela me réchauffait le cœur. Ma mère allait bientôt devoir affronter la douleur d'un second veuvage, elle aurait besoin de notre soutien dans cette nouvelle épreuve.

— Heinrich a été mon ami d'enfance et le dimanche de ma vie, le compagnon de mes vieux jours, et je vais le perdre lui aussi. Combien de fois un cœur peut-il se briser ? Combien de départs et d'absences peut-il endurer ? soupirait-elle, découragée, avant de se laisser tomber dans sa *mecedora*.

Alors je lui préparais une infusion de gingembre au citron et au miel, et nous la sirotions en silence sur la véranda.

*

Almah avait décidé qu'Heinrich serait enterré à côté de la tombe de Wilhelm, « en gardant un espace suffisant pour moi entre eux, juste en dessous de la tombe de Sofie », avait-elle précisé. Durant la liturgie du rabbin, j'eus la nette impression que son esprit nous faussa compagnie pour s'évader vers ses années de jeunesse, afin de ne pas sombrer dans le chagrin.

Je lui proposai d'emménager chez nous, mais elle décida de s'installer à demeure dans leur bungalow entre la ferme et notre maison, à mi-chemin entre Frederick et moi. C'était sa seule exigence, comme l'affirmation d'une vie autonome. Elle confia la garde de la maison de Jérusalem, désertée depuis des années, à Svenja, qui la mit en location.

Almah était triste mais apaisée.

Heinrich et elle avaient vécu ensemble un bel automne de leur vie.

Elle ne se résignait pas encore à affronter l'hiver de la sienne.

2e Partie

Toujours de l'avant

« *Va toujours de l'avant dans la tempête du vent.* »
Sergueï Essenine

« *Mucha gente pequeña, en lugares pequeños,*
haciendo cosas pequeñas,
puede cambiar el mundo[1]. »
Eduardo Galeano

1. « Beaucoup de petites personnes, dans de petits endroits, faisant de petites choses, peuvent changer le monde. »

1

La carpe et le lapin

Avril 1998

En 1996, le pays se tapissa de violet et de jaune.

Sous la pression des États-Unis, le grand arbitre de notre vie politique, Balaguer, frauduleusement élu deux ans plus tôt dans un climat de violence généralisé, venait d'accepter d'organiser de nouvelles élections auxquelles il ne participait pas.

Ce fut un véritable raz de marée bicolore, et pas du meilleur effet, si l'on considère le strict point de vue esthétique. Maisons, murs, trottoirs, troncs d'arbres, poteaux électriques, jusqu'aux cases qui abandonnaient leurs jolies couleurs pour céder à la fièvre violette. Même les habitants du plus reculé des villages de montagne affichaient leur appartenance politique en se pavanant dans des tee-shirts aux couleurs de leur parti. Taille unique XXL, c'était ridicule. Des camionnettes équipées de baffles géants sillonnaient le pays en hurlant des slogans au rythme endiablé du merengue.

Sur leur plate-forme se dandinaient des aréopages de nymphettes qui tortillaient des fesses en lançant des casquettes aux couleurs du parti sur lesquelles se ruaient les enfants.

Almah, qui déplorait ce qu'elle appelait l'absence de conscience politique des nouvelles générations, fulminait. Pour elle, c'était un grand écart impossible.

Son enthousiasme avait laissé la place au désenchantement. Le PLD[1] de Juan Bosch s'était allié à son ennemi d'hier, le PRD[2] de Balaguer, le vieux *caudillo* habile à naviguer au gré des circonstances, qui, avec la complicité des États-Unis, avait gouverné le pays pendant près d'un quart de siècle en dosant adroitement répression et corruption. Tout ça pour donner les meilleures chances à son candidat, Fernández, de remporter ces élections. Il était donc dit que, bien qu'il fût impotent et aveugle, Balaguer resterait la référence et l'arbitre du jeu politique dominicain.

Comment les militants de son parti avaient-ils pu trahir les aspirations de gauche de leur père fondateur ? s'était questionnée Almah. Juan Bosch avait dû se retourner dans sa tombe. Écœurée par ces manœuvres politiciennes, elle rendit sa carte du parti et refusa de voter.

Accorder convictions et comportement. Une question d'honneur.

Et Almah ne transigeait pas avec l'honneur.

---

1. Parti de la libération dominicaine.
2. Parti révolutionnaire dominicain.

Quelques mois plus tard, je l'imitai.

En juin 1996, Leonel Fernández fut donc élu grâce à ce mariage de la carpe et du lapin. Un président métis. À l'image de notre pays.

C'était Trujillo, qui se maquillait pour cacher sa goutte de sang noir, qui cette fois avait dû se retourner dans sa tombe espagnole !

En 1998, après deux ans de gouvernance de Fernández, le pays marquait une nette inflexion vers une démocratie apaisée.

En avril de cette année-là, je suivis avec fébrilité ce qui transpirait des débats de la Freedom House[1]. À Washington, on y examinait à la loupe les avancées de notre république. Avec l'éclipse de Balaguer avaient disparu les enlèvements, les arrestations arbitraires, les centres de torture déguisés en prisons, les détentions d'opposants politiques, la censure…

Le 30 avril, l'annonce fut publiée : nous vivions désormais dans un État démocratique.

Enfin, un beau matin, ce fut officiel. C'était une immense victoire et sur la scène internationale nous pouvions désormais revendiquer notre nationalité sans honte. J'étais bien décidée à partager mon enthousiasme avec ma famille et mes amis partout dans le monde. Et la liste en était longue. Arturo en premier lieu, Myriam, Aaron, Deborah à New York. Bernie, mon ancien camarade du kibboutz,

1. La Freedom House est une organisation non gouvernementale fondée en 1941, financée par le gouvernement américain et basée à Washington, qui étudie l'étendue de la démocratie dans le monde.

maintenant solidement lancé en politique aux côtés des démocrates dans le Vermont, Svenja, Mirawek en Israël, Emil, l'ami de mon père et de Markus, au Costa Rica… Je lançai une rafale de fax aux quatre coins du monde.

Chers amis,

Por fin, llegó la luz[1], *comme on dit chez nous !*

J'ai l'immense satisfaction de vous annoncer que ma famille et moi vivons désormais dans un État démocratique.

Ce n'est plus le vœu pieux que comme nous certains d'entre vous appelaient de leurs prières, c'est une réalité officiellement reconnue par la Freedom House.

C'est l'aboutissement d'une longue lutte contre les caudillos *de tous bords, une résistance qui a démarré dans les années 1930, dès le coup d'État de Trujillo.*

Après bien des soubresauts, le tyrannicide de 1961, la dictature discrète mais tout aussi brutale et barbare de Balaguer, ses élections truquées, ses calamiteux accords sucriers et ses abus caractérisés sur lesquels le monde entier a préféré fermer les yeux, les souffrances du peuple, la résistance et les luttes de l'opposition…

Le chemin fut long et rude, mais nous y voilà ! Et je gage que nous saurons nous accrocher de toutes nos forces pour ne pas retomber dans les errements passés.

Votre amie de toujours, Ruth.

1. « Enfin, la lumière est arrivée. »

Pour faire bonne mesure, j'avais tiré une copie de mon fax destinée à ma mère. Plus que tout autre dans notre famille, elle avait soutenu cette marche vers la démocratie, militant au sein du PLD, manifestant armée de pancartes de carton avec les étudiants et la foule des opposants pendant les soulèvements de 1965. Elle gardait de son engagement une marque gravée dans sa chair, un boitillement soulagé par une opération et un temps disparu, qui se manifestait de nouveau par temps humide depuis quelques mois.

J'étais sûre que plus que nul autre elle serait fière et contente de cette annonce.

Et dans ce climat qui me rendait euphorique, je me mis à rêver d'un redéploiement de ma vie. Deux projets me tenaient à cœur, auxquels il était grand temps que je m'attelle.

2

Une forme endimanchée de la vengeance

Décembre 1998

Il y avait fort à parier que toutes les antennes de la diaspora pointaient vers Washington. De Sosúa, d'Israël, des États-Unis, et de bien d'autres endroits dans le monde, j'imagine. Qu'allait-il ressortir de cette conférence qui touchait de près aux intérêts aussi bien moraux que matériels de tant de personnes à travers le monde ?

Signée par quarante-quatre pays, la déclaration des Principes de Washington posait les bases de la restitution des œuvres d'art confisquées et volées pendant l'Holocauste par le régime nazi. C'était une victoire, un peu tardive, certes, mais une victoire tout de même.

*

Markus replia son *Times* vieux d'une semaine. L'article commentait la création et les travaux de la Kommission für Provenienzforschung qui devait se consacrer spécifiquement aux œuvres d'art que les musées s'étaient appropriées pendant et après la guerre.

— Il n'y a que toi qui sois directement concernée, conclut-il en se tournant vers Almah, une forme d'interrogation pointant dans sa remarque.

— C'étaient mes parents qui étaient propriétaires des tableaux, laissa tomber Almah qui avait lu l'article avant lui. Et encore faudrait-il savoir où ils se trouvent exactement. Et pour cela retourner à Vienne et peut-être aussi en Allemagne, une idée sur laquelle j'ai fait une croix depuis bien longtemps.

Arc-boutée sur sa position, Almah ne semblait pas manifester grand intérêt pour l'affaire et cela n'étonnait guère Markus.

— On encourage les ayants droit à se faire connaître, cela s'adresse donc non seulement à toi, mais aussi à tes enfants. Ils parlent de mesures de dédommagement justes et équitables.

Almah leva les yeux au ciel.

— Dédommagement, vraiment ! Équitable de surcroît ! Quelle blague ! Nous en avons déjà parlé et tu connais mon avis sur le sujet.

— Et tes enfants, qu'est-ce qu'ils en pensent ? Tu leur as posé la question ?

— Comme tu l'as justement fait remarquer il y a moins de dix secondes, il n'y a que moi qui sois directement concernée. Ça ne regarde pas les enfants. Frederick et Ruth ont bien d'autres chats à fouetter. La décision me revient à moi seule, et je l'ai prise, au cas où il faudrait mettre les points sur les i.

— C'est leur héritage, Almah. Et tu sais que ça représente sans aucun doute beaucoup d'argent.

— Ils n'en ont pas besoin. Et nous non plus, Dieu merci. Franchement, Markus, est-ce qu'il nous manque quelque chose ?

Almah plissa les yeux en regardant son vieil ami. Elle avait ce sourire espiègle qui creusait encore la fossette d'enfance dans le parchemin de sa joue, ces yeux bleus qui frisaient, et un court instant il vit ressurgir la jeune femme d'autrefois sous la chevelure blanche et les rides. Il se crut pourtant obligé d'insister.

— Wil m'avait confié que la collection de tes parents était imposante, pour ne pas dire impressionnante. Cela représente…

Markus s'interrompit devant l'air buté d'Almah. Ce que cela représentait, elle le savait pertinemment. Il lui suffisait pour s'en convaincre de faire quelques pas dans l'enfilade des salons de la villa de Hietzing, dans le bureau de son père, dans la chambre de ses parents, aux murs tapissés des œuvres que Julius achetait à ses amis peintres.

— C'est une forme de… justice, Almah.

— Nous en avons déjà discuté maintes et maintes fois avec Heinrich, paix à son âme. Je n'ai pas besoin de justice. J'ai eu ma revanche, c'est le bonheur que j'ai trouvé ici et partagé pendant trente ans avec Wil, celui de te connaître, de retrouver Heinrich, celui de voir naître mes petits-enfants, la paix dans laquelle nous vivons… La justice n'est qu'une forme endimanchée de la vengeance[1]. Cela dit, ça ne manquerait certes pas de piquant de jouer les Sherlock Holmes dans les musées autrichiens ! Mais je n'en ai aucune envie.

---

1. Stephen Hecquet.

Markus savait qu'Almah avait raison et ses raisons. Elle lui avait déjà exposé sa position au moment des premières compensations consenties par le gouvernement autrichien des années plus tôt, et si à l'époque David avait fini par la faire céder, elle avait repris la main en lui imposant de faire don de l'indemnité obtenue à un orphelinat dominicain. Sans compter l'histoire rocambolesque de son propre portrait offert à un musée israélien quelque vingt-cinq ans plus tôt. Markus pressentait que cette fois-ci Almah ne lèverait pas le petit doigt malgré l'enjeu considérable. Il savait aussi qu'Heinrich avait vendu pour le compte d'Almah ce qui pouvait l'être avant qu'elle ne quitte l'Autriche, même si ces ventes avaient plus été des extorsions que des affaires loyales. Il restait le grand portrait d'Hannah, un Klimt des débuts, qu'Almah n'avait pas voulu vendre. Elle l'avait confié à Heinrich avec le portrait de Julius et quelques œuvres plus modestes, avant qu'il n'en soit lui-même dépossédé lorsqu'il avait été envoyé à Theresienstadt. Markus connaissait toute l'histoire, Wil la lui avait racontée, Heinrich l'avait complétée.

Malgré son sens déplorable des affaires, Markus avait du mal à se résoudre à ce que son amie abandonnât purement et simplement la partie. Pour une fois, il aurait nettement préféré qu'elle se batte, pour le symbole, pour leur mémoire à tous. Mais en la matière, Almah aurait le dernier mot et Markus était bien placé pour le savoir.

Il s'en tint donc là et se contenta de reprendre son langoureux balancement dans la *mecedora* pour profiter de la douceur de cette fin de journée d'hiver, sa saison tropicale préférée.

3

Bataille stérile

Janvier 1999

— Je n'aime pas cafter…

En riant intérieurement, j'observais Markus qui se dandinait, mal à l'aise. Cette attitude, ce mot d'enfant, à son âge !

— Accouche, Markus ! De quoi s'agit-il ?

— C'est ta mère, Ruthie, je lui ai parlé des compensations pour les œuvres d'art spoliées par les musées, tu sais, les nouvelles mesures adoptées qu'ils appellent les Principes de Washington.

— Je suis au courant, Markus, tout comme je devine la position de ma mère.

J'avais évité le sujet avec Almah. Je refusais que les échos du passé deviennent une pomme de discorde entre nous.

— Cela représente sans doute une fortune, Ruthie…

— Je ne te reconnais pas, Markus, tu n'as jamais été un homme d'argent.

— Un homme d'argent, certes non, mais un homme de principes, ça oui, se renfrogna-t-il. Je t'alerte simplement parce que je ne veux pas que l'on me reproche un jour de ne pas vous avoir prévenus.

— Mais qui te reprocherait une chose pareille ? Certainement pas moi. Ni Frederick. De toute façon, il me semble que ça regarde Maman et personne d'autre.

— Tu as raison, Ruthie, je ne devrais pas m'en mêler. Excuse-moi.

Je tendis un bras vers Markus et posai ma main sur son épaule. À travers la toile de sa chemise, je sentis les os saillants. Markus avait fondu, il avait perdu sa musculature d'homme et c'était désormais un vieillard sec, presque efflanqué. Je regardai avec une infinie tendresse cet homme qui depuis des décennies était devenu mon père de cœur.

— Markus, tu n'as pas à t'excuser, tu fais partie de notre famille et ton avis compte. Je te remercie, je vais réfléchir à la situation, mais je crois que c'est peine perdue, tu connais Almah. D'une part je ne la vois pas se lancer dans un tel combat à son âge, d'autre part je crois qu'elle s'en fiche royalement.

— C'est exactement ce qu'elle m'a dit, dit Markus avec un sourire en se levant. Allez, il faut que je file, Marisol m'attend pour déjeuner.

Après le départ de Markus, je restai songeuse. J'en parlerais avec Frederick et avec Almah par simple acquit de conscience, car je savais d'avance ce qu'elle me répondrait. Mais comme Markus, je ne voulais pas qu'il me soit un jour reproché d'avoir négligé cette porte entrouverte.

Après tout, Almah avait cédé quand David avait pris en main les demandes d'indemnités des années auparavant. Il est vrai que la démarche était simple, et presque automatique. Là c'était une autre histoire. Il s'agissait de retourner en Europe, d'écumer les musées pour retrouver les tableaux et de formuler une demande qui avait toutes les chances de se transformer en procès. Autant dire des années de bataille juridique. Almah n'en avait ni le temps, ni l'énergie, ni surtout l'envie.

Quant à moi…

J'avais toujours chevillé au cœur ce désir de retourner en Autriche qui me taraudait depuis des années. Des événements parfois anodins, souvent insolites, le ravivaient au gré des hasards de la vie. La bulle enflait, enflait, je croyais qu'elle allait m'étouffer, puis un événement survenait et la bulle crevait, mon envie s'assagissait avant de se raviver de nouveau. Chaque fois que je m'en ouvrais à Almah, elle douchait mon espoir d'un voyage avec elle. Un espoir qui n'était plus qu'une peau de chagrin, une cicatrice mal refermée qui parfois se manifestait par une démangeaison intempestive vite calmée.

Par acquit de conscience, donc, j'abordai avec Almah le thème des Principes établis à Washington. Elle sortit de ses gonds, ce qui ne lui était pas coutumier.

— Markus, Gaya, et maintenant toi ! Mais qu'est-ce que vous avez tous à vouloir me traîner en Autriche ? C'est une conspiration ou quoi ? Je n'ai aucune, mais alors aucune envie d'y retourner. Je te l'ai dit maintes fois. Ça n'aurait aucun sens. Quant à ces foutus tableaux, je m'en fiche comme d'une guigne. Tu sais, Ruthie, ajouta-t-elle en se radoucissant, je suis trop vieille pour revenir sur la vie de mes parents ; maintenant, ce qui m'importe, c'est vous et vos enfants, ma famille, l'avenir. Si je me retourne sur le passé, je vois du noir ; si je regarde l'avenir, il est merveilleux. C'est tout ce qui compte pour moi désormais.

Je respectai la position d'Almah et jugeai inutile de livrer une bataille stérile. J'apprenais au passage que Gaya avait elle aussi entrepris sa grand-mère sur le même sujet. Ma fille ne s'était jamais ouverte à moi de son envie d'explorer ses racines autrichiennes. Peut-être était-ce plus qu'une envie, un besoin, mais Gaya était adulte et pouvait entreprendre ce qu'elle jugeait bon pour continuer à forger son identité. Elle n'avait pas besoin de moi pour ça. J'abandonnai le sujet d'autant plus facilement que j'avais d'autres projets en tête.

4

Trois papillons

19 décembre 1999

Almah remonta ses lunettes sur son front, reposa le *Listín* sur la table basse, juste à côté de *La Voix de Sosúa*, et tapota de son index les articles que j'avais signés, avec un sourire. Les deux journaux étaient ouverts sur la même information. Nos regards convergèrent vers la photographie qui les illustrait, les visages souriants de trois jeunes femmes pleines de vie, à la mode d'autrefois. Ma mère se renfonça dans sa *mecedora* et me regarda droit dans les yeux. Je lus une grande fierté dans son regard aiguisé et cela me gonfla d'orgueil, comme quand elle me complimentait quand j'étais enfant.

— C'est l'occasion, et elles ne sont pas si nombreuses, d'être fières, vraiment fières, de notre pays. C'est un jour à marquer d'une pierre blanche, n'est-ce pas, Ruthie ? déclara Almah en ajoutant avec satisfaction : Et l'année prochaine ce sera officiel aux yeux du monde entier.

La table était dressée sur la terrasse de son bungalow. Comme chaque jour, mais avec un peu plus de zèle aujourd'hui, j'avais apporté les journaux et nous nous apprêtions à passer à table. Nous avions adopté cette routine : en fin de matinée je rejoignais Almah pour un déjeuner en tête à tête que j'avais fait préparer, puis je l'abandonnais à sa sieste.

Ensuite, avec Miguel, le responsable de l'écurie et des étables, elle faisait souvent une promenade à cheval – au pas, finis trot et galop, au grand dam de Frizzie qui, la voyant revenir tout ébouriffée, la soupçonnait de galoper en douce, alors qu'il s'époumonait à le lui interdire. Mais que pouvait-on interdire à Almah ? Son paso fino était une Rolls selon elle. D'autres fois, elle prenait la voiture et descendait au Batey pour aller marcher sur la plage, où elle nageait encore presque chaque matin, et de l'eau aux chevilles elle allait jusqu'à la falaise de Los Charamicos, aller et retour.

« Une fois j'étais fatiguée, alors je suis revenue au Batey avec un *motoconcho* », m'avait-elle avoué au détour d'une conversation. J'avais ri de l'imaginer à califourchon sur la Mobylette, agrippée à son chauffeur, cheveux au vent, avant de la sermonner.

En fin d'après-midi, Almah recevait les visites des uns et des autres, telle une impératrice accordant audience. Et comme elle ne souffrait aucune routine, elle modifiait ce rituel d'activités au gré de ses humeurs. Car à quatre-vingt-huit ans ma mère était encore en pleine forme, refusant la sédentarité, refusant que l'âge lui dictât sa loi et l'empêchât d'avoir le même rythme, les mêmes occupations qu'autrefois.

« On a toujours vingt ans dans quelque coin du cœur », répétait-elle obstinément. Elle avait fait sienne cette réplique glanée dans *Les Trois Mousquetaires*, le livre d'enfance préféré de Frederick, qui grommelait à part lui : « Du cœur sans doute, mais pas du corps ! »

Ce jour-là, moi aussi j'étais fière de ce qui venait de propulser notre pays sur le devant de la scène internationale, et même si je savais que cela allait échapper à beaucoup, c'était un symbole fort. Deux jours plus tôt, la proposition dominicaine avait été retenue par l'Assemblée générale de l'Organisation des Nations unies. Le 25 novembre venait d'être proclamé Journée internationale pour l'élimination de la violence à l'égard des femmes.

La date n'était pas choisie au hasard. C'était celle de la goutte d'eau qui avait fait déborder le vase déjà trop plein de la dictature, l'événement qui l'avait définitivement fait basculer, entraînant quelques mois plus tard l'assassinat du bouc. Celle du jour funeste, le 25 novembre 1960, où, sur ordre de Trujillo, Patria, Minerva et María Teresa Mirabal avaient été enlevées, violées, torturées, puis assassinées, leur mort grossièrement maquillée en accident de voiture, une macabre mise en scène qui n'avait convaincu personne.

Trois sœurs, jeunes, belles, intelligentes, trois dissidentes politiques appartenant à la meilleure société, trois femmes qui, au prix d'une vie romanesque de militantes et d'une fin tragique, étaient devenues nos « Mariposas[1] »,

1. Les sœurs Mirabal sont surnommées « las Mariposas », « les Papillons ».

trois visages pleins de charme et d'humanité qui seraient des figures marquantes du féminisme, un mythe, une allégorie.

Alors oui, j'étais bien d'accord avec Almah, nous avions une très bonne raison d'être fières d'être dominicaines aujourd'hui. J'avais même apporté une bouteille de vin argentin pour fêter ça.

*

Ce jour-là, j'étais encore loin du compte.

J'ignorais que la maison familiale des Mirabal à Ojo de Agua, non loin de Salcedo, se transformerait en un véritable musée où des autobus déverseraient des escouades d'écoliers venus de tout le pays. Que celle qui avait échappé à l'assassinat, Bélgica Adela, surnommée Dédé, la plus jeune de la fratrie et la mémoire de la famille Mirabal, ferait transférer les restes de ses sœurs du cimetière municipal de Salcedo à un mausolée situé sous un saman centenaire dans le jardin de la maison. Qu'elle recevrait des visites officielles du gouvernement. Qu'un monument commémoratif serait érigé face à la maison. Qu'un obélisque serait dédié aux Mirabal sur le Malecón de la capitale. Qu'au fil des ans fleuriraient dans tout le pays des *murales* à leur effigie exécutés par une nouvelle génération d'artistes de rue. Que les Mariposas, déjà héroïnes d'un roman[1] qu'Arturo, toujours à l'affût, m'avait envoyé dès sa

1. *In the Time of the Butterflies*, paru en France sous le titre *Au temps des papillons* (Éditions Métailié), est un roman historique de Julia Alvarez, Américaine d'origine dominicaine, qui raconte

parution aux États-Unis et qui trônait en bonne place dans ma bibliothèque, seraient incarnées par des stars hollywoodiennes et leur destin filmé en Technicolor. Que les visages des trois sœurs voyageraient, comme le mien autrefois, sur un timbre de 10 centavos et passeraient de main en main sur un billet de 200 pesos. Que, par décret du 13 novembre 2007, « en l'an 164 de l'Indépendance et 145 de la Restauration », le gouvernement dominicain débaptiserait la province de Salcedo pour lui donner le nom d'Hermanas Mirabal.

Personne ne devait oublier cette page noire de notre histoire, ce dictateur sanguinaire qui, pendant trente ans, avait mis notre pays en coupe réglée, se l'était approprié, l'avait muselé, violé, torturé, asservi et privé de toute liberté.

Et pourtant, c'était à ce même dictateur que nous devions d'être là aujourd'hui. C'était à lui que mes parents avaient dû leur vie. À lui que je devais d'être née sur cette île à laquelle j'appartenais par toutes les fibres de mon corps et de mon âme. C'était, à bien y réfléchir, un gouffre schizophrénique qui résonnait de l'écho de l'histoire de mes parents et dans lequel je refusais de tomber.

---

l'assassinat des sœurs Mirabal. Publié aux États-Unis en 1994, le roman a été adapté au cinéma en 2001.

5

Une ambition secrète

Janvier 2000

New York, le 10 janvier 2000

Ma chère Ruth,

Enfin je trouve une minute de répit pour t'écrire.

Nous voilà entrés dans la phase la plus ardue, celle du recrutement des nouveaux danseurs, qui viendront étoffer le noyau de la troupe de Nathan, et des premières mises en jambes avant les répétitions. C'est celle que je redoute le plus. Finalement, la conception, l'écriture et la composition, pour complexes qu'elles soient, ne mettent en cause que nous-mêmes.

Mais dès demain, nous allons, Nathan surtout, travailler sur du matériau humain, et c'est bien là le plus difficile. C'est maintenant que vont naître les doutes, que vont affleurer les faiblesses, que vont s'imposer les retouches. Je le sais par expérience, Nathan va devenir nerveux et irascible, déjà qu'en temps ordinaire il n'est pas à prendre avec des pincettes... Bref je me prépare à de longues semaines de sang, de sueur et de larmes !

La première du ballet est programmée pour mai. J'espère que tu pourras faire le déplacement...

J'interrompis ma lecture.

Nathan et Arturo travaillaient depuis plus d'un an sur leur cinquième ballet, une espèce de conte allégorique sur l'émigration. Leur nouvelle création allait enfin voir le jour. J'en étais heureuse pour eux.

Et toi, que deviens-tu ?

Dans ta dernière lettre j'ai ressenti un voile de mélancolie. Tu paraissais désabusée, comme si plus rien ne te motivait vraiment à sortir de ta routine. Maintenant que tes enfants n'ont plus besoin de toi, tu devrais repenser ta vie, peut-être sur de nouvelles bases. « Revoir tes ambitions à la hausse », tu te souviens quand tu me serinais ça ? Bien m'en a pris ! À ton tour maintenant. Loin de moi l'idée de me montrer moralisateur ou de me poser en exemple, ce n'est pas mon genre, tu le sais bien, mais je t'assure que chaque fois qu'on se lance un nouveau défi et qu'on le réussit, c'est un sacré élan vers le bonheur. Je ne suis jamais plus heureux désormais que quand un nouveau projet se dessine à l'horizon et que je m'y attelle, sauf peut-être quand je te retrouve à Sosúa, mais ça, c'est une autre histoire.

Si tu veux en parler...

Arturo avait raison.

La *Voix de Sosúa* ronronnait, je m'étais laissée glisser dans un quotidien un peu morne et je m'y étais engluée. J'en étais parfaitement consciente. Mais ce que personne ne soupçonnait, c'est que j'avais une ambition secrète. Un projet mûrissait en moi depuis longtemps sans que j'ose en parler à qui que ce soit. Méfie-toi de l'eau qui dort, avais-je envie d'écrire à Arturo, mais je m'en abstins. Il saurait bien assez tôt de quoi il retournait.

J'allais oser quelque chose que personne ne pouvait imaginer. Je repensai à la rupture de mes parents, à la façon dont ma mère avait fui en Israël et avait couvert le procès d'Eichmann, un défi qui avait bluffé mon père. Je le revoyais, éperdu d'admiration, rempli d'enthousiasme pour l'engagement d'Almah. J'allais faire de même, à ma mesure. Domingo allait pouvoir me regarder avec des yeux neufs. Mais le chemin était encore long, semé d'embûches, et j'aurais probablement maille à partir avec beaucoup.

Au fil des années, grâce au journal qui comptait désormais deux salariés et à mes collaborations avec des radios et des quotidiens nationaux, et surtout depuis l'ouverture du musée, je m'étais affirmée comme quelqu'un qui, avec ses relations, son expérience internationale, son regard sur le monde, comptait non seulement dans la communauté de Sosúa mais aussi dans la région. C'était un peu présomptueux, mais j'avais l'impression d'être un peu leur fenêtre sur le monde.

Et cette fenêtre, j'allais l'ouvrir en grand.

6

Quel toupet !

Avril 2000

Doña Rosenheck de Soteras

Il n'est pas raisonnable pour une femme comme vous de prétendre à la mandature du municipio *de Sosúa. D'abord parce qu'une femme ne saurait assumer de telles responsabilités, ensuite parce que vous êtes une étrangère. Les Juifs ne dirigeront pas Sosúa.*

Un bon conseil : retirez votre candidature. En échange je vous propose une place de regidora *dans mon équipe. Vous pourriez vous occuper de l'environnement par exemple, ou de l'embellissement de la ville, des activités à votre portée.*

Si vous rejetiez mon conseil d'abandonner votre campagne et refusiez cette proposition de me rejoindre, je me verrais contraint d'user d'autres moyens pour vous faire comprendre l'inutilité de votre candidature.

José Lopez-Arbid.

Quel toupet !

Je serrai les dents.

Lopez-Arbid, qui roulait pour les Blancs, le PRD dont le positionnement à gauche n'était qu'un lointain souvenir, était mon principal opposant à l'élection municipale à laquelle je me présentais sans étiquette politique. Et de tous, certainement le plus malfaisant et manifestement le plus dangereux.

Des larmes de fureur envahirent mes yeux.

En plus, ce sale type me donnait du *Doña*, pour bien souligner que j'étais vieille. Il n'était pourtant pas si loin le temps où l'on m'abordait en m'appelant *Amor !*.

Une femme comme moi ? Qu'est-ce que cela signifiait exactement ?

Il me traitait d'étrangère, moi qui étais née ici, moi issue d'unc famille qui non seulement avait participé à la fondation de Sosúa, mais qui avait dédié sa vie au développement du village, de la région, une famille dont chaque membre avait joué son rôle à sa façon, à sa mesure. Et lui, avec son patronyme à moitié libanais, en quoi était-il plus légitime que moi ?

Un mélange acide de révolte et de frustration bouillonnait en moi. Je chiffonnai rageusement l'odieux bout de papier qui me brûlait les doigts.

Ce n'était guère prudent de la part de Lopez-Arbid. Je pouvais très bien publier ce torchon. Après tout, j'étais propriétaire du journal de Sosúa et rien ne m'en empêchait.

Je laissai s'apaiser les ondes de la colère, une mauvaise conseillère, comme me l'avait souvent répété Almah.

Utiliser mon propre journal n'était guère glorieux. *La Voix de Sosúa* était l'héritage de mon père et jamais le journal ne s'était abaissé aux ragots et aux calomnies. Je n'allais pas faire ce pas de côté et entacher son image. Je frémissais rien qu'à la pensée de la tête de Markus et d'Almah si je me laissais aller à ce genre de facilité. Je voulais me battre dignement, et si je devais gagner cette élection, ce serait à la loyale, la tête haute. Tremper dans ces basses manœuvres ne pourrait que donner un goût amer à une éventuelle victoire. Je voulais pouvoir me regarder en face dans une glace et continuer à briller dans les yeux de Domingo. Sans compter que mettre de l'huile sur le feu pouvait envenimer la situation. Avec ce genre d'individu, on pouvait s'attendre à tout. Je réprimai un petit frisson d'angoisse.

C'était décidé, j'allais ignorer la menace de Lopez-Arbid. Je ne parlai de la lettre à personne, inutile d'alarmer Domingo ou Almah, d'autant que ni l'un ni l'autre ne voyait ma candidature d'un bon œil.

*

— Tu brigues la mairie de Sosúa ! Tu n'as jamais eu la moindre ambition politique, avait objecté Domingo, éberlué, le jour où je lui avais fait part de mon projet, au creux de notre lit. Tu as rendu ta carte du PLD au moment de l'élection de Fernández.

— Mais il ne s'agit pas de politique, il s'agit de gestion. Gérer correctement l'avenir de Sosúa. Et contrôler les dérives de nos élus corrompus. On se demande où passe l'argent, les rues sont défoncées, les plages mal entretenues, les trottoirs sales, les ordures ramassées tous les quatre jeudis…

— La politique, même locale, ça reste de la politique !

— Tu es le premier à t'indigner. Tu dis toi-même qu'un pays qui reste englué dans la corruption, où chacun sert ses ambitions personnelles et son compte en banque, ne peut pas évoluer. Nous devons évoluer. Nos plages sont parmi les plus belles du monde, nos terres sont gorgées de vie, nous pouvons tout produire, Sosúa en est le plus bel exemple, et regarde où nous en sommes. À dépendre des *remesas* de nos expatriés, à prostituer nos filles et à mendier l'appui des Américains à la moindre occasion.

J'avais confronté Domingo à ses contradictions et, ne sachant plus à quel saint se vouer, il ne pouvait que s'incliner. Car je n'avais plus que ça en tête : devenir maire de Sosúa. Une volonté farouche m'animait dans laquelle il reconnaissait sa propre rage pendant les premières années de sa lutte pour imposer des dispensaires et des écoles dans les *bateyes*.

Au-delà de notre famille, c'était peut-être ça notre lien le plus fort, ce refus de nous soumettre aux diktats des puissants et de l'argent, de nous conformer à ce que la société attendait de nous. Cette nécessité vitale d'apporter notre pierre au développement de notre pays.

— Est-ce que tu as conscience des responsabilités et de la charge de travail qui t'attendent au cas où tu serais élue ? m'avertissait-il dans un combat d'arrière-garde. Tu risques de mettre le doigt dans un sacré engrenage.

Ils sont sans foi ni loi, nos politiciens. Véreux pour la plupart et malveillants. Comme dit ta mère : « Tu vas rentrer dans la cage aux lions et ils risquent bien de te dévorer toute crue ! »

J'avais bien entendu le « au cas où ». Domingo me mettait en garde pour la forme, mais, en fin de compte, il n'y croyait guère.

*

Depuis, de l'eau avait coulé sous les ponts et j'avais annoncé publiquement ma candidature. Loin d'émousser ma détermination, la lettre que je venais de recevoir ne faisait que l'affermir. Si on me menaçait, c'est que j'étais dangereuse. Un obstacle potentiel sur la route dorée des politiciens de carrière. J'avais donc des chances de remporter cette élection. Je n'allais certainement pas renoncer. Almah aurait-elle renoncé ? J'allais me faire élire, et une fois à la tête de la municipalité, je ferais des étincelles. J'étais convaincue que je pouvais jouer un rôle déterminant.

*

La campagne pour les élections municipales m'avait laminée. Depuis l'ouverture du musée, j'étais devenue une figure locale. C'était avec le journal mon seul fait d'armes, mon passeport pour entrer dans la politique locale.

Dépourvue de la manne financière dont bénéficiaient les candidats qui, adossés aux partis politiques, déployaient un clientélisme de bas étage, je m'étais contentée de réunions pour récolter des idées, un genre de forum citoyen, et d'autres pour présenter mon programme, dont les lignes directrices étaient la protection de l'environnement et le nettoyage des plages qui faisaient vivre une bonne partie de la population, la lutte contre la prostitution qui régnait en maître dans les rues du Batey dès la nuit tombée, la réfection du réseau des trottoirs et des rues engorgées par la circulation, l'amélioration de la collecte des ordures, la régulation des petits commerces de la plage et du commerce ambulant, et la protection des femmes. J'avais aussi des projets plus séduisants, des jumelages avec une ville allemande et une ville israélienne, pour lesquels je comptais mettre à contribution Dieter et Mirawek, la création d'un festival culturel, l'ouverture d'un marché de producteurs et d'artisans locaux. Les discours de ma campagne parlaient au cœur autant qu'à la raison.

J'avais résisté à la tentation d'utiliser la *Voix* comme une tribune. C'était compliqué, un mélange d'intérêts, et surtout déloyal. Mes investissements se limitaient à une campagne d'affichettes et des distributions d'autocollants. Gaya, qui militait contre l'utilisation du plastique, m'avait tapé sur les doigts en pointant ma contradiction. Je m'en voulais de cette maladresse, mais ce fut le seul couac de ma campagne.

Malgré l'intérêt général pour mon programme et quelques soutiens d'envergure, dont ceux de l'essentiel de ma communauté toutes générations confondues, les résultats du scrutin étaient plus qu'incertains.

Coalisés contre moi qui n'étais pas issue du cénacle politique, mes adversaires avaient redoublé de promesses et de manœuvres populistes. Dans leur viseur, le quartier le plus pauvre de notre agglomération, Sosúa Abajo, et les *campos* environnants rattachés à la commune. Ils y avaient fait distribuer force seaux, bassines en plastique et batteries de cuisine. Il se murmurait même que Lopez-Arbid, le plus déterminé, achetait des votes pour quelques centaines de pesos et promettait des postes à tout-va.

Je n'avais que mépris pour les méthodes de mon adversaire qui, lui, était dérouté par mon indépendance, et j'étais écœurée par ces combines, des pratiques indignes d'une démocratie qui se respecte. Mais on ne respectait plus grand-chose dans notre pays. J'éprouvais une haine viscérale pour ces politiciens corrompus qui ne pensaient qu'à obtenir une place au soleil et la transformer en rente, au détriment de la population qu'ils grugeaient, quand ils ne la spoliaient pas. La classe politique de mon pays avait besoin d'un sérieux nettoyage. Je ne céderais pas, jamais contre ce monde-là, alors évidemment ma position gênait.

Face à ces manœuvres, je n'avais à offrir que mon désintéressement et ma réelle motivation à faire de Sosúa une ville moderne et assainie où le bon-vivre perdurerait. Je voulais que chacun profite à sa façon de la manne du développement touristique.

7

53 %

Mai-octobre 2000

— Arrête ça, sinon bientôt il ne te restera plus qu'un moignon, et je ne suis pas sûr de pouvoir le soigner, m'intima Domingo en attrapant au vol la main que je portais à ma bouche sans même m'en rendre compte.

Moi qui avais toujours mis un point d'honneur à garder des mains soignées, voilà que, non contente de m'être rongé les ongles au sang, je grignotais maintenant les petites peaux tout autour. Un carnage à la hauteur de mon angoisse. Je voulais tellement me mettre au service de ma communauté, je voulais lire de l'admiration dans les yeux de Domingo, je voulais que mes enfants soient fiers de moi, je voulais que ma vie ne s'embourbe pas dans les ornières de l'âge mûr.

Nous étions réunis en petit comité dans les bureaux du journal. J'avais peur d'une déculottée. Je songeais que j'allais sans doute perdre le combat. Malgré mes engagements, malgré ma sincérité, malgré mon abnégation, malgré mon manque d'ambition personnelle ou à cause de cela. Par manque d'argent aussi. Et parce que j'étais une femme. Almah, elle, l'aurait remportée haut la main, cette élection. Me comparer à ma mère avait toujours été une malédiction. C'était douloureux, mais ça avait aussi été mon moteur. Je redressai les épaules, croisai les mains derrière mon dos et pris sur moi en attendant l'annonce des résultats du scrutin.

*

— Maintenant, tu seras obligée de t'y mettre sérieusement ! conclut David quand il apprit le résultat.

— M'y mettre ?

— À Internet !

Je hochai la tête avec un sourire victorieux que mon fils ne pouvait pas voir, puisqu'il appelait de New York.

— Tu as raison, il est plus que temps, je vais m'y mettre à fond, c'est promis ! Je te laisse, mon chéri, on m'attend.

Je raccrochai, coupant court aux encouragements de David pour mes nouvelles fonctions.

À vrai dire j'étais un peu sonnée et je n'appréhendais pas complètement la réalité qui se dessinait devant moi.

53 %. La marge était faible, mais j'étais élue.

Le fax n'arrêtait pas de crépiter des félicitations. Les téléphones sonnaient. Toute mon équipe, famille et soutiens de toutes sortes mêlés, fêtait bruyamment la victoire.

— Désormais la vie ne va pas être de tout repos ! soupira Domingo quand nous nous retrouvâmes à la maison.

— L'a-t-elle jamais vraiment été ?

— Les choses sérieuses commencent dès demain, madame la maire, conclut Domingo en éteignant la lumière sur une nuit qui s'annonçait sans sommeil.

Car voilà, c'était fait, j'étais à la tête de la municipalité de Sosúa. Lopez-Arbid pouvait aller se rhabiller.

*

Ça ne pouvait pas être ma première décision en tant que nouvelle maire. Pourtant l'idée me trottait dans la tête depuis que Markus avait fait une réflexion un peu amère, en apparence anodine, quelques années auparavant. « L'histoire de la fondation de Sosúa, notre histoire, n'existe pas. On ne l'enseigne pas dans les écoles, aucun livre n'en parle. Il n'y a que notre musée. » Il avait raison.

J'avais décidé de proposer d'introduire une étoile de David dans l'écusson de Sosúa. Contre toute attente, j'obtins gain de cause sans même avoir à batailler.

Ce premier succès n'augurait en rien les luttes, les soubresauts, les défaites et les victoires qui allaient émailler mon premier mandat d'élue, mais c'était un joli pas en avant et c'était encourageant.

*

J'allais m'atteler avec des bonheurs variables aux questions que j'avais promis de résoudre. La plage centrale serait nettoyée, embellie, et ses petits commerces régulés. En revanche, le contrôle de la vie nocturne serait une illustration des écuries d'Augias, une bataille sans cesse renouvelée, et la réputation de Sosúa peinerait à se rétablir, contrairement à celle de la station balnéaire voisine, Cabarete, qui attirait des sportifs de tous poils.

Au niveau national, les années suivantes seraient marquées par une récession et une inflation record qui coûteraient au président Mejía une défaite lors des élections de 2004. Mais dans notre paradis côtier, l'économie locale, dopée par le tourisme, était florissante et nous étions bien moins à plaindre que d'autres. Ce qui me vaudrait d'être élue pour un second mandat.

8

Notre Vienne

2001

Le timbre, soigneusement choisi à l'effigie de Martin Buber, signait la provenance. Allemagne. Et son expéditeur. Dieter. La seule personne susceptible de m'écrire d'Allemagne et le seul Allemand que je connaissais. Depuis son reportage pour *Der Spiegel*, il était revenu à plusieurs reprises passer des vacances d'hiver chez nous et il nous envoyait ses vœux avec une régularité de métronome. Mais nous étions en mai, il était un peu trop tôt pour me souhaiter une bonne et heureuse année.

D'ailleurs, la forme du paquet laissait peu de doute sur son contenu. Un livre.

Je déchirai l'emballage avec la frénésie enfantine qui s'emparait de moi chaque fois que je recevais un cadeau et dont se moquait gentiment Domingo.

Le livre était intitulé *Unser Wien* (*Notre Vienne*), cosigné Stephan Templ et Tina Walzer, Éditions Aufbau, Berlin, 2001.

Le sous-titre, *Arisierung auf Österreichisch*, *L'Aryanisation à la manière autrichienne*, donnait le ton et m'en laissait aisément envisager le contenu.

Sans prendre le temps de lire la lettre que Dieter avait glissée entre la couverture et la première page, je me jetai sur le texte avec une curiosité mêlée de réticence, espérant que mon allemand défaillant – à force de ne pas la parler ni l'écrire, la langue maternelle s'était éloignée de moi, un constat qui m'attristait chaque fois – pourrait me permettre de tout saisir. Je compris vite qu'il n'était nul besoin d'un allemand très élaboré pour en déchiffrer le contenu. C'était un récit très factuel de l'engrenage de l'aryanisation, étayé de dispositions légales, de chiffres et de noms.

Un véritable brûlot.

*

Je fis voleter les pages rapidement – je devais résoudre une urgence au journal – en me promettant d'y revenir le soir même à tête reposée.

Jusqu'à tomber sur un chapitre délétère intitulé « La topographie du vol ». Les auteurs y dénombraient des centaines d'entreprises viennoises qui avaient été volées aux Juifs, sans versement d'indemnités. La liste, établie par catégories, comprenait un grand nombre des plus célèbres hôtels, des cinémas, restaurants, pharmacies et domaines de la ville. Y étaient mentionnés les noms des anciens et des actuels propriétaires. Les auteurs courageux – à moins qu'ils ne fussent de véritables têtes brûlées – prenaient le risque de dénoncer un certain nombre d'éminents affairistes autrichiens qui avaient vécu et vivaient encore de propriétés juives spoliées, soit volées, soit achetées pour une somme dérisoire, sous la pression, sous la menace d'une arme ou d'une dénonciation aux autorités nazies de l'époque.

Les yeux voilés, le cœur serré, je suivis d'un doigt tremblant la longue liste.

Cinémas et salles de spectacle.

Cliniques.

À la catégorie « Commerces », mon index buta sur un nom : Magasins Heppner. Les grands magasins de la famille d'Heinrich, sans doute les plus beaux de Vienne en 1930, selon Almah.

Les noms défilaient.

La boule dans ma gorge s'épaissit à en bloquer mon souffle. J'étais en apnée.

Édition – Impression.

Voilà, c'était là. Écrit noir sur blanc.

Une ligne parmi tant d'autres.

Un appel de plus.

Imprimerie Rosenheck père et fils.

Une larme roula sur ma joue et s'écrasa sur le papier, laissant une auréole sombre autour du nom de mon père.

*

Plus tard, je dépliai la lettre de Dieter qui pensait, à juste titre, que nous serions intéressés par cet ouvrage, sans se douter une seconde de ce que j'allais y découvrir.

Il précisait que le titre du livre imitait le bulletin touristique officiel de la ville de Vienne, une provocation délibérée des auteurs et de l'éditeur. Le gouvernement autrichien et les Viennois dans leur ensemble avaient été scandalisés par la parution. Dans la presse conservatrice, on accusait les auteurs de vouloir « déstabiliser l'Autriche ». Seuls quelques rares journaux d'opposition osaient saluer leur courage et leur civisme.

Pour Dieter, Templ et Walzer avaient fait une étude sérieuse et bien documentée, en dénonçant nommément ceux qui avaient profité et qui profitaient encore sans vergogne du vol organisé. Ils avaient rendu un grand service à la société et au gouvernement en donnant un coup de pied dans une fourmilière nauséabonde sur laquelle tous fermaient les yeux, par commodité, par lâcheté surtout. C'était courageux, mais dangereux.

On ne pouvait pas interdire le livre, bien sûr, la censure était passée de mode, mais sa circulation était restreinte en Autriche et se le procurer tenait du jeu de piste. C'était un peu plus facile en Allemagne.

Dieter espérait ne pas remuer des souvenirs trop douloureux chez Markus et surtout chez Almah qu'il chérissait particulièrement, mais il estimait de son devoir de nous faire parvenir cette parution. Il attendait ma réponse avec impatience et nous embrassait très fort, moi et tous les miens.

*

Le livre interpella Almah et Markus, mais il n'y eut aucun électrochoc.

— Finalement, rien que nous ne sachions déjà, se contenta de dire Markus qui avait tenu le gouvernail d'un négoce de matériaux de construction à l'époque de la nazification de l'Autriche.

— Tout de même, c'est un livre rudement courageux, souligna Almah. Je vais écrire à cette maison d'édition pour qu'elle transmette aux auteurs mon admiration et mon respect, et mes remerciements aussi, au nom de Wil.

— Tu pourrais sans doute essayer d'entamer un procès en indemnisation, laissa tomber Markus avec l'air de ne pas y toucher.

— Markus, après les tableaux, voilà que tu recommences, le sermonna gentiment Almah. J'ai renoncé à tout ça il y a bien longtemps, et d'ailleurs l'imprimerie appartenait aux parents de Wil, pas à lui. C'est inutile d'y revenir. Pour qu'elle soit au courant, je vais tout de même demander à Dieter d'envoyer un exemplaire du livre à Myriam. Et toi, tu devrais plutôt faire comme moi, écrire un mot gentil à notre ami et un autre aux auteurs.

Et comme de juste, Markus se conforma à l'avis d'Almah.

Quant à Fredcrick et moi, nous n'eûmes pas voix au chapitre. Je n'avais d'ailleurs nulle envie de revivre les escarmouches autour de la question des indemnités pour les tableaux.

Finalement, par l'entremise de Dieter, un court témoignage où Almah faisait connaître sa position sur la spoliation des biens de la famille Rosenheck parut dans le *Spiegel*. Malgré ses efforts, il fut impossible à notre ami de faire paraître quoi que ce soit dans la presse autrichienne, mais Almah était satisfaite car Dieter lui assura que le *Spiegel* était bien diffusé et très lu à Vienne.

*

Nous ne le savions pas à ce moment-là mais l'histoire de *Notre Vienne* ne s'arrêterait pas là.

Il n'y avait eu aucune mesure de rétorsion contre les auteurs, mais quelques années plus tard, dépités de n'avoir pu empêcher la parution du livre dans le pays voisin et sa diffusion sous le manteau dans leur propre pays, les Autrichiens trouvèrent la façon de punir Templ. Une façon bien tortueuse dont m'informa Dieter.

En 2005, Stephan Templ déposa une demande de restitution relative à un hôpital dont sa mère fort âgée était l'héritière légitime. À cause d'une longue querelle entre sa mère et sa sœur, Templ omit d'indiquer le nom de sa sœur dans sa demande. Le différend aurait pu être aisément résolu par les membres de la famille devant un tribunal civil. Au lieu de cela, le gouvernement autrichien choisit de poursuivre Templ pour fraude criminelle. Stephan Templ fut reconnu coupable et condamné à une peine d'emprisonnement d'un an, qu'après épuisement de tous les recours il dut accomplir. Peu nombreux furent ceux qui le crurent victime des rouages de la bureaucratie complexe et bornée qui régissait le système autrichien de restitution. On savait qu'il était sanctionné par les responsables gouvernementaux pour avoir osé publier son brûlot. On se venge comme on peut.

*

Troublante coïncidence temporelle avec la parution du brûlot de Templ et Walzer en 2001, le parlement autrichien, « soucieux de combler les lacunes des précédentes mesures d'indemnisation », comme l'expliqua pudiquement la presse, approuva un budget de 150 millions de dollars pour indemniser la perte d'appartements et de locaux commerciaux, et celle de biens mobiliers et d'objets de valeur personnels. Chaque victime du régime nazi qui se fit connaître reçut un montant forfaitaire de 7 000 dollars. Puis, en 2004, on décida de payer aux victimes un montant supplémentaire de 1 100 dollars. Ces décisions qui se superposaient les unes aux autres, c'était à y perdre son latin. Mais de nouveau David s'activa, les demandes étaient simples à remplir, et les compensations promises tombèrent pour Almah et Markus.

Il y eut même la possibilité d'une restitution de terrains et de bâtiments, les demandes étant étudiées par une instance d'arbitrage indépendante composée de trois membres dont un nommé par les États-Unis. Mais la procédure était bien plus complexe, il fallait prendre un avocat, et, comme le répétait Almah, à ce stade de leur vie, cela n'avait plus aucun sens, surtout après qu'elle avait renoncé aux tableaux.

D'un commun accord, à l'initiative d'Almah qui ne voulait rien savoir – « le prix de la honte, cette aumône, ne me brûlera pas les doigts » –, les deux représentants de la race en voie d'extinction *Homo austriaco-judaicus* décidèrent une nouvelle fois de faire don de l'intégralité des sommes reçues à l'orphelinat de Puerto Plata.

9

Monstrueux ballet

Septembre 2001

Il avait fait chaud tout l'été, trop chaud. Un mauvais présage, le signe avant-coureur d'une catastrophe, à en croire les anciens. Un cyclone, peut-être.

Mardi, jour de permanence à la mairie. Ouverture des bureaux à 9 heures.

Le ciel s'était lavé de la tourmente tropicale déroutée vers la Louisiane. Nous n'avions essuyé qu'un petit grain tempétueux, épargnés comme chaque fois.

Je savourais mon café du matin en me félicitant du calme et de la stricte modernité de nos nouveaux bureaux. Tout en bas à droite de l'écran de mon ordinateur, la petite lumière du fil d'actualité auquel m'avait abonnée David clignotait avec ténacité. *Clique, clique*, m'intimait-elle. J'eus une pensée attendrie pour mon fils, l'as des nouvelles technologies. Ma main sur la souris, clic gauche. Rien. Encore un dysfonctionnement du système…

À cet instant, Juana, ma secrétaire, entra dans mon bureau sans frapper, ce qui ne lui était pas coutumier. J'avais l'habitude de laisser la porte à demi ouverte, mais Juana se signalait toujours par un léger grattement avant d'entrer. Pas ce matin.

Elle me regardait, fiévreuse, une sorte d'urgence horrifiée sur le visage. Je l'interrogeai d'un froncement de sourcils. Je la vis très nettement déglutir avec difficulté, comme si elle était empêchée de parler.

— Vous… devriez… venir, articula-t-elle péniblement, en faisant un signe de la main vers la salle consacrée aux réunions, avant de me tourner le dos. En la regardant s'éloigner, je notai sa démarche mal assurée, titubante comme celle d'un homme ivre.

J'abandonnai ma souris à son tapis – la petite lumière attendrait quelques minutes de plus – et me levai pour suivre Juana, mi-curieuse, mi-contrariée.

Ils étaient cinq, debout, formant une haie compacte devant l'écran de télévision qui focalisait leur attention. De façon ténue, je ressentis la tension des dos, la voussure des épaules, la crispation des mains, une perception subtile, et un signal d'alarme se déclencha dans mon esprit, une vilaine prémonition. Ce fut fugitif.

Wellington, le comptable, se retourna. Je reçus son visage exsangue comme une gifle. À ses côtés, Dulce, un poing enfoncé dans la bouche, gémissait, tandis que Yisel psalmodiait une litanie de « *Dios mío, Dios mío*… ». Sentant ma présence derrière elle, elle s'écarta légèrement.

Alors je vis.

Je sentis mon cœur s'emballer et mon ventre se tordre d'angoisse. Puis le froid m'envahit, un froid immédiat, total, profond, agressif, qui figea mes pensées. La vague glaciale me submergea.

L'image dansait dans un monstrueux ballet de va-et-vient sur deux immenses tours reconnaissables entre mille. Dans le ciel bleu, un avion volait au ras des immeubles et s'encastrait en un éclair de feu dans la tour de gauche, ressortait aussitôt, puis obstinément y retournait. Habile montage d'une scène de science-fiction.

Puis la séquence changea. Zoom arrière. D'une tour s'échappait un épais panache de fumée noire, l'autre était barrée en son milieu par une lame de feu. En apnée, les yeux exorbités, je regardais des petits pantins planer dans le vide. Des personnes se défenestraient pour échapper aux flammes. Les commentaires des journalistes aux voix altérées par le désarroi n'atteignaient pas mon cerveau. Je me retins à l'épaule de Yisel pour ne pas tomber. Un long cri sourd s'éleva dans la pièce. Wellington passa son bras sous mes épaules et je compris que cela s'échappait de ma gorge. Quelqu'un avança une chaise derrière moi. Je m'effondrai sans quitter l'écran des yeux.

Mon fils. David.

10

Quel étage ?

11 septembre 2001

Une main se posa lourdement sur mon épaule.

Je levai la tête.

Domingo.

Mon Dieu, Ruth.

Sa voix. Raide d'angoisse.

Il ne trouvait pas ses mots, qu'y avait-il à dire ?

Je me levai et me réfugiai dans ses bras.

Quel étage ? À quel étage est son bureau ? Quelle tour ? Nord ? Sud ?

Les mots s'étranglaient dans ma gorge et les questions mouraient sur mes lèvres.

Je ne sais pas. En hauteur, il a une belle vue. 80 ? 90 ?

Domingo, son essoufflement.

Je me ruai dans mon bureau. Le téléphone.

Domingo avait déjà le sien collé à l'oreille.

Les lignes bloquées couinaient.

Votre correspondant ne peut être joint.

David, réponds. Réponds. RÉPONDS.

Votre correspondant ne peut être joint.

J'appelai Tomás sans succès.

Tomás, réponds. Réponds.

Myriam. Myriam saurait.

Impossible de la joindre.

Le combiné en suspens dans ma main.

Votre correspondant ne peut être joint.

Panique absolue.

100e, il n'a aucune chance ; 90e, il s'en sortira.

Domingo et moi, nous tenant fort la main, agrippés l'un à l'autre comme deux enfants terrifiés.

On ne peut pas laisser ta mère seule. Il faut aller chercher Almah et rentrer à la maison.

La sonnerie de mon téléphone.

Gaya.

Sur la route. Je serai à Sosúa dans deux heures.

Des nouvelles ?

Rien, les lignes sont coupées. Quel étage, Gaya ?

Je n'en sais rien. Mais je sais qu'il va s'en sortir.

Nerfs déchirés.

Sonnerie.

Arturo.

Sa voix blanche dans mes oreilles.

Leur appartement dans le Lower East Side.

Mon Dieu, Arturo, où es-tu ?

Atlanta, avec Nathan… semaine de représentations.

Quel étage, Arturo ? À quel étage est son bureau ? Tu y es allé.

Deux ascenseurs, il faut prendre deux ascenseurs.

Un peu plus de 100, je crois, je ne sais plus.

Mon estomac comme une pierre.

Ligne coupée.

Sonnerie.

Tomás. Sa voix blanche.

Maman, je suis en route, j'arrive.

Quel étage, Tomás ? Quel étage ? À QUEL ÉTAGE EST SON BUREAU ?

80, comme l'année de ma naissance ! 80, en dessous de l'avion. Il va s'en sortir.

Quelle tour ?

Je ne sais plus, sud, je crois.

J'arrive, Maman.

Atravesada.

Almah.

Mon Dieu, ma chérie !

La maison.

La terreur entrée chez nous par effraction.

Se retrouver ensemble.

Serrés les uns contre les autres.

Attendre.

Va-et-vient des avions, avant, arrière, avant, arrière.

SOS de linges blancs sur les façades de verre.

La chemise de David ?

Chute libre de ceux qui choisissent le vide plutôt que le feu.

Les images, toujours les mêmes.

Qu'elles se figent !

Me glisser dans les interstices du temps pour en arrêter la course…

Cours, David, cours, de toutes tes forces, cours.

C'est toujours toi qui gagnais les courses, cours, David.

Votre correspondant ne peut être joint.

9 h 59. La tour sud avalée par la terre.

Une brûlure fulgurante dans ma poitrine.

Une poignée de verre pilé dans mon estomac.

Une douleur aiguë dans mes tympans.

Des tonnes de béton et de ferraille comme un château de sable.

Sud ? Nord ? Sud !

Je hurle, je titube.

La chair de mes paumes entamée par mes ongles.

Un nuage noir soufflé par un vent chaud comme les flammes de l'enfer.

Votre correspondant ne peut être joint.

Images d'encre noire.

Fumée, poussière, ruines brûlantes.

Yeux, trachée, narines, poumons asphyxiés.

Votre correspondant ne peut être joint.

Le décompte de la marche vers l'abîme.

10 h 28. La seconde tour pulvérisée.

L'apocalypse.

Des milliers de points lumineux derrière mes paupières.

Commentaires haletants du journaliste au bord des larmes.

Le sud de Manhattan noyé dans un nuage de fumée.

Un amas de tôles et de cendres au centre de l'écran.

L'espoir enseveli sous une gangue de poussière noire.

Plus d'image.

Écran noir.

La nuit.

Une brèche béante ouverte dans ma poitrine.

Votre correspondant ne peut être joint.

Le gouffre de l'attente, de la douleur, de la peur.
Les heures lentes de l'angoisse.
Premier cercle de l'enfer.
Une crevasse au centre de mon âme.
Une veillée funèbre avant l'heure.

11

Les pires heures de ma vie

11 septembre 2001

J'étais sonnée. J'avais froid, très froid. Le froid qui m'avait envahie ne désemparait pas. Des nœuds durs comme la pierre dans ma gorge, dans mon ventre. À travers la brume chimique du sédatif administré par Domingo, la sonnerie du téléphone vrillait mes oreilles. Je fis quelques pas hors de la chambre où je m'étais allongée un instant.

Dans le salon, la télévision était toujours allumée. Les images de scènes de guerre étaient accablantes. Tomás, tous nos téléphones alignés devant lui, continuait désespérément de composer le numéro de son frère. Gaya pianotait fébrilement sur Internet. Almah était muette, les yeux fermés, gisant sur le sofa.

Gaya leva le nez, triomphante. Elle avait Myriam en ligne. Des nouvelles enfin. À Brooklyn, on ne savait rien de plus : l'apocalypse s'était abattue de l'autre côté de l'Hudson d'où affluait en rangs serrés une foule traumatisée. À Manhattan, les secours s'organisaient, le décompte morbide avait commencé. Le téléphone de David ne répondait pas. L'air était irrespirable. Je titubai vers la terrasse où Domingo faisait les cent pas en fumant comme un sapeur. Dehors le soleil insensible brillait dans un ciel insolemment bleu. Je fis quelques pas et m'écroulai, secouée de sanglots saccadés, dans les bras de Domingo que le désarroi rendait méconnaissable. L'air semblait solidifié en une masse pesante, irrespirable.

Je devais retourner à la mairie, joindre les familles, et elles étaient nombreuses, qui comptaient des leurs à New York, prendre la parole, établir des contacts. J'étais incapable d'assumer mes responsabilités d'élue. « Tu ne peux pas y aller dans l'état où tu es. Personne ne te le reprochera », m'assura Domingo.

Gaya avait préparé un déjeuner frugal. À la première bouchée, j'eus un haut-le-cœur.

À 17 heures, le téléphone sonna. Je me raidis en entendant Tomás hurler. Un long hululement. Il entra en trombe dans la chambre où Domingo et moi étions réfugiés.

— C'est Myriam, Maman. David est chez elle. Il est vivant.

Son visage exultait.

J'eus l'impression de m'enfoncer dans le matelas. Une chaleur incontrôlable m'envahit, j'étais incapable de prononcer le moindre mot. J'en oubliais d'expirer, le torse dilaté. Le soulagement labourait ma poitrine aussi douloureusement que l'angoisse des heures précédentes.

Tomás me tendit le téléphone.

— Tout va bien, Ruthie. Il est sain et sauf. Dis un mot à ta mère, David.

La voix de David, méconnaissable, atone, venue d'outre-tombe.

— Je m'en suis sorti, Maman. Je vais bien, ne vous inquiétez pas pour moi.

Je ne pouvais que répéter « mon petit, mon petit ».

Myriam reprit le téléphone.

— Ne t'en fais pas, Ruth, ça va aller. Il est très fatigué, il a besoin que je m'occupe de lui. C'est fini, reposez-vous. Je vous rappelle plus tard.

Les pires heures de ma vie prirent fin sur ces quelques mots. Je me mis à pleurer sans pouvoir me contrôler pendant de longues minutes.

*

Plus tard, Myriam me rapporterait les bribes de la fuite de mon fils telle qu'elle avait pu la reconstituer.

Quand le choc avait ébranlé la tour, David, pas plus que les autres, n'avait compris. Puis les informations avaient fusé. Effroyables, disloquées, contradictoires. Il avait appelé Charlene, sa petite amie, coincée trente étages plus haut. « On attend les secours. Descends, je t'en prie, le plus vite que tu peux. On se retrouvera en bas, si Dieu le veut. » Puis la communication avait été coupée sur les derniers mots de Charlene.

David avait entrepris sa descente infernale au milieu de centaines de personnes affolées. Quelques étages plus bas, il avait croisé des femmes terrifiées qui refluaient et lui avaient enjoint de remonter avec elles pour attendre les secours qui allaient intervenir. David avait hésité. Le haut et attendre les secours. Le bas et tenter la sortie. Le haut ? Le bas ? Il avait choisi le bas et avait sauvé sa vie.

Il avait vu les tours s'effondrer l'une après l'autre, engloutissant des centaines de personnes. Il avait couru encore et encore puis s'était roulé en boule entre deux voitures. Quelques heures plus tard, fantôme titubant gris de poussière, il avait sonné à la porte des Ginsberg, sans savoir comment il était arrivé là. Il s'était effondré en pleurs dans les bras de sa tante.

12

En miettes

Octobre-novembre 2001

C'était un engagement stupide, lié à une peur animale, et dont j'avais un peu honte. Mais je devais le tenir. Gaya se moqua gentiment de moi quand je lui demandai de m'accompagner

— Avec l'âge, tu ne t'améliores pas ! Tu vires bigote, et en plus dans une religion qui n'est pas la nôtre ! remarqua-t-elle avant de concéder : Mais je te comprends, moi aussi j'ai prié tous les dieux du panthéon ce jour-là.

C'est ainsi que nous fîmes une escapade à Higüey, dans le sud du pays – « Quelle horreur cette église, presque aussi laide que le Faro, commenta Gaya, et ces cocotiers en plastique, carrément monstrueux ! » –, où j'avais promis à un dieu auquel je ne croyais pas de brûler un cierge dans la basilique de Notre-Dame de la Altagracia, la protectrice des Dominicains, si David m'était rendu sain et sauf.

Sauf, il l'était.
Sain, c'était une autre histoire.

*

Myriam n'eut pas à me dissuader de m'envoler pour New York, c'était impossible. Je tenais de longs conciliabules quotidiens avec elle et ce qu'elle me disait ne me rassurait pas. La sidération et le chaos des premières heures avaient cédé la place à une mobilisation et une solidarité sans pareilles. L'Amérique comptait ses morts et léchait ses plaies. C'était à ça que ressemblait une guerre. Je compatissais, mais au fond, la seule chose qui m'importait vraiment, c'était l'état de mon fils qui revenait de l'enfer.

Le premier jour, il était resté mutique, comme absent à lui-même. Puis il avait passé des heures en ligne pour s'enquérir des uns et des autres. Après leur conversation téléphonique de ce matin-là, Charlene avait appelé ses parents dans le Massachusetts, après ça plus rien. Elle s'était évaporée. Se l'entendre dire n'avait été d'aucun secours à David, car il le savait déjà.

Il demanda à Myriam s'il pouvait rester chez elle quelque temps. Bien sûr. Depuis le décès d'Aaron, elle se sentait très seule dans cette grande maison vide, malgré l'aide-ménagère embauchée par Nathan qui la visitait trois fois par semaine. David regagna son appartement de Manhattan, fouilla dans ses photos, bourra un sac de vêtements et ferma sa porte à double tour.

Il se rendit sur le lieu de l'attentat, pour voir comment il pouvait aider. Les bénévoles affluaient de toutes parts et on l'avait éconduit. On n'avait que faire de sa bonne volonté. Sur un mur de photographies, il avait collé un portrait de Charlene où il avait écrit son nom et son âge, trente-quatre ans. Juste son visage souriant et confiant qu'il avait retaillé dans une des photographies de leurs premières vacances ensemble, quand il se persuadait qu'il avait trouvé la femme qui lui convenait. Il avait déposé une bougie au milieu de milliers d'autres bougies et une rose blanche sur les brassées de fleurs déjà fanées. Son adieu à Charlene. Son entreprise était à genoux, décapitée, et mettrait du temps à remonter la pente. David était sans travail, sans rien à quoi se raccrocher.

Au fil des jours, les choses ne changeaient guère. David ne mangeait pas, ou si peu. Il se plaignait de terribles migraines qui lui enserraient le crâne, ses mains s'agitaient parfois de tremblements convulsifs, le moindre bruit le faisait sursauter, Myriam l'avait même entendu pleurer. Malgré ses efforts, elle n'arrivait pas à communiquer avec lui. Elle lui suggéra de rencontrer un psychologue. Il refusa. Il démissionna de son entreprise.

Au début, je l'avais appelé chaque soir, et j'avais dû me rendre à l'évidence. Quand David répondait, c'était avec indifférence, de vagues borborygmes, il allait bien, inutile de s'inquiéter pour lui, il voulait qu'on le laisse tranquille. J'étais impuissante tandis que, lentement, la dépression tissait son chemin pernicieux et l'emprisonnait dans sa toile. Au bout de trois semaines, ne voyant aucune amélioration à son état, Myriam me suggéra de venir le chercher.

*

Mi-octobre, Domingo s'envola seul pour New York. Croulant sous les obligations de mon mandat, je ne pouvais quitter Sosúa. D'ailleurs David refusait obstinément ma main tendue et j'espérais que ce tête-à-tête avec son père lui serait bénéfique.

J'allai les chercher à l'aéroport avec Almah qui avait tenu à m'accompagner. Dans le hall des arrivées, je piétinais nerveusement. D'un geste doux, Almah arrêta mon bras tandis que je portais mes doigts à ma bouche pour me ronger les ongles. Elle prit ma main et la serra dans la sienne. Le ciel lourd de pluie de cette journée d'automne alourdissait encore l'atmosphère pesante.

J'eus de la peine à reconnaître mon fils. Sa peau avait la pâleur de qui n'a pas vu le soleil depuis longtemps, sa belle chevelure brune était toute striée de gris, comme s'il n'avait pu se laver des cendres de Manhattan. Mais ce qui me frappa plus que tout, ce furent ses yeux, vides, sans éclat. Sourire figé, regard en coin, il se laissa embrasser mollement, et je constatai qu'il était en sueur. Mon fils était vivant. Vivant, mais en miettes.

J'étais partagée entre le soulagement de le retrouver et l'angoisse qu'il ne trouvât pas ici de quoi recoller les morceaux de son univers fracassé. Ce n'était pas une simple lézarde, c'était un gouffre immense, dans lequel avaient disparu pêle-mêle ses espoirs, son ambition, son avenir, son bien-être, son credo, ses valeurs, ses croyances, ses convictions, sa joie de vivre, sa confiance. Il me paraissait aussi nu qu'un enfant qui vient de naître, dépourvu de tout ce qui faisait sa vie.

Ce que David avait sauvé de sa vie américaine se résumait à peu de choses. Tout tenait dans une petite malle et deux valises. Et cela me fendit le cœur. Nous l'installâmes dans un des bungalows de la *finca*, tout près de nous, mais assez loin pour lui assurer son indépendance. Quand il se planta immobile sur la terrasse avec des regards timides autour de lui comme s'il ne reconnaissait pas les lieux, les larmes me brûlèrent les yeux.

Comme d'autres avant lui, Lizzie autrefois, Nathan hier, David venait donc se réfugier à Sosúa. Je me disais que décidément notre bout du monde était le havre des exilés de leur terre de naissance, de leur destin, de leur histoire.

*

Loin de moi l'idée de le surveiller, mais j'avais besoin de me rassurer. Au prétexte du ménage, je rentrai dans le bungalow de David, avec un étrange sentiment de déjà-vécu. J'avais fait exactement la même chose autrefois avec Lizzie. L'histoire se répétait et une gangue poisseuse pétrie d'impuissance et de culpabilité m'engluait. La chambre de David n'était rien de plus qu'une cellule monastique, blanche et impersonnelle. Il avait à peine déballé ses maigres bagages.

Il y avait juste, en pile à côté du lit, une collection de cartoons d'après-guerre et des années cinquante et soixante, qu'il avait sauvée du désastre. *The Spirit*, *Superman*, *Batman*, *Captain America*, *X-Men*, *Jacob le cafard* et quelques autres. Rien que des dessinateurs d'origine juive. Je n'y prêtai guère attention, d'autant que j'ignorais que certains cachaient leur nom derrière un pseudonyme. Pourtant, et cela aurait dû être un signe, avec un humour railleur caractéristique du Juif new-yorkais, beaucoup de ces *funnies* ciselaient l'image de l'immigrant juif aux prises avec les mécanismes de l'intégration.

L'avenir allait me démontrer que depuis longtemps David avait façonné son identité.

*

Les premières semaines furent pénibles. Cadenassé dans son traumatisme, David prenait seul les repas que je lui faisais porter après qu'il avait refusé de partager notre table. Il ne communiquait pas, comme engourdi, et quand je lui adressais la parole, j'avais l'impression, au regard qu'il me lançait, de commettre un impair. On aurait dit qu'il avait abaissé une grille devant son visage, un rideau de fer qui l'isolait du reste du monde. Je sentais bien que mon sourire du matin, celui, encourageant, qui disait « Bonjour, David, j'espère qu'aujourd'hui sera une bonne journée », avait quelque chose de coincé, un faux sourire, comme il me l'avait fait remarquer un matin d'un ton sec. J'avais peur que nous n'ayons tous la même expression forcée de compassion et que notre amour ne parvînt pas à résorber son mal-être. Je craignais aussi que notre village, notre monde exigu à l'horizon étriqué, ne l'aidât pas.

Seul le temps pouvait accomplir un miracle. Je finis par me résoudre à l'attente.

13

Une journée après l'autre

Janvier 2002

— David passe de plus en plus de temps avec Almah. Il a pris l'habitude de l'accompagner dans ses promenades, ils tiennent d'interminables conciliabules sur sa terrasse, je me demande bien ce qu'ils se disent…

J'essayais de me contrôler. Je ne voulais pas apparaître à Domingo frustrée ou, pire, jalouse. J'avais toujours eu un mal fou à ce que mon visage ne trahît pas mes pensées, et, je devais me rendre à l'évidence, cela ne s'améliorait pas avec l'âge. Je ne saurais jamais maîtriser mes muscles et mes expressions comme ma mère. Ça n'échappa pas à Domingo. Je le compris au regard entendu qu'il me jeta.

— L'essentiel, c'est qu'il se retape, tu ne crois pas ? laissa-t-il tomber sans autre forme de commentaire.

— Tu crois que je devrais en parler avec Almah ? Pour savoir comment il va vraiment ?

— Laisse-les donc tranquillement profiter l'un de l'autre. Si David trouve du réconfort auprès de sa grand-mère, très bien !

— J'aurais aimé qu'il se confie à moi.

— Mais tu es sa mère… On ne parle pas de ces choses-là avec sa mère, parce que le petit garçon en lui a peur de te décevoir, d'avouer à quel point il a eu peur, une peur atroce qui laissera à jamais son empreinte sur son âme. Il lui faudra du temps pour accepter ça. Il lui faut apprendre à vivre avec cette cicatrice et faire en sorte qu'elle ne se rouvre pas au moindre signe.

Si David m'ignorait, il n'en était donc pas de même avec sa grand-mère. Au soleil couchant, il venait la chercher sur sa véranda. Il la prenait dans ses bras telle une poupée, elle ne pesait plus très lourd, et la portait jusqu'à la petite butte au sommet de la *loma* qui dominait la mer. Il l'installait délicatement dans l'herbe et s'asseyait à côté d'elle. Ensemble, ils profitaient de la beauté éphémère du coucher de soleil d'hiver. Plus d'une fois je les avais observés de loin. Ils devisaient, c'était une certitude. J'aurais donné beaucoup pour savoir de quoi. Almah lui parlait-elle du temps qui guérit toutes les blessures ? Lui racontait-elle son histoire ? Elle y voyait déjà très mal à ce moment-là. Lui racontait-il l'éclat du soleil sur la mer, l'ombre des barques qui se balançaient au loin, l'embrasement du ciel, la montée de la lune et des premières étoiles ?

De temps en temps, je la voyais pencher la tête sur l'épaule de son petit-fils. Il entourait alors ses épaules d'un geste protecteur. Ils formaient un joli couple, plein de tendresse. Quand le soleil avait disparu, il se levait, la chargeait sur son dos comme dans un jeu d'enfant et reprenait le chemin de leurs chalets.

Nul ne saurait jamais ce qu'ils se disaient, mais je savais, rien qu'à les voir, qu'Almah tiendrait la main de mon fils sans la lâcher.

*

— Il faut parfois un drame, un drame intime, le drame fondateur à partir duquel se forge le destin. Le mien…

Les yeux perdus au loin, Almah s'interrompit, comme si elle prenait sur elle, et poursuivit :

— Le mien a été le suicide de mes parents. C'est à partir de là que j'ai su que je vivrais, envers et contre tout, quoi qu'il m'en coûte et quoi qu'il m'arrive. Après ça, me réinventer a été plus facile que je ne l'aurais cru. Il a suffi de repérer les opportunités et de les saisir, sans état d'âme et avec détermination.

Ils étaient tous deux sur la terrasse d'Almah, un rendez-vous quotidien, une sorte d'habitude qui commençait à naître. Almah tourna son visage vers David, le dévisagea longuement et lui prit la main.

— Je te remercie, David, je ne l'avais encore jamais dit à personne. En tout cas, pas aussi clairement. C'est libérateur de pouvoir exprimer les choses aussi simplement. Les choix deviennent très intelligibles après coup.

Elle essaya de déchiffrer son expression. Fatalisme, résignation, espoir. Elle savait où était la faille.

— Il ne s'agit pas de tromper ta conscience, mais de dompter la culpabilité de savoir que ta vie continue quand celle des autres s'est arrêtée. Je sais que tu as perdu la femme que tu aimais…

David secoua la tête – une sorte de découragement, un long soupir. Il détourna le regard et se mit à parler presque pour lui-même.

— Je n'aimais plus Charlene. Nous étions sur le point de nous quitter. À vrai dire, je crois bien que je ne l'ai jamais vraiment aimée. Ça, vois-tu, Almita, je ne l'avais jamais dit, parce que c'est trop cruel.

— Je comprends. Tu as eu raison de garder ça pour toi. J'imagine que c'est mieux pour ses parents. Mais ta mère pense… enfin elle croit que tu as perdu la femme de ta vie, et que c'est ça…

— Tu sais, Almita, je m'en fiche un peu de ce que pense Maman, elle est si envahissante parfois. J'ai trente-trois ans, une vie privée, et elle me considère encore comme un gamin. Elle m'étouffe avec sa sollicitude. Je n'ai pas besoin d'elle pour aller de l'avant.

— Si, David, tu as besoin d'elle, même si tu n'en as pas conscience. C'est la seule personne au monde qui t'aimera jamais ainsi, inconditionnellement. Je le sais, moi. Mais je sais aussi que tu ne trouveras qu'au fond de toi la force de te réconcilier avec la vie. C'est une gageure, car ce jour-là, tu as vu le mal absolu, comme je l'ai vu avant de quitter Vienne.

Almah ferma les yeux. Derrière ses paupières les flammes des incendies de la Nuit de cristal. Inutile de raconter cela à David. Elle reprit avec douceur :

— Pour te débarrasser de la haine, il faut accepter ton désespoir, après seulement tu t'en affranchiras. Je peux peut-être t'y aider. Les choses les plus insignifiantes sont parfois des planches de salut.

Almah scruta le visage de son petit-fils avec une tendresse pleine de bienveillance. David ébaucha un sourire. C'était le pauvre sourire d'un homme brisé qui essaie de faire bonne figure face à une personne qui l'aime sincèrement. Un sourire qui disait « Désolé, je fais de mon mieux ». Un vrombissement se fit entendre dans le ciel. David leva les yeux et un éclair de panique passa dans son regard. Il se tassa sur lui-même, happé par le souvenir. Au loin, un avion avait entamé sa descente vers Puerto Plata.

— Celui qui croit aux miracles est un imbécile, celui qui n'y croit pas est un athée. C'est un proverbe yiddish…

— Justement Almita, en parlant de planche de salut, je me disais que j'aimerais rencontrer le rabbin. Pour… discuter avec lui.

— Pour cela, mon chéri, il te faudra aller à Saint-Domingue. Je t'accompagnerai volontiers si tu veux bien de moi.

David acquiesça, sourcils froncés.

— Et apprendre l'hébreu, ça aussi j'aimerais.

Almah se souvenait de la détermination que David avait mise, enfant, à apprendre à lire puis à compter, mieux qu'une machine à calculer, et elle était prête à parier qu'il allait se jeter dans l'apprentissage de l'hébreu avec la même exigence.

— Je veux bien m'y remettre avec toi. J'étais en bonne voie quand nous vivions à Jérusalem avec Heinrich. Oui, je crois que c'est une bonne idée. Nous trouverons un cours. Qu'en dis-tu ?

— D'accord, je suis d'accord. Et puis, pour faire plaisir aux parents et parce que je ne peux pas rester à ne rien faire, je vais leur proposer de mettre un peu d'ordre dans leurs affaires. Je suis sûr que je peux donner un coup de main. Mais je ne veux pas les vexer.

— Tu ne vexeras personne, bien au contraire. Entre nous, je ne crois pas que ce soient d'excellents gestionnaires, eux pas plus que Frederick, je suis même sûre du contraire, ni qu'ils soient très bien conseillés. Tu leur rendras certainement service.

Almah crut lire une espèce de soulagement dans le regard de David. Le silence tomba entre eux, chacun se perdit dans ses réflexions. Les ombres des arbres s'allongeaient et jouaient sur les murs de la galerie. David se leva et proposa :

— Allons marcher un peu dans le jardin avant que la nuit tombe.

Très grande dame, Almah lui tendit la main.

*

Le temps, le temps…

Une journée après l'autre, une autre journée pendant laquelle David s'efforçait sans doute de ne plus y penser…

À de multiples petits signes, cependant, je voyais que la mélancolie relâchait peu à peu son étau. Puis un jour, un jour comme les autres, il y eut un miracle. David s'invita au dîner, rasé de frais, cheveux disciplinés. Je ne fis aucun commentaire, même quand, ébauchant un sourire timide, il tendit son assiette pour se resservir. « Mon Dieu, merci pour cet appel de l'estomac ! Faites que lui revienne aussi l'appétit de vivre. » Je compris qu'Almah avait rallumé les yeux de mon fils et fait renaître le sourire sur ses lèvres. David était sur la pente de l'espoir. Il y arriverait, des montagnes plus hautes avaient été gravies.

14

L'espoir

Janvier 2003

Depuis quelques semaines, je savais, à ses yeux, à ses silences, que David était en train de faire un choix, qu'après avoir pesé les options, il avait pris une décision. Pourtant il restait mutique.

Ce jour-là, j'avais décidé de crever l'abcès. Je le cherchai là où je savais qu'il serait. À la plage. À l'écart des touristes, face aux *pilotillos*.

C'était une fin de journée grise et venteuse. Les alizés annonçaient la pluie. La mer avait revêtu son habit de colère, brun et gris ardoise hérissé de franges blanches, les vagues étaient tempétueuses, rugueuses, le sable était terne. Nous entrions dans notre hiver tropical où la chaleur n'est plus si accablante et où la nuit tombe d'un coup, comme on tire un rideau.

Je m'assis dans le sable à côté de David.

Je le regardai, il fixait l'horizon, il était grave, tout entier tendu vers un but, puis je tournai mon regard vers la mer pour lui laisser le champ libre, l'espace suffisant pour me dire ce qu'il avait à me dire. Il annonça d'un ton solennel :

— Je vais m'installer en Israël. Faire mon Alya, comme ils disent.

J'étais estomaquée, je ne m'attendais pas à cela, mais je réagis avec précaution.

— Quelle drôle d'idée, David !

Il s'écarta légèrement et me regarda bien en face.

— Ce n'est pas drôle, c'est une décision mûrement réfléchie.

— Mais chez toi, c'est ici, à Sosúa, c'est là qu'est ta famille. Ou à New York…

Son regard repartit vers le large et il rétorqua presque pour lui-même :

— Rien ne m'amarre nulle part, ni à New York, cette ville que j'ai aimée, ni ici. Là-bas aussi, c'est chez moi. Je ne crois pas que j'y serai très différent des autres. J'aurai le sentiment d'être à ma place. *Hatikvah*[1], c'est l'espoir, et n'est-ce pas ce qu'on trouve dans ce pays ? J'ai besoin de tenter quelque chose de neuf.

J'avais oublié à quel point mon fils était un homme sérieux. À son ton, je sentis que sa détermination était totale, mais j'insistai :

— Si tu as besoin de changer d'air, ce que je comprendrais…

— Il ne s'agit pas de changer d'air, ni de décor, me coupa David d'un ton légèrement méprisant, comme si je ne comprenais décidément rien à lui, il s'agit de TOUT changer, c'est un projet personnel, qui remet en cause

1. Hymne israélien.

les fondements mêmes de mon existence. Si je n'ai tiré qu'une leçon de cette abomination, c'est celle-là : je n'étais pas à ma place là-bas, en dépit de ce que je croyais.

— Rien ne justifie un choix aussi radical, m'entêtai-je.

— Si, justement, tout le justifie. Mes origines, de ton côté en tout cas, l'attentat, la disparition de Charlene, de mes amis, notre histoire familiale.

— David, tu sais si peu de l'histoire de notre famille !

— Je sais ce qu'il y a à savoir. Ce qu'Almita m'a raconté me suffit.

C'était donc cela, leurs conciliabules, leurs promenades le long de la grève, leurs chuchotements, leurs rendez-vous nocturnes, leurs sourires de connivence… Tous ces indices flagrants que je n'avais pas su décoder. Je me sentis envahie d'une immense culpabilité, comme toujours. Je soupirai longuement. Il n'était pas dit que je capitulerais, pas sans avoir livré bataille.

L'assassinat de Rabin en 1995 avait douché les espoirs de paix nés avec les accords d'Oslo. Depuis la visite d'Ariel Sharon sur l'esplanade des mosquées trois ans plus tôt, Israël était plongé en pleine Intifada, à feu et à sang. Il ne se passait pas une semaine sans qu'il y ait un attentat suicide suivi de sanglantes représailles. Je frissonnai en me rappelant l'explosion de la rue King-George au centre de Jérusalem, celle du coffee-shop Allenby au cœur de Tel-Aviv, et aussi cette boîte de nuit sur la promenade de bord de mer…

— C'est un pays en guerre, David, une guerre permanente, sans visage. Crois-tu que tu pourras mener une existence normale là-bas ?

Il leva les yeux vers moi et dans son regard passa l'ombre de deux avions. Il laissa tomber ces mots secs, fatalistes :

— Ici aussi c'est la guerre. Crois-tu que mon existence sera désormais normale, où que j'aille ?

— Pourras-tu t'accommoder de ce qui se passe dans les territoires ?

Je m'efforçais de garder un ton ferme. Je ne savais pas où étaient les convictions politiques de mon fils. Nous n'en avions jamais discuté. À gauche ? À droite ? À droite probablement, si je m'en référais au mode de vie et au métier qu'il avait choisis. À gauche, si je m'en remettais à notre influence familiale, à commencer par celle d'Almah, de son père et la mienne. Mais qu'importait la gauche ou la droite. Qu'importait qu'il soutînt la politique du gouvernement israélien ou qu'il la dénonçât. Là-bas, il devrait vivre sous la menace permanente, dans une instabilité telle que nous n'en n'avions jamais connue. Je me repris. Il avait survécu à l'acte terroriste le plus terrifiant qui soit : que n'était-il prêt à affronter désormais ? Je ne devais pas m'inquiéter pour ça. Plutôt savoir si ce choix pouvait le rendre heureux. Au moins un peu. S'il retrouverait là-bas le goût de vivre, l'amour, la fraternité. Et, pour revenir à des considérations terre à terre, où vivrait-il ?

— À Jérusalem.

— Jérusalem est presque enclavée dans les territoires. Pourquoi ne pas choisir Tel-Aviv si tu es vraiment décidé à partir ? C'est une ville plus à ta mesure.

— Trop moderne pour moi, trop superficielle. Je m'installerai dans la maison d'Heinrich. Almita est d'accord, c'est elle qui me l'a proposé, ajouta-t-il pour enfoncer le clou.

Bien sûr.

— Mais avant ça, je veux passer une période dans un kibboutz, apprendre l'hébreu, parfaire mon éducation. Et puis il y a Svenja. Elle est seule maintenant, elle sera bien contente que quelqu'un veille sur elle.

Je compris que tout était scellé, que je n'aurais pas mon mot à dire. Alors, et cela me renvoya des décennies en arrière, je lui parlai de Shaar-Haamakim. De l'idéal pionnier dont on était si loin aujourd'hui. De l'éducation à la solidarité et au partage, de la force qui venait de là, de la maîtrise acquise au kibboutz qui me permettait de désamorcer les disputes, d'éviter tout affrontement… J'espérais au moins qu'il n'irait pas séjourner dans un kibboutz de la zone occupée. Il opina – un léger hochement de tête, comme une concession, pour me faire plaisir ou me rassurer, pour que je ne sois pas complètement vaincue. Il n'y avait plus grand-chose à dire, alors nous nous sommes tus, et nous avons contemplé la mer où le soleil pâle plongeait. David avait pris ma main dans la sienne et j'étais en paix.

David se leva, il épousseta soigneusement son pantalon pour en déloger le moindre grain de sable. Il était comme ça, soigneux, méticuleux, rigoureux. Peut-être, après tout, que Jérusalem lui irait bien. Le visage empreint de gravité, il me tendit la main pour m'aider à me relever. Moi je ne pris pas la peine de tapoter le dos de ma robe auréolé de sable. Une petite provocation, presque imperceptible. Ma façon de lui dire que nous étions différents, que je ne l'approuvais pas complètement. Alors David passa derrière moi, d'une petite gifle sèche il lissa ma robe le long de mes cuisses et avec un sourire en coin qui disait qu'il n'était pas dupe :

— C'est mieux comme ça, Mami, plus digne de la maire de Sosúa.

Il enlaça mes épaules et nos deux ombres portées s'allongèrent sur le sable comme celles d'un couple.

Plus tard, j'en voudrais à Almah d'avoir été l'artisan de ce nouvel élan dans la vie de David. Ne savait-elle pas le mal que cela me ferait, ce que j'allais avoir à endurer désormais ? Les enfants, c'est le cœur à vif, sensible au moindre souffle d'air, et ça n'a jamais de fin.

En y réfléchissant plus avant, je finis par me dire qu'elle avait aidé David à faire mûrir cette tension que j'avais toujours sentie en lui, à faire éclore cette envie d'un ailleurs mal défini, à rééquilibrer ce mal-être qui l'habitait depuis longtemps, en lui laissant appréhender une bouée de sauvetage qui s'était transformée en une solide perspective.

*

Après, tout alla très vite. Beaucoup trop vite pour moi, et je me surpris à regretter les mois passés. Accaparée par les tâches de la municipalité, je n'avais pas été assez présente auprès de mon fils. Je l'avais mal aidé à cicatriser et à se reconstruire, me reposant sur l'idée qu'Almah œuvrait pour moi. Implicitement, je lui avais délégué cette tâche, et maintenant je m'en voulais. Si je m'étais plus impliquée auprès de David, peut-être son choix eût-il été différent. Peut-être. Et en plus, je regrettais de ne pas avoir su profiter de sa présence à Sosúa pour tisser un lien plus étroit entre nous.

Avec le départ de David qui approchait, cette maudite culpabilité qui m'habitait en permanence resserrait son emprise, et je devais lutter pour la tenir à distance.

Si j'étais triste à l'idée de le voir partir, Domingo, paradoxalement, se montra enthousiaste. Je compris qu'il était soulagé de voir notre fils se donner un nouvel objectif. Peu lui importait que ce projet l'emmenât loin de nous, selon lui c'était salvateur et il saluait le courage de David de réinventer sa vie.

*

David passa quelques mois studieux à Sde Boker, au cœur du Néguev, avant de s'installer à Jérusalem où il ne mit que quelques semaines à trouver un poste d'analyste dans une banque spécialisée dans le microcrédit. C'est sans doute ça la modernité, cette capacité, cette aisance à muter, à s'adapter, à s'affranchir des frontières.

Comme il l'avait prédit, son arrivée fut une bouffée d'oxygène pour Svenja. Il était le petit-fils qu'elle n'avait pas eu. Grâce à ses relations, elle l'aida à faire son trou dans cette ville conservatrice et religieuse, si éloignée de la bouillonnante Tel-Aviv. Elle m'assura dans une lettre à l'écriture tremblée qu'une présence masculine lui était salutaire, qu'ils s'entendaient comme larrons en foire et qu'avec lui elle avait l'impression qu'un vent de renouveau soufflait sur sa vie.

Peu à peu, le ton des mails de David devint plus gai, sa voix plus énergique, comme allégée d'un poids. Un je-ne-sais-quoi qui laissait penser qu'il était heureux là-bas. Quand il racontait les couleurs, les odeurs, les paysages, j'avais l'impression qu'il me parlait de notre île. Il s'appropriait Israël. Il avait démarré la procédure pour obtenir la citoyenneté israélienne, comme le lui permettait la loi du Retour. Il nous envoyait des photographies. Pas de fausse note. Il n'avait pas l'air d'un touriste ou d'un nouvel immigrant, non, il faisait corps avec le pays.

Et puis il y eut celle que David envoya à Almah. Il posait dans un musée, devant le portrait d'une petite fille blonde d'un autre temps, une petite fille d'une indicible beauté. Almah la brandit fièrement sous mes yeux, elle exultait en disant que Wil avait bien raison quand il disait que s'il n'y avait qu'une chose à sauver du désastre, c'était ce tableau. Je sondai le cliché. Le regard de David était plein de fierté et, dans ses yeux plantés dans les miens, il y avait autre chose, comme une lueur de défi. Ainsi, alors que Gaya avait pour religion l'océan et Tomás la terre, David avait choisi sa judéité. La boucle était bouclée. Oui, mon fils cadet avait trouvé ses propres racines, sa terre promise si loin de moi, tout près d'Almah.

15

La main de Dieu

Avril 2004

Un jour, elle fut là.

Blonde, impériale, insolente.

De l'autre côté du Cabo del Ángel[1], la pointe qui ferme la plage principale, au bout de la rue Doctor-Rosen, en contrebas de la *calle sin salida*, à la place de l'ancien *basurero*. Là où Almah m'avait dit qu'autrefois, aux débuts du kibboutz, on jetait les déchets de l'abattoir.

C'était un coin isolé et mal éclairé du village, où les amoureux se donnaient rendez-vous en catimini, loin des regards indiscrets. Le cul-de-sac de la *calle sin salida* se terminait en un vaste terre-plein herbeux qui dominait une large anse, encaissée dans l'écrin doré d'une haute falaise qui s'incurvait. À cet endroit, la

1. Ancien nom de l'emplacement du Batey.

roche corallienne s'élevait sur une bonne quinzaine de mètres. La mer y était profonde, calme le plus souvent, scintillant de reflets métalliques. Mais les jours de tempête, l'eau, crénelée de moutons blancs, fouettait furieusement la paroi rocheuse et le bruit du ressac était assourdissant. Personne ne s'y aventurait jamais pour nager ou pour pêcher. À l'extrémité du terre-plein, il y avait un vieil édifice, un bâtiment exploité en location touristique sans grande conviction par la deuxième génération de Schwartz, des pionniers allemands. Le reste du terre-plein avait été asphalté et servait de parking. Comme l'endroit dominait la mer, on y avait autrefois semé quelques bancs de béton, aujourd'hui rongés par le temps et le vent marin. C'était finalement un décor assez laid pour un si bel endroit.

Et puis un jour, la mer nous fit ce cadeau.

Bien sûr, cela ne se fit pas en une seule nuit. La nature préparait sans doute son coup depuis des mois sans avoir l'air d'y toucher. Il n'y avait pas eu de signe avant-coureur. En quelques jours, en pleine Semaine sainte – certains y virent un signe, la main de Dieu, d'autres celle de la Virgen de la Altagracia –, l'eau s'était retirée, découvrant un immense croissant de sable blond dans l'échancrure de la falaise de la *calle sin salida*. La mer avait redessiné son rivage, un phénomène rare de réinvention de la géographie, analysé par des spécialistes comme la performance sans danger des courants marins. La mer qui rongeait nos côtes sans répit, avec voracité, avait décidé de déposer à nos pieds une plage d'une beauté extraordinaire. Une offrande.

*

Almah se tenait debout à l'à-pic de la falaise, bien droite face à l'infini de l'océan, appuyée des deux mains sur la rambarde de bois pour soulager sa mauvaise jambe qui avait oublié sa lointaine opération et lui jouait de nouveau des tours. Un goéland paresseux planait gracieusement. Le soleil avait entamé sa retraite. Bientôt il embraserait le ciel de pourpre avant de disparaître. Par une sorte de pudeur inédite, je me tenais en retrait, laissant Almah savourer le spectacle. Sa silhouette frêle se découpait à contre-jour dans la lumière douce de la fin de journée. La brise légère faisait voleter de fines mèches échappées de son chignon. De dos elle paraissait une jeune fille, une jeune fille aux cheveux blancs. Elle était comme une apparition délicate et éphémère et me parut si fragile que j'en eus la gorge nouée. Je m'approchai, enserrai sa taille au creux de mon bras comme pour la retenir et regardai son fier profil. Son regard embrassa l'arc de plage, descendit sur le sable étincelant, courut jusqu'à l'eau turquoise, puis fila se perdre au loin vers les profondeurs insondables, là où la mer épouse le ciel.

— C'est un véritable miracle, un somptueux cadeau de la nature, murmura-t-elle. Un don de Dieu peut-être… En tout cas, c'est un signe que nous sommes aimés par-delà ce monde.

Il y avait en elle une sorte de ferveur. Elle leva vers moi un regard bouleversé. Avec l'âge, Almah devenait mystique, et aujourd'hui, devant ce spectacle qui tenait du prodige, je n'étais pas loin de partager son avis.

— Il faudrait que Wil voie ça, lui qui est toujours si sceptique, ajouta-t-elle avec nostalgie.

Depuis quelque temps, et c'était nouveau, elle parlait volontiers de mon père au présent, ce qui ne laissait pas de m'attrister car j'y voyais la tentation de se rapprocher de lui.

— Tu sais que c'est Emil qui le premier nous a fait découvrir la plage de Sosúa ? Ton père et moi, nous sommes restés sans mot, même lui toujours si bavard !

Quand Almah convoquait Wil, c'était signe d'une grande émotion. Je gardai un silence attendri, imaginant sans mal les images qui défilaient dans sa tête.

— C'est une leçon de la nature, elle nous montre qu'elle décide, dis-je à mi-voix.

— Je n'en reviens toujours pas. J'aimerais que Gaya soit là, avec nous, maintenant. Elle ne serait pas étonnée, elle qui aime tant la mer, qui la connaît si bien…

Puis Almah laissa échapper un petit rire d'enfant.

— Quand elle va apprendre ça, je suis sûre qu'elle ne manquera pas de disserter à n'en plus finir. Elle qui prétend, non sans raison, que notre pays est l'un des plus vulnérables du monde au changement climatique et à la montée des eaux. Un donné pour un volé, voilà qui va la scotcher !

— Tu as raison, je te laisse le plaisir de lui annoncer cette bonne nouvelle et de revenir ici avec elle. Si on rentrait ? La nuit va tomber.

— Restons encore un peu, veux-tu ? C'est si beau, je ne m'en lasse jamais. Je suis pleine de gratitude envers la nature. La terre qui prend vient de donner. Je voudrais la remercier.

Un ange passa. Le temps d'une prière silencieuse.

— Quelle paix, soupira Almah, c'est juste ce à quoi j'aspire.

Depuis le départ d'Heinrich, elle faisait de temps à autre ce genre de réflexion, que j'interprétais, peut-être à tort, comme à double sens. J'y entendais les signes du lent épuisement de son énergie, de l'inévitable renoncement à faire ce qu'elle aimait, de la perspective du dernier voyage qu'elle entreprendrait, un jour que j'espérais aussi lointain que possible. Je resserrai mon étreinte autour de la taille de ma mère. Le soleil plongea derrière l'horizon, l'odeur puissante et apaisante de la mer montait vers nous, la nuit nous enveloppa de sa caresse tiède.

*

C'était ainsi. Alors qu'ailleurs sur la côte nord la mer grignotait sans relâche le rivage, rongeant les plages avec férocité, déracinant sans pitié cocotiers et amandiers, chez nous, à Sosúa, elle avait tiré sa révérence. En se retirant, elle nous offrait une plage vierge inscrite dans une baie profonde, en arc de cercle parfait, cernée d'une haute falaise corallienne. Un jour c'était une crique, le lendemain une immense plage de sable blond. Personne n'en croyait ses yeux, pourtant le miracle était bien là. Un miracle qui allait nous permettre d'accueillir encore plus de touristes.

En flânant avec Domingo quelques jours plus tard en surplomb de notre nouvelle plage, j'appréhendai avec lucidité les inévitables problèmes qui allaient advenir, les discussions à n'en plus finir, les chamailleries, les prises de bec.

Le parking informel au bout de la *calle sin salida* était un terrain municipal qui n'était pas mis en valeur, et plus sûrement le lieu de rendez-vous nocturne des amoureux et des petits trafiquants en tout genre. Nous avions tout intérêt à lui trouver une destination plus noble maintenant qu'il surmontait une plage magnifique.

Se posait aussi la question de l'accès à cette plage, car la falaise était abrupte et il eût été dommage qu'elle ne fût accessible que par voie de mer.

Suivit de très près celle du nom. Car dans le village, on l'appelait déjà la plage de la *calle sin salida*, la plage de l'impasse, et j'étais sûre que nous pouvions trouver mieux.

16

Une empoignade d'anthologie

Avril 2004

Almah avait battu le rappel. Elle avait convaincu Markus et quelques autres de la première génération qui s'étaient donné le mot : ils tenaient à assister à la réunion que j'avais convoquée pour choisir le nom de notre nouvelle plage. En leur qualité de pionniers de Sosúa, je ne pouvais le leur refuser. Ce fut une empoignade d'anthologie à laquelle prirent aussi part les membres de la municipalité, le représentant local du ministère du Tourisme, quelques-uns de ceux de la deuxième génération, et encore d'autres plus jeunes. Même Gaya, très au taquet sur le sujet, avait tenu à être des nôtres. Les esprits s'échauffèrent.

— Playa Los Almendros !

— Mais il n'y a pas d'amandiers.

— Playa Thétis !

— Ça ne veut rien dire pour personne !

— Pfft, c'est la déesse de la mer !

— Pour votre gouverne, c'est aussi la fille de la terre, Gaia, alors non, déclara Gaya. Pas de plage Thétis !

— Los Tiburones ?

— Bonne idée pour faire fuir les touristes !

— Il y avait plein de requins autrefois, et, crois-moi, ils étaient bien nourris avec tout ce qu'on leur donnait.

— C'est fini ce temps-là, Dieu merci.

— Les Dauphins alors !

— Encore faudrait-il qu'il y en ait !

— Les Manatis ?

— Les Colibris ?

— On ne va pas passer tout le bestiaire en revue !

— Los Roques ?

— Comme ça, on croira que c'est un chaos de rochers.

Et ça continuait ainsi. Après les avoir laissés s'éreinter un bon moment, je pris les rênes de la réunion en notant sur un tableau les noms qui ressortaient, mais rien n'était satisfaisant. Et surtout, il n'y avait pas de consensus.

— Ce qu'il nous faut, c'est un nom doux, facile à prononcer dans toutes les langues. Quelque chose qui évoque l'histoire de Sosúa, peut-être ?

En disant cela, j'avais une idée derrière la tête, une idée qui avait mûri en moi pendant des jours, mais que je n'osais pas formuler. Je voulais qu'ils y arrivent par eux-mêmes.

— Un prénom féminin, c'est à ça que tu penses, Ruthie ? demanda Benjamin.

Je n'aimais guère qu'on m'appelle ainsi en public, surtout à mon âge. Mais Benjie était un ami de toujours, ancien camarade de jeux, fils d'un pionnier allemand, propriétaire d'un complexe hôtelier, et bien sûr son avis comptait comme celui des autres. Alors je lui souris. Car oui, c'était à ça que je pensais, et même très précisément, mais je ne dis rien. Je ne voulais pas que l'on puisse me reprocher d'avoir influencé le choix.

Je regardai ma mère et je compris, à son regard, à ses joues qui s'empourpraient, qu'elle était en train de lutter pour ne pas éclater de rire. Almah perdit la bataille et pouffa. Tous les regards se braquèrent sur elle. Elle était une sorte de déesse tutélaire de notre communauté, un symbole vivant, et chacun la chérissait pour ce qu'elle incarnait.

— Pardonnez-moi, expliqua-t-elle en agitant une main devant son visage comme pour s'éventer, et derrière ses doigts qui voletaient, je voyais ses yeux bleus pétiller, mais chaque fois qu'on doit choisir un nom, c'est la même pagaille ! Ça me rappelle le vote pour le titre du journal en 1940… Personne ici ne s'en souvient. Si, toi, Markus, ajouta-t-elle en glissant un regard complice vers son vieil ami, et aussi la discussion familiale pour trouver le nom de notre *finca*, sans parler du nom de l'entreprise de menuiserie…

Elle riait et dans son rire léger s'engouffrèrent soudain des fantômes. Les ombres de tous les disparus de cette première génération à qui nous devions tant s'invitaient dans la joie d'Almah. Ce fut Gaya qui prononça les mots que j'attendais :

— Et si on l'appelait Playa Alma tout simplement ? C'est féminin, ça se prononce facilement et dans toutes les langues…

Comme par miracle, la foire d'empoigne cessa. Un silence religieux, presque recueilli, plana sur l'assistance.

Almah prit un air de petite fille ravie, baissant les yeux, rougissante, faussement modeste. Gaya me décocha un regard en douce. Elle m'avait devinée. J'étais transparente pour ma fille, presque autant que je l'étais pour ma mère.

Il n'y eut pas de discussion, notre nouvelle plage avait trouvé son nom[1].

*

Six mois plus tard, la Playa Alma fut inaugurée. L'ancien parking était devenu une jolie promenade semée de petits cocotiers plantés dans le sable qui commençaient déjà à donner de l'ombre et ne demandaient qu'à grandir. On accédait à la plage par trois longs escaliers de bois qui ne dénaturaient pas la beauté du site.

Puis vint la réalisation du grand projet. Comme ce lieu était empreint d'une lourde charge symbolique – à la fois la naissance d'un nouvel espace, une victoire de la nature, un début et une fin, du neuf sur de l'ancien –, il nous apparut que c'était là et nulle part ailleurs que devait être érigé le mémorial de la colonie. Trouver, au-delà du musée, une façon d'honorer publiquement la mémoire des anciens, leur courage, leur abnégation, ce projet me hantait depuis toujours.

---

1. La nouvelle plage de Sosúa s'appelle en réalité Playa Alicia. Elle est aujourd'hui plantée de cocotiers et de parasols. En surplomb a été créé le mémorial en l'honneur de la communauté juive de Sosúa, une grande étoile de David en marbre blanc au-dessus de laquelle flottent les drapeaux dominicain et israélien.

Une stèle, un symbole, qui dirait ce qui était advenu dans ces lieux quelque soixante-dix ans auparavant.

Il n'y eut guère de négociations, la cause était entendue d'avance. Des contacts furent pris avec l'ambassade israélienne à Saint-Domingue, puis tout alla très vite. Le budget levé conjointement par Israël, le Joint et la République dominicaine était en soi une victoire.

*

Comme les amoureux d'autrefois, main dans la main, Domingo et moi avions rejoint à pas lents la *calle sin salida* et ce qui s'appelait désormais le Parque Mirador Sur. Les derniers baigneurs avaient déserté la plage. Dans le ciel limpide qui s'assombrissait montait le fin sourire de la lune. Assis sur un banc, nous contemplions l'œuvre de la mer. Dans notre dos, veillant sur une immense étoile à six branches de marbre posée sur un écrin d'herbe de coco vert tendre, deux drapeaux flottaient haut sur leur hampe avec indolence, s'effleurant doucement. L'un blanc marqué d'une étoile et de deux bandes bleu clair, l'autre rouge, blanc et bleu marine marqué de la croix catholique avec des armoiries en son centre. Sur ce terre-plein devenu lieu de mémoire se caressaient les symboles de deux pays qui s'étaient croisés sur le chemin chaotique de l'Histoire, deux pays gardiens de la mémoire de jeunes gens qui avaient autrefois débarqué ici avec pour tout viatique une maigre valise et le cœur gonflé d'espoir.

Ce soir-là, assise à côté de Domingo, je me rappelai mon cœur qui battait fort lors de l'inauguration deux semaines auparavant, ma main qui tremblait en coupant le ruban, le sourire plein de fierté d'Almah quand, aidée de Markus, elle avait soulevé le morceau de toile révélant une petite plaque de marbre scellée au pied des hampes soutenant les drapeaux, le regard plein de fierté de Domingo, les flashs des photographes de presse qui avaient titré « La plage miracle », la foule qui piétinait en attendant le cocktail… Je revoyais Almah posant pour les photographes devant ce petit bout de cette île tant aimée qui portait désormais son nom. C'était une sorte de consécration. Elle avait gardé la photographie parue à la une de *La Voix de Sosúa* et du *Porvenir* de Puerto Plata et l'avait fait encadrer. Je ne lui connaissais pas ce genre de coquetterie, mais avec les années ma mère changeait et de petites choses qui lui auraient autrefois paru dénuées d'importance revêtaient désormais une grande signification à ses yeux.

*

Cette nouvelle plage, c'était de l'or en barre. Déjà des candidats se proposaient de l'exploiter – un bar, un restaurant, un parterre de chaises longues, une location de jet-skis –, les propositions se bousculaient et les pots-de-vin n'allaient pas tarder à se manifester.

Je tentais de mettre le holà. Bien qu'elle ne vécût plus à Sosúa, Gaya s'en mêla, soutenue par sa grand-mère toujours fidèle au rendez-vous de l'insubordination.

— Nous devons laisser cette plage vierge de toute pollution touristique. Avec simplement ces accès pour les baigneurs et ces plantations pour l'ombre, insistait ma fille.

— Nous sommes redevables de ce cadeau de la nature. C'est une immense responsabilité, acquiesçait Almah en dodelinant de la tête.
— Juste des poubelles discrètes en sortie de plage, ajoutait Gaya, poursuivant son idée.
— Et une amende, une amende bien sévère pour ceux qui s'aviseraient de laisser des canettes de Presidente[1] sur le sable, renchérissait Almah qui voulait toujours avoir le dernier mot.

Bien sûr, je soutenais leur position. Je jouai mon rôle d'élue et obtins gain de cause, mais je savais que tôt ou tard les choses changeraient. Les requins étaient à l'affût et ils ne comptaient pas se laisser déposséder d'une telle aubaine. La préservation de l'environnement n'était pas une préoccupation qui tenait face à l'argent facile et la corruption était un tel fléau dans notre pays que ce n'était qu'un répit, une victoire à la Pyrrhus. D'un autre côté, les nouvelles ressources seraient bénéfiques à Sosúa. Nous le savions tous, ce n'était qu'une question de mois.
— Mais c'est toujours ça de gagné, concluait Almah avec son petit sourire satisfait.

1. Marque nationale de bière.

17

Sarabande macabre

Octobre 2004

972.

L'indicatif d'Israël illumina l'écran de mon téléphone. Je sentis mes jambes se dérober sous moi et dus m'adosser au mur.

La voix de David, hésitante.

Mes épaules se crispèrent et je m'arc-boutai dans l'attente du coup de poing que je pressentais. Je ne pus contrôler le tremblement dans le seul mot que je parvins à articuler.

— David ?

— C'est Svenja…

Je pris une grande inspiration. Un bref soulagement animal qui céda instantanément la place à l'angoisse.

— Maman, un sanglot sec par-delà l'océan, elle est morte. D'un coup, sans prévenir.

On prévient rarement de ces choses-là. Je me fis cette réflexion idiote, sans doute pour reculer, l'espace d'une fraction de seconde, la vague de chagrin qui allait me submerger. J'eus une sorte de misérable hoquet.

— On m'a appelé moi, car ils ont trouvé mon nom et mon numéro dans ses affaires, j'étais la personne à prévenir en cas d'urgence. Je… je suis désolé. Un AVC, ils n'ont rien pu faire.

Bien sûr. C'était dans l'ordre des choses. Elle avait… quatre-vingt-quatorze ans. Pourtant c'était trop tôt, bien trop tôt. Tandis que David se perdait dans ses explications embrouillées, s'imposèrent à moi des regrets. De ne pas lui avoir rendu visite depuis trop longtemps, d'avoir négligé notre correspondance, de ne pas lui avoir envoyé les dernières photographies de la famille, tant de petites choses que j'aurais pu faire pour rester proche d'elle, et dont je savais pertinemment que je m'en étais estimée dédouanée avec la présence de David à Jérusalem. J'avais négligé Svenja. Et maintenant… Comme je m'en voulais ! Comme souvent chez moi, mon immense peine s'alourdit d'une couche de culpabilité.

David raccrocha, il devait prendre des dispositions. Je soupirai. Une autre épreuve m'attendait, qui allait décupler mon chagrin. J'allais devoir annoncer le décès de Svenja à Almah et je savais combien ce serait difficile. Son chagrin serait immense. Inconsolable. Définitif.

Je ravalai mes pleurs et, le dos raide, un goût de sciure dans la bouche, je pris la direction du bungalow de ma mère. Dans ma tête, les mots que j'allais prononcer avaient entamé une sarabande macabre.

*

Contre mon avis, contre celui de Domingo, Almah s'entêta. Elle devait assister à l'enterrement de Svenja, quitte à affronter la fatigue d'un interminable voyage. Si ma mère n'avait pas insisté, je n'y serais pas allée. Mais c'était mieux ainsi. J'étais sa filleule, et Svenja avait tant fait pour moi. Sans compter la façon dont elle avait illuminé ma vie depuis ma plus tendre enfance, sans compter cette sorte de modèle de gaieté, d'insouciance, d'optimisme et d'irrévérence qu'elle avait toujours incarné. Almah et moi partîmes le cœur lourd. Almah savait que ce serait son dernier voyage en Israël et cela rendait les choses encore plus douloureuses.

*

Pour que Svenja soit avec nous pour quelques heures encore, avant la tombe, Almah entama une plongée dans ses souvenirs, entre deux sommes dans l'avion. Une façon bien à elle de faire un écart face au chagrin, pour le contourner avant de l'affronter. Parfois une ride se creusait sur son front, elle restait une minute les yeux dans le vague et je respectais son silence. À d'autres moments, elle plissait les paupières, son regard devenait brillant et repartait loin, très loin. Elle esquissait un sourire, comme si une réminiscence l'amusait. J'imaginais sans peine le ballet des images dans sa tête.

Ma mère me raconta des choses que je connaissais déjà, d'autres que je découvrais. La naissance de leur amitié, leurs blagues de collégiennes aux débuts du kibboutz, alors qu'elles avaient largement dépassé l'âge du collège, leurs expéditions en Israël quand elle avait découvert le pays. Les frasques de Svenja, ses soupirants, ses amants, jusqu'au dernier, ce colonel qu'elle n'avait pas connu et qui avait égayé les vieux jours de son amie. Pourquoi les mauvaises langues du Batey l'avaient surnommée la Cocotte. Son rôle décisif lors de l'affaire du tableau et de ses retrouvailles avec Heinrich. Comment jamais Svenja ne lui avait lâché la main, même de très loin. « Jusqu'à aujourd'hui », soupira-t-elle avec résignation avant de fermer les yeux. Après quinze heures d'un voyage éreintant, nous atterrîmes à l'aéroport Ben-Gourion.

*

David nous attendait et ce fut une telle joie de retrouver mon fils que j'en oubliai un bref instant ce qui nous amenait. Je ne l'avais pas revu depuis son départ de l'île et, malgré la fréquence de nos coups de téléphone, mails et autres vidéos Skype, il n'y avait pas de plus grand bonheur que de le serrer dans mes bras. Il nous installa dans l'ancienne maison d'Heinrich et d'Almah qu'il avait fait moderniser. Sa grand-mère l'en félicita, c'était un décor merveilleux, sobre et reposant, qui manquait peut-être d'une petite touche féminine, ajouta-t-elle, retrouvant, le temps d'un sourire, son espièglerie coutumière.

Nous eûmes à peine le temps de souffler avant de repartir en direction de la maison funéraire où nous attendait Svenja, qui serait enterrée dans le cimetière de Jérusalem.

En dehors de ses amis, mais les amis ne sont jamais une famille, après les décès d'Eival, de Mirawek victime d'un infarctus quelques années plus tôt, puis de

Simon, son dernier compagnon, Svenja était seule. David avait tout pris en main, nous n'avions plus qu'à nous recueillir. Almah, qui avait su retenir ses pleurs et avait refusé de se donner en spectacle pour Heinrich, ne put contenir son chagrin. Je la regardais avec compassion, le cœur serré, mon propre chagrin se diluant dans le sien. Elle extirpa de son sac une photographie sur laquelle elle pressa ses lèvres, avant de la déposer entre les mains de son amie. C'était un vieux cliché en noir et blanc. Je vis que c'étaient elles. À leurs tenues des années quarante, je leur donnais trente, trente-cinq ans. Elles avaient mis pied à terre, tenant leurs montures par les rênes. Elles étaient au sommet d'une *loma*. Derrière elles, en contrebas, se déployait la plage de Sosúa. Dans leurs sourires, on sentait le lien si fort qui les unissait, la complicité que les années n'avaient pas défaite, la résolution face à l'avenir que rien n'altérerait. Elles avaient devant elles leurs vies entières à vivre, l'avenir était une promesse.

C'était un geste d'une infinie tendresse, un geste enfantin, comme celui d'un petit qui offre un dernier dessin à son grand-père, afin qu'il emporte un peu de lui là où il s'en va. Ce geste d'Almah me laboura le cœur. Plus que tout, plus que la dépouille blafarde de ma marraine, plus que le décor triste de la chambre mortuaire, plus que l'enterrement et les condoléances à venir. C'est ça dont je devais me souvenir au-delà des années. Quand je penserais à ma marraine désormais, je reverrais Almah poser délicatement sa photographie entre les mains de Svenja, afin qu'elles soient ensemble, toujours.

*

Le reste… le reste fut tel que nous le pressentions. Des formalités tristes.

J'avais le cœur brisé car je savais que celui de ma mère ne cicatriserait pas de cette perte-là. Almah ne serait plus jamais victime d'une bouffée d'euphorie à la vue d'une enveloppe « *Air Mail* » liserée de bleu et rouge en provenance d'Israël. Elle ne ferait plus sauter d'un doigt impatient le rabat de l'enveloppe, elle ne s'isolerait plus pour lire et relire la lettre de Svenja sur la véranda en se balançant dans sa *mecedora*. Elle ne s'assiérait plus à son petit bureau pour noircir de son écriture tremblante des pages de confidences en retour.

Plus tard, en y réfléchissant, je me ferais la réflexion que la vieillesse avait commencé à s'emparer d'Almah après le décès de Svenja. Pourtant elle résistait et montrait belle figure. Il fallait être à l'affût, comme moi, pour déceler les failles qui s'ouvraient irrémédiablement.

Je sus aussi avec certitude que c'était le dernier voyage que ferait Almah. Mes rêves d'un retour à Vienne avec elle étaient une chimère qui se fracassait contre la réalité. Malgré sa force d'âme, malgré son énergie, Almah était une très vieille dame, et je ne pourrais jamais lui imposer une telle épreuve. Au retour de l'enterrement de Svenja, je compris que j'avais raté un rendez-vous avec notre histoire familiale. La vie en avait décidé ainsi.

18

Sigma Alimentos

2005

C'était un bouleversement inouï, un nouveau tournant de notre histoire. La décision était prise depuis longtemps et pourtant ce fut un véritable crève-cœur. Comme abandonner l'ultime mue. Pour renaître neufs, débarrassés des relents d'hier.

Peut-être que, comme mon penchant sentimental m'y invitait trop souvent – c'était mon côté pleurnichard, sensible, tourné vers le passé, comme disait Gaya –, j'attribuais une trop grande valeur émotionnelle à ce qui n'était, objectivement, qu'une bonne affaire commerciale pour chacune des parties prenantes. Mais je ne le crois pas.

C'était un fait, nous séparer des coopératives des produits Sosúa et de la Ganadera, ultimes maillons qui nous reliaient à l'histoire de la création de notre communauté, c'était couper définitivement ce qui restait d'un cordon ombilical déja bien mis à mal. Avec ce dernier symbole se refermerait encore plus hermétiquement cette page de notre histoire.

Les plus nostalgiques étaient bien sûr les derniers des pionniers survivants, Markus et Almah en tête. La réussite industrielle et commerciale de ce qui avait débuté par l'importation de quelques bonnes laitières par une troupe hétéroclite de jeunes citadins qui avaient endossé sans trop y croire le rôle de fermiers était une gageure. Un challenge relevé haut la main avec plus d'inconscience que de savoir-faire, une réussite au-delà de toute attente. Leur fierté était légitime. Mais comme disait Almah : « On n'arrête pas la marche de l'Histoire. Et puis nous avons fait nos preuves, tous autant que nous sommes, et c'est bien ça l'essentiel. »

Frizzie se retirait. Il avait géré de main de maître le développement des deux coopératives, les produits laitiers et la charcuterie, hissant l'entreprise au rang de leader dans le pays. Mais en soixante ans la population avait été multipliée par six, et si l'on voulait maintenir les produits Sosúa, talonnés par ceux du géant Nestlé, dans la course, il fallait des investissements humains et financiers d'envergure dont nous n'avions pas les moyens. Convaincus par Frederick, les autres actionnaires de la coopérative s'étaient rendus à l'évidence, il fallait revendre, quitte à garder quelques actions, pour que le nouveau propriétaire entame les réformes nécessaires au maintien de l'entreprise à la première place. Ce serait là leur victoire, sans parler des bénéfices empochés.

David nous avait recommandés à un avocat d'affaires de sa connaissance dont le cabinet avait examiné les propositions et mené les négociations. Et nous y étions. Après bien des réunions d'actionnaires, des tractations, des votes à main levée, des prises de bec, des offres revues à la hausse, Sigma Alimentos, une entreprise mexicaine, rachetait les actifs industriels et la marque Sosúa Products. Les Mexicains avaient raflé la mise, faisant de nous, au passage, des millionnaires.

En plus de la gestion de la coopérative, Frederick avait consacré toute sa vie et son énergie à développer notre élevage, rachetant de bonnes terres à pâture dans la région encore préservée de Río San Juan, recrutant des fermiers, construisant des étables. Il allait maintenant pouvoir planifier avec sérénité la retraite dorée en Floride qu'Ana Maria appelait de tous ses vœux.

« Mais pas tout de suite ! Il faut encore que je passe la main ! » déclarait mon frère en jetant un regard affectueux mais un peu paternaliste sur Tomás, qui allait reprendre l'élevage comme il en rêvait depuis qu'il était enfant. Mon benjamin, relié à la terre par toutes les fibres de son âme, n'avait pas d'autre ambition. Il aimait les animaux et n'était pleinement heureux que quand il arpentait le domaine, à pied ou à cheval, quand il aidait au vêlage, quand il présentait des bêtes à une foire agricole. Depuis quatre ans, son diplôme d'agronome en poche, il secondait efficacement Frederick qui lui avait transmis toutes les ficelles du métier. Tomás vivait à Río San Juan, à une heure de route à l'est, où Frederick avait choisi de transplanter l'essentiel de l'élevage. Atravesada était désormais envahie par des constructions modernes et notre *finca* était une survivance d'un autre temps.

*

Dans les bureaux de la coopérative, Frederick était en train, en notre nom à tous, d'apposer sa signature sur chacune des pages du document qui officialisait la vente. Un déjeuner réunit anciens actionnaires et nouveaux propriétaires, où la joie fut curieusement absente des libations.

Plus tard, nous remontâmes finir la soirée à la ferme. Markus et Almah, serrés sur la banquette avant du pick-up à côté de Frederick, semblaient perdus dans leurs pensées. Ils restèrent muets durant le trajet qui nous ramenait à Atravesada. Le soir tombait quand nous arrivâmes. Le soleil rougeoyant était en train de disparaître, avalé par la mer étale qui s'embrasait, indifférente au passage des années, au bouleversement de notre univers. Les collines qui descendaient doucement vers les plages étaient piquetées des taches claires des nouvelles constructions. Le ciel s'assombrit rapidement. La lune montait déjà, encore pâle, mais bien ronde, parfaitement découpée.

Tandis que nous débouchions une bouteille de champagne, Almah eut une inspiration.

— Sors la lunette à étoiles, Ruthie, s'il te plaît.

Je me rendis dans la remise qui servait d'entrepôt. Je n'eus même pas à la chercher. Elle était bien rangée dans son étui de carton dur revêtu de cuir. La lunette à étoiles de mon père. Je la rapportai sur la pelouse et dépliai le trépied sous le regard attentif de ma mère. Frederick me regarda faire sans un mot tandis que je braquais l'objectif sur le ciel et réglais les lentilles. Une coupe à la main, Almah vint coller son œil à l'objectif.

— Croyez-vous que nous allons les trouver ? murmura-t-elle.

Ses paroles n'étaient qu'un souffle. Je savais qu'elle parlait des étoiles jumelles que mon père avait autrefois baptisées l'étoile de Wil et l'étoile d'Almah. Juste à côté de l'étoile de Ruthie et de celle de Frizzie. Je savais aussi que ces étoiles n'existaient que dans notre imagination et qu'elles se trouvaient n'importe où dans le ciel pour peu qu'on ait envie de les y voir. J'avais le cœur qui débordait.

— Si Wil nous voyait…, commença Markus avec émotion.

Almah se retourna vers lui. Ses yeux brillaient, un doux sourire flottait sur ses lèvres.

— Votre père serait tellement fier de vous, mes enfants ! Tout ce chemin parcouru ! Regardez ce que vous avez réussi à bâtir à partir de rien.

— Nous, corrigea doucement Frizzie. Ce que nous avons réussi à bâtir, tous ensemble. Oui, je crois qu'il serait fier.

Almah recolla son œil à l'objectif et scruta longuement la nuit. Puis elle se retourna, un sourire victorieux sur les lèvres.

— C'était une belle journée, les enfants. Aucun regret à avoir. N'est-ce pas, Markus ?

19

Ce genre de babioles

Janvier 2006

20 janvier 2006

De dieter.muller@yahoo.de à ruthrosenheckdesoteras@yahoo.com

Ma très chère Ruth,

J'imagine que tu as suivi comme moi l'affaire des Klimt des Bloch-Bauer. La décision du tribunal autrichien vient de tomber après un rude combat judiciaire et les cinq Klimt vont être restitués à Maria Altmann. C'est dommage pour l'Autriche, car les deux portraits d'Adèle sont de pures merveilles (j'aime moins les paysages), mais ce n'est que justice, et c'est très bien comme ça.

En gagnant son procès contre le gouvernement autrichien, Altmann crée un précédent.

Cette histoire me fascine. Je me dis que votre famille pourrait encore entamer une telle bataille pour récupérer des pièces de la collection des parents d'Almah, si tant est que certaines se trouvent dans nos musées, d'un côté ou de l'autre de la frontière. Je suis prêt à vous épauler pour enquêter, si vous vous décidiez, mais je crois avoir compris que c'est désormais un sujet réglé pour Almah.

Je ne voulais pas que cette victoire de la justice passe inaperçue. Je suis en train de réaliser un dossier complet dans le magazine et je te l'enverrai dès qu'il sera publié. Tiens-moi au courant si les choses évoluaient de votre côté.

En attendant je t'envoie toute mon affection et me languis de vous retrouver prochainement au soleil de vos plages.

Ton ami, Dieter.

*

J'imprimai le courrier électronique de Dieter en gros caractères et me hâtai de l'apporter à Almah. Elle chaussa ses lunettes, lut attentivement le document, haussa les épaules et lâcha :

— Grand bien lui fasse à cette Maria Altmann ! J'espère qu'elle a une très grande maison pour exposer ses Klimt. Tu vois, Ruthie, je crois que chez nous ça jurerait, ajouta-t-elle en secouant la tête. Non, vraiment, ça n'irait pas avec notre décoration. Et puis ça résiste très mal à l'humidité, ce genre de babioles.

J'éclatai de rire.

— Maman, tu es vraiment têtue comme une mule !

— Allez, Ruthie, oublions ça et allons plutôt nous promener sur la plage. Je t'assure que c'est un spectacle bien plus beau qu'un paysage de Klimt !

20

Sentiment d'urgence

Février 2006

Ni mes prières, ni celles de Gaya, ni les Principes de Washington, ni les exhortations de Markus, ni la restitution des Klimt à leur héritière n'avaient ébranlé Almah.

Après en avoir longtemps caressé l'idée, j'avais définitivement fait mon deuil d'un voyage avec ma mère sur la terre de son enfance. Sa décision était irrévocable et je comprenais parfaitement ses raisons. Pas de retour à Vienne donc. Je m'y étais résolue. Il était dit que je ne foulerais pas les pavés des ruelles du vieux Vienne, ne paresserais pas à la terrasse des cafés du Ring, ne flânerais pas dans les allées du Prater avec elle. C'était un regret tatoué au fond de mon cœur, mais après tout ma vie avait commencé ici, dans cette île, et entre New York et Israël, j'avais fait mon apprentissage de la vie et apprivoisé mes racines. Et d'ailleurs Frederick, qui, lui, était né à Vienne, n'avait pas ce genre d'état d'âme. Et de toute façon, mes fonctions d'élue ne me laissaient guère le temps d'envisager un tel voyage, pas plus que les forces d'Almah qui déclinaient doucement.

Alors, parce que le sentiment d'urgence s'emballait, je m'étais décidée à la questionner pour entreprendre un périple dans ses souvenirs. J'attaquai d'une façon que j'estimais maligne :

— Pour savoir qui on est, il faut savoir d'où on vient, ne crois-tu pas ?

— Si ce ne sont pas de gros sabots, je ne m'y connais pas ! s'exclama Almah en lâchant un petit rire. Oh, Ruthie, je te pensais plus habile !

Je rougis, dépitée.

— Je sais, je m'y prends mal. Mais j'aimerais tant que tu me racontes ta Vienne.

Ma mère secoua la tête comme devant le caprice d'un enfant récalcitrant.

— La valise, au-dessus de mon armoire. Je ne l'ai pas ouverte depuis des lustres. Tu y trouveras un tas de choses, les notes de ton père, les articles qu'il a publiés dans le *Neue Freie Presse*. Vas-y, prends-la, elle est à toi.

*

Ce jour-là, je quittai le bungalow d'Almah lestée d'une vieille valise de cuir au parfum d'Autriche. Elle pesait lourd au bout de mon bras, le poids du passé. De retour chez moi, j'en dénouai fébrilement la sangle usée et fis sauter les serrures de métal rouillées. Un petit claquement sec qui libérait le passé.

Un bric-à-brac que je fouillai de mes doigts avides.

De vieux papiers, des coupures de presse, une montre gousset, un diplôme de l'école dentaire de l'université de Vienne, un stylo à encre en Bakélite à la plume toute rouillée, un caractère d'imprimerie en plomb – un A majuscule –, des lunettes de soleil d'enfant, deux passeports marqués d'un J rouge, coincés dans des billets de traversée transatlantique, un rouleau de pellicule argentique neuf, un menu du restaurant Zum Schwarzen Kameel en allemand, un papier d'emballage doré de bonbon marqué Demel, une planche de timbres à 13 centavos où je reconnus mon visage d'enfant et celui de Lizzie, trois enveloppes marquées d'une initiale (F, R, S) contenant des mèches de cheveux soyeux de bébé, une pochette de papier cristal pleine de timbres autrichiens où figuraient Hannah Arendt, Martin Buber, Otto Wagner, Ludwig Wittgenstein et quelques autres, une caricature au fusain d'un couple de mariés qui n'avait pas réussi à enlaidir ma mère, un petit billet enroulé serré tel un papyrus où je reconnus l'écriture élégante de mon père : « Je ne sais pas où va mon chemin, mais je marche mieux quand ma main serre la tienne[1]. »

Il y avait aussi la photographie aux couleurs passées d'un tableau au châssis à l'ancienne représentant une petite fille d'un autre temps, ce fameux tableau devenu un mythe familial. La petite fille si belle. Les mains sagement posées sur ses genoux, de longs cheveux blonds retenus par un ruban, des prunelles bleues, un visage d'ange. Au dos du cliché, mon père avait écrit : « Almah, mon amour, à cinq ans. »

---

1. Alfred de Musset.

Au dos du couvercle de la valise, une poche de toile jaunie à fronces contenait une liasse de carnets retenus ensemble par un élastique rongé par le temps qui s'effrita dans mes mains.

Une semaine avait passé.

J'avais dévoré les carnets de mon père. De son écriture nerveuse, il y avait consigné de façon assez laconique ce qu'il ne pouvait pas dire à Almah, ses pensées, ses sentiments, ses craintes, ses faiblesses. Tantôt il se laissait aller à ses états d'âme et s'épanchait, tantôt il exposait les faits dans leur nudité crue. Il m'avait semblé l'entendre me raconter ces moments précieux, les lumineux, les dramatiques. J'y avais lu confirmées certaines choses que je savais déjà, notamment les circonstances de ma conception dans les dortoirs sinistres d'Ellis Island. J'étais l'enfant du désespoir, du drame, de la déception ; à ma naissance j'étais devenue celui de l'espoir retrouvé, de l'énergie vitale, du nouvel élan qui sous-tendrait désormais la vie de mes parents. Dans ces carnets, je redevenais une petite fille. C'était très intime de lire ça, presque indiscret. Même à mon âge. Et je me brûlais les doigts aux émotions de mon père.

Dans une enveloppe, prisonnière des feuillets d'une lettre, j'avais trouvé une photographie oubliée qui aurait dû se trouver dans nos albums de famille. C'était un portrait en couleurs d'Almah daté de 1935. Un instantané de bonheur. Je l'avais reniflé, espérant y retrouver une odeur de cuir, celle du portefeuille de mon père où j'imaginais qu'il l'avait conservé, mais il ne sentait rien. J'avais détaillé ma mère. Elle a vingt-quatre ans.

Une jeune femme charmante aux joues rebondies qui n'ont pas encore perdu les rondeurs de l'enfance, des yeux bleu ciel d'été. Elle a posé ses coudes sur la table et son menton repose dans ses mains en coupe autour de son visage. Elle sourit sans artifice, ne cherche pas à séduire, ne minaude pas. Le cliché a été pris à la campagne, une assiette vide est posée devant elle, un verre, une bouteille de vin. À son regard, je savais que c'était mon père qui l'avait photographiée. C'est à ça que ressemblait l'amour entre Wil et Almah, à cette photographie. Comme un bonbon qu'on fait fondre lentement dans sa bouche, j'avais savouré cette idée de mes parents transis d'amour dans un monde qui basculait, n'ayant cure ni de leur entourage ni des dangers qui les guettaient. Je m'étais fait la réflexion que Kafka avait tort : on ne photographie pas les gens pour les chasser de son esprit. Wil avait photographié Almah pour la figer dans un temps qui construirait l'avenir.

Je m'étais aventurée en solitaire sur la piste d'autrefois. C'était une chose étrange que d'interroger ces vieux papiers. Comme une machine à remonter le temps. S'en dégageait un parfum de ça a été, ce fut ainsi, un parfum de bonheur et d'insouciance malgré tout.

Mais cela ne me suffisait pas.

Loin de là.

*

Un matin, je me réveillai stupéfiée par le rêve que je venais de faire, un rêve aux contours tout à fait improbables. J'étais à Vienne, ville fantasmée dont je savais si peu, avec mon père, dans une nacelle de la grande roue qui montait lentement. L'air de cithare lancinant d'Anton Karas, celui du *Troisième Homme*, accompagnait notre ascension. La nacelle s'arrêtait avec un couinement, oscillant doucement dans le vide. Sous mes yeux se déployait le panorama spectaculaire de la ville de naissance de mes parents. Dopée par ce signe, je repartis à l'attaque auprès d'Almah.

— Maman, dans la valise il y a de menus objets qui restent muets. Quant aux carnets, ils ne parlent quasiment pas de Vienne. Et encore, c'est la Vienne de mon père, ce n'est pas la tienne. C'est TA Vienne que je voudrais explorer avec toi. Dis-moi, tu n'as vraiment jamais eu aucune illusion de retour ?

Almah soupira, mais sous l'apparente impatience je devinai une tentation.

— Du jour au lendemain j'ai dû fuir un pays auquel j'appartenais corps et âme. J'ai dit adieu à l'Europe au port de Lisbonne. Très vite je n'ai plus eu ni remords ni nostalgie. J'ai aimé cette île à peine débarquée, bien plus que ton père qui a toujours eu Vienne greffée au cœur. J'ai appris à la connaître. La vie si simple, avec pour seul art très élaboré la nature, pour peintures les paysages naïfs, pour tout bal de Vienne les danses paysannes lascives. Je n'ai jamais eu envie de la quitter. Je me suis coulée dans le moule brut de ce monde si peu sophistiqué. Notre terre promise, elle était là, sous mes pieds. J'ai refusé d'être une femme entre deux mondes. Quand on est en exil, la patrie, c'est la famille. Tu vois, mes comptes avec l'Autriche sont soldés depuis bien longtemps. Franchement non, je n'ai jamais rêvé de retour. Qu'y aurait-il eu à retrouver là-bas ? Les souvenirs douloureux d'une vie qui a été pulvérisée ? Merci bien ! Et puis ma ville c'était la Vienne de 1935, une ville qui n'existe plus, ce n'est pas la cité moderne et bruyante qu'elle est sans doute devenue.

— Je comprends. Puisque nous n'irons pas, tu me la raconterais, cette Vienne de 1935 ?

Almah eut ce sourire qui l'embellissait toujours et qui n'avait rien perdu de son pouvoir. J'y lus l'indulgence d'une mère pour la supplique pressante de son enfant. Et je sus que j'avais gagné.

21

Retour à Vienne

Février 2006

Je ne voulais pas entraîner Almah dans un voyage douloureux, j'avais donc décidé de la laisser venir à moi. Et dans la douceur d'une fin d'après-midi de printemps où nous nous prélassions sur sa terrasse, elle se décida. Avec son index déformé par l'âge, elle extirpa une mèche de cheveux de son chignon et se mit à l'enrouler machinalement autour de son doigt, un vieux tic qui datait de sa jeunesse et qui disait qu'elle était plongée dans ses pensées. Avec une sorte de pudeur teintée de timidité elle se lança.

— Parfois je rêve d'hiver : c'est étonnant, non, après tout ce temps passé sous les tropiques ? Je rêve des landes et des forêts autrichiennes.

Je compris qu'Almah allait me faire ce cadeau, me raconter sa Vienne. Du temps de ma jeunesse, nous avions toujours eu des hésitations entre l'allemand et l'espagnol. C'était le retour de l'allemand, sa langue d'enfant, celle des rêves et des mots d'amour, et je me sentis palpiter de mes racines autrichiennes revenues dans le champ de ma conscience.

— Pour tout dire, je crois bien que mon unique culture juive, c'étaient les blagues des étudiants de l'école dentaire qui n'avaient pas droit de cité à la maison devant Hannah, même si elles faisaient rire Julius, mon père. Ça et la psychanalyse, que ma mère portait aux nues. Je me souviens de Jutta, notre bonne, ses joues rouges, son tablier blanc raide d'amidon sur sa robe noire, sa coiffe de guipure. Elle venait de Galicie. Elle aussi, mes blagues juives la faisaient rire. Chère Jutta, qui m'appelait *ma petite fille*, et qui nous reprochait en silence de ne pas connaître les usages et de ne rien entendre au judaïsme…

Almah ferma les yeux et secoua doucement la tête comme pour chasser un fantôme. Quel chaos d'émotions, quelle anarchie de sentiments bataillait dans sa tête ?

— Comme disait Zweig : « On vivait bien, on menait une vie facile et insouciante dans cette vieille ville de Vienne[1]. » Je me souviens de cette nonchalance bon enfant qui faisait la fierté des Viennois…

Pour moi, ma mère convoqua ses souvenirs et entreprit de renouer les fils de sa jeunesse autrichienne. Je me tenais dans un espace mystérieux où la réalité se dissolvait pour me ramener vers un passé que je n'avais pas connu. C'était un foisonnement d'images qui constituaient moins une histoire qu'une mosaïque

1. *Le Monde d'hier.*

de sensations et d'émotions. Elle me raconta la grande maison de Hietzing, son faste wilhelmien, tapis épais, rideaux lourds, bronzes énormes et dorures surabondantes, sa main dessinant le galbe d'un pied de chaise, la courbure d'un dossier, la délicatesse d'une marqueterie. Les vacances à Innsbruck, les randonnées avec son père. Sa rencontre avec Wil, sa garçonnière de Döbling, le quartier bourgeois marqué par le Biedermeier où il était né. Je devinais leurs rendez-vous amoureux.

— La première fois que j'ai vu ton père, je l'ai pris pour un écrivain ou un architecte. Il était vêtu d'un costume sombre, qu'il portait de manière décontractée, une cravate rayée avec juste ce qu'il fallait de fantaisie… À cette époque, une journée sans nous voir était une journée perdue.

Peu à peu Almah redevenait la jeune fille des grandes musiques, de la langue d'ailleurs, des Kaffeehaus, des théâtres de la Ringstrasse, des soirées du Staatsoper…

Elle me raconta les petites vendeuses de fleurs artificielles, une spécialité locale, Leopoldstadt, la ville juive qu'on appelait pour rire l'îlot de pain azyme, les Viennois qui préféraient ne jamais vraiment trancher ou décider et restaient volontiers du côté de la vague illusion plutôt que de la réalité, le vacarme du champ de foire du Prater dominé par les harangues des forains, le théâtre de marionnettes, les petites baraques en bois des vendeurs de saucisses, les chansons grivoises des guinguettes, la fameuse grande roue de mon rêve.

C'était comme feuilleter un album de photos convoité. Une fois la première page tournée, on ne peut plus s'arrêter. Comment opère la magie d'une ville racontée ? Quel détail happe l'esprit pour faire éclore une émotion ? Je visitai Vienne avec émerveillement et prudence. Avec un sentiment d'exaltation, je longeai les pompeux hôtels particuliers de la Herrengasse, poussai la porte des trois cafés qui dominaient la vie intellectuelle, le Central, conservateur et maniériste aux arcades monarchiques, le Herrenhof, quartier général des activistes, et le Griensteidl, baptisé le café de la folie des grandeurs pour ses débats grandiloquents. Je traversai la Michaelerplatz, contemplai la Hofburg, poussai le lourd portail gothique de l'église de la Minoritenplatz, grignotai une linzertorte sous les lustres de cristal du Bristol et reposai ma tasse de chocolat chaud sur un guéridon de marbre cerclé d'un ruban de bronze. Je visitai la tombe de mes grands-parents Kahn dans le carré juif du cimetière, humai le parfum des salaisons de l'épicerie fine Stalzer, clignai des yeux face aux reflets d'argent du Danube qui scintillait sous le soleil. Je me brûlai les lèvres aux marrons trop chauds dans les allées du Volksgarten et m'arrêtai sous le sourire en coin de la bouche de pierre de Grillparzer. Dans les ruelles de Grinzing bordées de petites maisons baroques, je croisai une vieille femme en dirndl[1], je sirotai une bière de Styrie âpre et brune en regardant au loin les douces collines verdoyantes plantées de vignobles, je m'arrêtai au carrefour, hésitai : la route de Cobenzl à droite ou celle de Ciel à gauche ?

1. Costume traditionnel : corsage, corselet, jupe ample et petit tablier blanc.

En écoutant ma mère me revinrent en tête deux vers magnifiques d'un poète russe qu'elle aimait et m'avait fait lire :

Je reviens dans ma ville connue jusques aux larmes
Jusqu'aux veines, jusqu'aux amygdales gonflées de l'enfant[1]*...*

Almah retrouvait son pays natal, la ville qui l'avait vue naître, et avant elle ses parents, et avant encore ses grands-parents, la ville où elle avait grandi, rencontré l'amour, celle où elle avait été chez elle autrefois, son *Heimat*. Et je naviguai dans son sillage, nostalgique d'un passé qui ne m'appartenait pas. J'avais attendu et espéré ce moment, il était arrivé tard dans ma vie et c'était maintenant.

Elle n'évoqua pas les jours sombres. Je n'insistai pas. Elle dit seulement en fermant les yeux :

— Tu te souviens, Ruthie, que j'ai croisé Hannah Arendt à Jérusalem. Elle a eu cette réflexion très juste qui disait à peu près : « Le pardon est l'une des plus grandes facultés humaines et peut-être la plus audacieuse des actions, car elle tente l'impossible, défaire ce qui a été fait, et – Almah fronça les sourcils avant de poursuivre – réussit à inaugurer un nouveau commencement là où tout semblait avoir pris fin. » C'est bien cela que nous avons fait, inaugurer un nouveau commencement.

Comme toujours, j'étais époustouflée par la vivacité de sa mémoire et par sa sagesse. Je me demandais

1. Ossip Mandelstam.

pourtant si tout au fond d'elle il y avait encore de vieux démons. Peut-être lui fallait-il les affronter une dernière fois pour s'en affranchir à jamais, peut-être était-ce ce qu'Almah était en train de faire. Il n'était pas trop tard pour se prouver qu'elle ne craignait plus le passé.

22

Sans tambour ni trompette

Avril 2006

Comme un point final à son histoire personnelle si étroitement tissée dans celle de Sosúa, avec la détermination tranquille dont il avait toujours fait preuve, Markus attendit que notre coopérative, l'ultime symbole du kibboutz, ait disparu pour nous quitter.

Markus partit comme il était arrivé. Discrètement, sans tambour ni trompette. Il mourut comme il avait vécu, sans prétention, tranquillement, sans faire de remous, apaisé. Il choisit tout simplement de ne pas se réveiller.

Almah, sa plus vieille, sa plus fidèle, sa plus attentive amie, l'avait bien remarqué : depuis le décès deux années auparavant de Marisol, Markus déclinait lentement. D'une sorte d'usure lasse, comme s'il s'était dépris du goût de la vie. En cela se voyait sans doute la marque d'un grand amour. Marisol discrète, presque effacée, toujours bienveillante, était son ancre de vie.

À partir de ce jour-là, lui qui n'avait jamais refusé la lutte contre l'adversité, qui en était toujours sorti vainqueur, lui qui avait tout surmonté, baissa les bras. Il cessa de se montrer fort, il se replia dans le silence et il vieillit d'un seul coup.

Almah eut beau inventer mille facéties, dont la moindre ne fut pas de l'entraîner à chaparder des babioles dans les *colmados* du Batey, en se cachant très mal de surcroît, sachant pertinemment que tout le monde serait au courant mais que personne n'oserait rien leur dire – je m'étais tordue de rire au récit qu'elle m'avait fait de leurs frasques –, pour lui redonner un peu de ce goût de la vie qui avait filé entre ses doigts avec le départ de Marisol, ce fut peine perdue. À peine Markus se donnait-il la peine de donner le change, par pure courtoisie.

Almah tint à avancer sans aide depuis l'entrée du cimetière, fière et droite, à pas lents, pour rendre un dernier et digne hommage à son ami. Car Markus était l'homme qui l'avait accompagnée le plus longtemps, pas loin de soixante-cinq ans de vie côte à côte. Il était pour elle une sorte de double masculin, discret mais indispensable, celui à qui elle pouvait tout dire. Le témoin de ses jours lointains et heureux avec Wil, celui qui la soutenait dans n'importe quelle circonstance, qu'elle eût tort ou raison, son associé dans l'aventure des fauteuils Adirondack, son meilleur ami, son ami de cœur.

Pas plus que Wilhelm ou Almah, Markus n'était religieux. Mais Almah insista pour qu'il soit enterré dans le respect du rituel, à l'emplacement qu'il avait choisi lui-même, entre Wil et Marisol.

Malgré sa résolution silencieuse, au moment de la mise en terre, broyée par le chagrin, Almah chancela sous l'émotion. Un soupir douloureux, presque une sorte de jappement, lui échappa, et elle dut se racler la gorge à plusieurs reprises avant que ne s'élève sa voix hésitante. Elle avait décidé de lire quelques lignes pour Markus, des lignes qu'elle avait choisies dans *L'Homme sans postérité* de Stifter. C'était un clin d'œil entre elle et lui, entre lui et Wil, entre eux seuls, qui savaient ce que leur amitié devait à Stifter.

« Toujours et toujours le soleil fera descendre sa lumière, toujours le ciel bleu sourira, de millénaire en millénaire, et la terre se revêtira de son ancienne verdure et les générations descendront leur longue chaîne jusqu'au dernier enfant… »

Au retour du cimetière, Almah, qui ne se plaignait jamais, s'appuya lourdement sur mon bras. Elle déclara avec une triste résignation : « C'est difficile d'être la dernière d'entre eux. La solitude se glisse partout. »

Lizzie était mon enfance, Arturo ma jeunesse, Domingo mon amour, les enfants ma vie. Markus, lui, était mon second père, car quand je pensais à Markus, je revoyais mon père. Comme il allait me manquer, si cher Markus, la tempérance faite homme, sa bienveillance indéfectible, sa patience jamais prise en défaut, son abnégation, son sens très relatif des affaires… Markus, si typiquement autrichien avec son esprit de conciliation et sa tendance aux compromis, son goût du *witz*[1], cet homme qui avait fait sien ce pays où il était arrivé par hasard, au point, en véritable Dominicain, d'honorer les morts en leur offrant les premières gouttes de toute bouteille de rhum qu'il entamait, et de ne jamais poser un sac sur le sol, car cela éloignait la prospérité. Markus était sans doute l'être le plus noble, le plus droit, le plus sincère que j'avais jamais rencontré.

Le jour où Markus nous quitta fut bien l'un des plus tristes de ma vie.

Ce fut aussi celui où Almah commença à s'enliser dans une longue spirale de mélancolie. Avec le départ coup sur coup de Svenja et de Markus, il me sembla que le poids de la vieillesse lui tomba dessus d'un coup, elle qui à mes yeux n'avait jamais eu d'âge. Nous allions devoir lutter pour que la mort de Markus n'étende pas son ombre sur ce qui restait de vie à Almah.

1. Mot d'esprit viennois.

23

Un honneur

Octobre 2006

... grande exposition... mémorial... exil... patrimoine... admiratif de votre réalisation... Sosúa... serions heureux... votre collaboration...

Je reçus la lettre du musée new-yorkais avec reconnaissance, comme un honneur et une juste récompense de mon engagement dans le travail de mémoire que j'avais entrepris presque vingt ans auparavant, à l'aube de l'ouverture du musée de Sosúa dont j'avais été la cheville ouvrière, et qui me mobilisait toujours.

Davis Matwell, le directeur du musée du Patrimoine juif de New York, un mémorial dédié aux victimes de l'Holocauste, me proposait de collaborer à l'élaboration d'une exposition qu'il comptait intituler « Sosúa, un refuge pour les Juifs en République dominicaine ». Il en avait planifié le démarrage en février 2008 pour une durée de sept mois, il n'y avait donc pas une minute à perdre.

Je n'eus même pas à réfléchir, j'acceptai avec enthousiasme cette coopération. J'avais entendu parler de ce musée lors de son ouverture au détour des années 1990, mais je n'avais jamais eu l'occasion de le visiter. Deux clics suffirent à me familiariser avec l'institution. Situé dans le sud de Manhattan, non loin du Battery Park de mes promenades d'autrefois avec Arturo, juste en face d'Ellis Island, c'était un édifice hexagonal figurant, selon l'interprétation, les six pointes de l'étoile de David ou les six millions de morts de la Shoah. Très sobre, il illustrait parfaitement la devise héritée des maîtres autrichiens, « L'ornement est un crime », qu'affectionnait mon oncle Aaron.

— Je me demande bien quand tu resteras enfin tranquille, laissa tomber Domingo quand je lui annonçai avec jubilation mon nouvel engagement en brandissant la lettre devant lui comme un trophée.

Devant ma mine désappointée, il s'empressa de corriger le tir :

— Puisque tu es heureuse, je le suis aussi ! C'est un magnifique projet et ça mettra en lumière tout le travail que tu as fait pour notre musée. Simplement, avec la mairie de Sosúa, ça fait beaucoup. Je sais que tu peux faire front, mais je me demande s'il va te rester une seule minute pour ton mari.

Il avait ce sourire cajoleur que j'aimais tant et qui, quarante ans après notre rencontre, me faisait toujours fondre. Je me réfugiai dans ses bras. Domingo avait raison, j'étais au milieu de mon deuxième mandat de maire, il serait sans doute judicieux de passer la main lors de la prochaine élection. « Ce serait plus que raisonnable, nous pourrions prendre enfin du bon temps tous les deux ! » approuva Domingo quand je lui fis part de mes réflexions. Je ne pouvais imaginer alors que, question repos et bon temps, l'avenir allait déjouer mes plans d'une façon radicale.

*

Nous fûmes invités au vernissage de l'exposition qui démarra à la date prévue, au plus fort de l'hiver new-yorkais. Une occasion de rendre visite à Myriam qui vieillissait gentiment à Brooklyn et de passer une soirée avec Arturo et Nathan plongés dans les affres d'une nouvelle création.

Almah avait tenu à nous accompagner, arguant qu'il n'y avait pas de décalage horaire, et qu'elle serait accompagnée de son médecin privé en la personne de Domingo. Je n'eus pas le cœur de m'opposer à ce voyage, car il devenait rare qu'elle exprimât une envie.

La foule présente à la soirée d'ouverture laissait présager un franc succès pour l'exposition. En déambulant dans les allées au fil des documents d'époque, je découvris qu'en 1940 le Joint avait alerté la presse new-yorkaise pour faire la publicité du projet Dorsa. En mars de cette année-là, le *New York Times* titrait : « Dix-huit réfugiés voguent vers la colonie de Sosúa ». Je me mis en quête du curateur de l'exposition pour lui demander de m'offrir une copie de ce document. Il irait enrichir notre propre musée.

Quant à Almah, elle fit sensation. Un des derniers témoins directs du kibboutz dominicain, les journalistes tenaient leur papier. « Quelle satisfaction de voir qu'à mon âge j'intéresse encore les hommes ! » se rengorgea-t-elle malicieusement après qu'une équipe du *Herald Tribune* l'eut interviewée et photographiée. À la voir si joyeuse, je me félicitai de sa présence.

24

Destination Boca Raton

Octobre 2007

— Ça va te manquer, lâchai-je entre mes dents.

Pour ne pas avouer que c'était lui qui allait me manquer.

Horriblement.

Nous n'avions guère été séparés que quelques jours depuis mon retour de New York, qui remontait à... 1967, si ma mémoire ne me trahissait pas. Une éternité. Et voilà qu'il prenait le large, définitivement.

— Quoi ? Qu'est-ce qui va me manquer ? demanda Frederick avec un rictus contrarié.

— Tout ça.

J'étendis un bras avec un vague mouvement ondulatoire de la main qui signifiait : les cocotiers qui ondulent sous la brise sur les crêtes des *lomas*, les vaches qui paissent tranquillement dans les pâturages, un pique-bœuf planté sur l'échine, les rizières miroitantes où patrouillent des aigrettes, le parfum tiède de la terre rouge après la pluie, le goût sucré d'une tige de canne que l'on mâchouille, la mer qui change sans arrêt de couleur, les milliers d'étoiles qui illuminent le ciel, cette sensation infinie d'espace et de liberté…

— S'il te plaît, arrête cette rumination sentimentale, grommela Frizzie en me jetant un regard oblique.

À la crispation de ses épaules, je devinai son sourire contrit. Je regardai à la dérobée son profil buté. Sa joue tressaillait, un tic secret qui disait qu'il était déstabilisé.

— Moi.

Il leva la tête, les mains suspendues au-dessus d'un carton, me dévisagea longuement et son sourire s'estompa. Un minuscule picotement de satisfaction me transperça le cœur.

— Moi, je vais te manquer.

À prononcer ces mots, une onde de tristesse me terrassa. Je murmurai :

— Toi, tu vas me manquer.

Je retenais à grand-peine des larmes qui se massaient douloureusement sous mes paupières.

— Oh, Ruthie ! s'étrangla Frederick en me prenant dans ses bras.

Il me câlina en se balançant doucement sur ses jambes légèrement écartées, comme autrefois quand j'avais de la peine, comme quand il jouait le grand frère protecteur, et mes larmes, je ne pus les retenir plus longtemps.

— Bien sûr que tu vas me manquer. Mais je ne serai pas très loin. Quant au soleil, il brille là-bas aussi, la mer est la même, les hibiscus sont tout aussi rouges et les flamboyants embrasent pareillement le ciel. Et puis je reviendrai souvent. Tu peux en être sûre, ajouta-t-il, et cela sonnait comme une promesse.

Malgré ses belles paroles, j'entendais son enthousiasme chancelant. Son ton détaché masquait mal une sorte de détresse.

— Ce ne sera pas pareil, m'entêtai-je, et à mes propres oreilles résonnait ma voix d'enfant, suppliante et chevrotante.

— Ce que je regrette ce n'est pas de partir, c'est que le temps ait passé si vite… Qu'il soit déjà l'heure de passer le flambeau. Enfin, Tomás est fin prêt à prendre la relève. Je sais que je laisse l'élevage en de bonnes mains.

Frederick posa un baiser appuyé sur le sommet de ma tête, desserra son étreinte, saisit délicatement une locomotive miniature et entreprit de l'emballer dans du papier bulle. J'attendis que les vagues de tristesse se calment pour continuer à l'aider. Nous étions en train d'emmailloter les petits wagonnets de sa collection de trains électriques commencée à son dixième anniversaire, et de les caler précautionneusement dans une malle.

— Tu te rappelles comme j'étais fier de mon premier train ? C'est Myriam et Aaron qui me l'avaient offert. Tous les autres étaient verts de jalousie, Samy en tête. La loco a rendu l'âme au bout de quelques semaines, vaincue par l'humidité et les coupures de courant à répétition !

Son ton, nostalgie et amusement mêlés, ses mots et les souvenirs qu'ils déchaînaient me serrèrent le cœur. L'orage qui menaçait depuis le matin creva enfin et il se mit à pleuvoir des gouttes larges comme des pièces d'un peso qui crépitaient en rangs serrés sur le toit en plaques ondulées, un martèlement lancinant qui rajouta à la morosité ambiante.

— Pffttt ! Aller habiter dans un pays où les maisons ressemblent à des meringues et où les chiens vont chez le coiffeur et portent des manteaux !

Frederick se redressa, me fit face et me dévisagea d'un air faussement navré en secouant la tête de gauche à droite. Un tressautement venu de loin agita ses épaules. Et sans prévenir, nous éclatâmes de rire en chœur, un rire chargé d'une avalanche de souvenirs décousus, estompés par la poussière du temps.

*

Ana Maria vadrouillait dans la maison, affairée aux préparatifs du déménagement ; emballer la vaisselle, les bibelots, trier le linge de maison… elle avait bien d'autres chats à fouetter que de se soucier de jouets d'enfant.

Ma belle-sœur, elle, n'allait pas vraiment me manquer. Nous étions trop différentes l'une de l'autre et jamais nous n'avions réussi à tisser des liens véritablement intimes. La minceur de nos intérêts communs, qui tournaient principalement autour des enfants, s'était amenuisée à mesure qu'ils grandissaient puis devenaient adultes. Non, Ana Maria ne me manquerait pas, car finalement, au grand regret jamais exprimé de Frederick qui n'était pas dupe, elle n'avait jamais fait partie intégrante de ma vie.

Elle s'en allait loin de son pays qu'elle n'aimait pas tant que ça. Elle prenait congé « des communistes et des agitateurs qui voulaient renverser le gouvernement », de la pénurie énergétique et des coupures d'électricité intempestives, de l'inflation galopante, des routes chaotiques, des ponts effondrés, des sorcières vaudoues, des petits *limpiabotas* de la rue, des sound machines qui hurlaient des merengues à la Semaine sainte, des sourires des paysans du *campo*, des mille choses qui faisaient que notre île n'était pareille à nulle autre, mille choses que j'aimais et que nous ne partagions pas. Je savais que j'étais injuste. Ana Maria était le résultat de son éducation, l'incarnation du paradoxe de la bourgeoisie dominicaine qui aspirait tant au modèle américain et ne jurait que par les marques Pond's, Elizabeth Arden, Avon ou autre Revlon. Elle avait sacrifié ses rêves de jeunesse d'une brillante vie urbaine pour mener une existence campagnarde par amour pour Frederick. C'était son tour maintenant. Elle quittait une existence suspendue, vécue loin du bruit et de la fureur du monde, pour retrouver, sur le tard, ce qu'elle appelait « la civilisation » et une vie confortable à l'abri des soucis matériels et des défis du quotidien. Destination Boca Raton, où ils avaient acheté une belle maison moderne dans un quartier chic, non loin de la plage. Ils allaient se rapprocher de leurs filles et de leurs cinq petits-enfants américains, et je savais combien cela comptait pour eux. Je savais assez ce qu'il m'en coûtait que David vive loin de moi.

C'était un jour ordinaire dans le village où j'étais née. C'était un jour à marquer d'une pierre noire. Celui où Frizzie faisait ses bagages pour quitter l'île.

25

Le fil de la vie

Novembre 2007-juillet 2008

De ruthrosenheckdesoteras@yahoo.com
à f.rosenheck@yahoo.com

Frizzie,

J'espère que votre emménagement se passe bien et que tu te fais à ta nouvelle vie de retraité.

Te voilà à peine parti, eh bien, mon cher, tu vas être obligé de revenir. On ne se débarrasse pas de moi aussi facilement !

Tomás nous a présenté sa fiancée, Elsa, qui est ravissante. Je te fais grâce de son CV, mais elle est institutrice et vient d'une bonne famille de Moca où son père est avocat. S'installer à Sosúa ne semble pas être un problème pour elle et elle espère trouver un poste dans une de nos écoles. Je craignais qu'avec sa vie de fermier Tomás n'ait du mal à séduire une jeune fille moderne. Eh bien, je me suis trompée.

Je t'envoie une photographie des tourtereaux en pièce jointe. Ils sont beaux, n'est-ce pas ?

D'après Maman, ça sent le mariage à plein nez, et je partage son avis.

Donne des nouvelles.

Je t'embrasse tendrement, Ruthie.

J'étais un peu vieux jeu, j'adorais toujours écrire des lettres et je me refusais à la facilité brève et instantanée des e-mails. Mais ce jour-là, après que Tomás nous avait présenté sa fiancée au cours de notre déjeuner dominical, trop pressée de partager mon nouveau bonheur avec mon frère, je m'étais ruée sur l'ordinateur flambant neuf que David m'avait offert pour mon anniversaire.

*

— On a à peine le temps de se retourner pour organiser tout ça, ils sont tellement pressés tous les deux !

— Oh, Ruthie, ne me dis pas que…

Almah plissa les yeux en me dévisageant avec son petit sourire ironique qui disait « On ne me la fait pas à moi ».

— Non, tu crois que… ?

— Mon Dieu, Ruthie, ça se voit comme le nez au milieu de la figure ! renchérit Almah d'un air entendu. Ça me rappelle ton propre mariage avec Domingo ! *Pronto estarás abuelando*[1] !

1. « Bientôt tu pourras jouer les grands-mères. »

Je ne sais pas ce qui m'émut le plus ce jour-là, le mariage de Tomás et l'évidence de sa prochaine paternité, ou le fait qu'Almah eût inventé un néologisme à sa façon qui disait à quel point elle appartenait à cette île.

*

Comme de juste, le ventre d'Elsa s'épanouit rapidement après la noce. J'étais folle de joie à l'idée de devenir grand-mère. J'avais renoncé à cet espoir du côté de Gaya ; quant à David, il n'y avait manifestement guère de place dans son existence tout entière tournée vers le travail pour une vie de famille.

Ce fut une petite fille.

Ana.

Ou plutôt Hannah.

Tomás, qui n'était pas du genre sentimental, avait tenu à cette orthographe. Car, me confia-t-il, Almita a raison. Il ne faut jamais oublier d'où on vient.

Comme on ne peut pas gagner sur tous les tableaux, il avait cédé pour le baptême catholique voulu par Elsa. De toute façon, il ne croyait pas en Dieu, alors…

*

Nous étions tous regroupés sur la pelouse devant la maison principale de la *finca* Polka, l'ancienne demeure de Frederick devenue désormais celle de Tomás et Elsa. Pour la photographie de famille du baptême.

— Serrez les rangs, vous êtes nombreux, commanda Victor, un ami de Tomás, l'œil rivé au viseur.

— Qu'est-ce que ce serait si nous étions tous là, me glissa Almah. Dommage que David et Arturo…

— Ils sont venus pour le mariage. Ils ne peuvent pas sauter dans un avion à la moindre occasion, rétorqua Gaya qui se tenait juste derrière elle.

Almah acquiesça et se rencogna dans son fauteuil.

— Je suis prête, il va prendre la photo, donne-moi Hannah, maintenant. Je peux la tenir toute seule.

Je calai son arrière-petite-fille au creux des bras d'Almah. Arrangeai sa longue robe de dentelle blanche. Hannah portait autour du cou une chaînette d'or avec une perle d'ambre, qui me ramenait aux jours tendres de mes enfants. C'était un cadeau d'Almah qui avait érigé cette croyance populaire en tradition familiale. La perle d'ambre contre le mauvais œil. Le bébé me sourit en bavant, dévoilant des gencives roses. Sur sa joue gauche se creusa l'esquisse d'une fossette. Elle fronça son petit nez et posa sur moi un regard chaviré de fatigue.

Son drôle de regard, qui chaque fois faisait fondre mon cœur et me ramenait loin sur les rives d'autrefois.

Depuis quelques années, je me demandais ce qui faisait tenir Almah contre vents et marées, ce qui l'aidait à poursuivre un chemin chaque jour plus ardu. La réponse était là, dans ses bras. Hannah.

Avec sa fossette sur la joue gauche.

Avec ses yeux singuliers, un œil vert et un œil marron.

Les yeux de mon grand-père Jacob, le père de mon père. Ceux de Myriam.

Hannah, le fil de la vie.

C'était une chose qu'on ne verrait pas sur la photographie de famille, mais qui éclatait dans le regard plein de fierté d'Almah.

26

Des tours et des détours

Août 2008

La vie est une chose étrange. Elle ménage des traquenards, vous guette en embuscade, vous cueille par surprise, avec une effronterie qui me laisse pantoise. C'est toujours quand on croit les choses apaisées que le petit grain de sable qui remet tout en question se manifeste.

Je reçus conjointement la lettre d'Arturo et le mail de Dieter.

Étrange synchronisme. Moi qui ne croyais pas aux signes, je pouvais revoir mes convictions.

Car tous deux pointaient dans la même direction.

Un tir croisé.

Arturo m'annonçait fièrement le programme de la tournée européenne du nouveau ballet de la troupe de Nathan. Il avait souligné une date dans la longue liste des représentations. J'étais invitée ainsi que Gaya, et il comptait bien que nous soyons présentes. Pour que je ne puisse pas refuser, il prenait nos frais en charge.

Quant à Dieter, il me parlait d'une photographe de presse autrichienne naturalisée américaine qui avait fait carrière à New York. On fêtait les vingt ans de sa mort par une rétrospective exceptionnelle de son travail. Je la connaissais peut-être ? Parce qu'il y avait quand même de sacrées coïncidences.

J'assistais à chacun des ballets d'Arturo et Nathan. Parce qu'ils étaient ma famille et que je les aimais. Parce que leurs créations tenaient toujours du prodige, même s'il est vrai que je n'étais pas forcément objective.

Et oui, je connaissais Krista Hauffman, rencontrée dans les années soixante à New York. Krista, une artiste remarquable qui avait travaillé avec mon père au *Neue Freie Presse* dans les années… Mon Dieu, c'était au siècle précédent.

Je me sentais vraiment perturbée.

Parce que j'avais calmé les velléités de Gaya et renoncé à un tel projet.

Parce que je m'étais conformée à la volonté d'Almah.

Parce que je m'étais laissé convaincre que ça ne servait à rien.

Parce que je m'étais réconciliée avec l'Histoire.

Parce que la vie prenait des tours et des détours pour me faire miroiter ce que je croyais enterré à jamais.

Les mots dansaient devant mes yeux.

J'étais invitée à la première de la *Ciguapa* au Staatsoper et au vernissage de l'exposition rétrospective de Krista Hauffman dans la galerie de *Die Presse*, héritière du *Neue Freie Presse*.

À Vienne. Vienne que j'avais visitée à travers les souvenirs de ma mère et qui revenait me narguer.

*

Je croyais avoir réglé cette question définitivement.

La tentation revint, insidieuse, sournoise et lancinante. Je n'en avais donc pas détruit la racine.

Je restais perplexe avec les deux invitations sous les yeux.

Ranger la lettre dans mon coffret de correspondance, d'un clic jeter le mail dans la corbeille, décliner les deux invitations, et les oublier.

En parler à Almah ? À Gaya ?

Maintes fois je m'en étais approchée, maintes fois mon rêve s'était dissous, empêché par la vie. Et la tenir là, Vienne, au bout de mon doigt, avec ces deux invitations…

J'avais besoin d'y réfléchir. Je décidai de m'offrir une balade en solitaire par la piste qui tournait le dos à la mer et s'effilochait en sente poussiéreuse jusqu'à mourir au cœur des *lomas*. Rien de tel que le chant de la nature pour me calmer et m'aider à trancher.

Allongée sur le dos au côté de Domingo qui ronflait doucement, les yeux grands ouverts dans le noir, les bras croisés sur ma poitrine, je me torturais de questions sans réponse, caressée par l'haleine chaude de la nuit. Au petit matin, je me levai avec la fébrilité qui précède les moments cruciaux.

Soudain j'étais pressée. Je m'habillai et me hâtai, le cœur battant.

*

— Oh, toi, tu as quelque chose à me dire !

Almah était déjà levée et assise dans un fauteuil de sa terrasse.

— Je prépare un café, annonçai-je en me dirigeant vers la cuisine.

Le temps de faire bouillir l'eau, de passer le café dans son filtre de toile pour rassembler mes idées. Je ressortis avec un petit plateau que je posai sur la table de rotin.

— Alors, Ruthie, dis-moi. Je n'ai pas envie de jouer aux devinettes.

Je sortis de ma poche la lettre d'Arturo et le mail de Dieter que j'avais imprimé et les lui tendis. Almah leva les mains en signe de dénégation et je rempochai mes papiers.

— Lis-moi donc, ce sera plus facile.

Je versai précautionneusement le café dans les tasses, en posai une sur son accoudoir et m'assis en face d'elle.

— Je viens de recevoir deux invitations.

— Laisse-moi deviner… À Vienne ?

J'écarquillai les yeux, soufflée.

— Mais comment… ?

— C'est bien pratique ces petits téléphones !

Elle désigna du menton le mobile posé sur la table, que nous lui avions offert à Noël et dont elle ne se séparait plus.

— Myriam m'a appelée pour me dire que Nathan et Arturo entamaient une tournée en Europe avec une étape à Vienne.

Évidemment. Almah porta sa tasse à ses lèvres en tremblotant.

— Et la seconde ?

— La seconde quoi ?

— La seconde invitation.

— C'est Dieter. Tu te souviens de Krista Hauffman ? Le quotidien *Die Presse* organise une rétrospective de son travail dans leur galerie.

— Je parie que pour couronner le tout ça tombe en même temps.

Ce n'était pas une question. Je hochai juste la tête. Almah ne sourcilla pas. Elle avait l'air de trouver que ça tombait sous le sens.

— C'est amusant, non, quand le destin *s'emmêle* ! Toi qui as toujours voulu me traîner là-bas ! Alors, que vas-tu faire ?

Je sentis ma résolution vaciller.

— Je ne sais pas. Ça me prend par surprise. Arturo m'offre le billet d'avion.

— Une telle invitation, ça ne se refuse pas. Vas-y, Ruthie, c'est ce que tu as toujours voulu. Et emmène Gaya, elle aussi meurt d'envie de connaître Vienne. Telle mère, telle fille !

Je quittai Almah la tête dans les nuages. J'avais ce que j'étais venue chercher, sa bénédiction, et son sourire en coin me disait qu'elle n'était pas dupe et qu'elle me la donnait sans la moindre arrière-pensée.

27

Un voile de splendeur

Janvier 2009

Enfants, nous avions un jeu avec Lizzie. Nous creusions un tunnel dans le sable, chacune de son côté, jusqu'à ce que nos mains se rejoignent. On arrimait nos doigts et on faisait sauter la gangue de sable. J'avais creusé, creusé, creusé. La jeune Almah m'avait tendu la main à l'autre bout d'un long tunnel et je l'avais rejointe. Je partais pour Vienne. La ville natale de mes parents et de mes grands-parents. J'allais me libérer de la gangue du passé.

*

— Ce que j'aime les voyages, même si ce n'est pas très écologiquement correct, à cause de l'empreinte carbone ! Arturo nous a traitées comme des princesses, avait constaté Gaya avec un soupir d'aise en inclinant le dossier de son siège. Je suis tellement heureuse,

Mami, de faire ce voyage avec toi, avait-elle ajouté en dépliant la liste intitulée « Choses à faire » qu'elle avait consciencieusement établie.

J'avais souri. Malgré son âge, malgré ses engagements, malgré ses rébellions, Gaya avait gardé en elle quelque chose d'enfantin qui ressurgissait sans prévenir. Moi, je n'avais pas de liste, ce que je voulais connaître était soigneusement catalogué dans ma tête.

*

Voilà, nous y étions. Après tout ce temps.

Dès l'aéroport, j'avais retrouvé la langue familière aux sonorités rugueuses de mon enfance, et je m'étais emmitouflée dedans. Par les vitres du taxi, je détaillai le paysage blafard de l'hiver autrichien. C'était comme une carte postale en noir et blanc, un peu nostalgique. Nous traversâmes les faubourgs et insensiblement nous approchions du centre de Vienne. Comme une femme délicate qui se dénude peu à peu, la ville dévoilait lentement sa beauté magique.

Nous déposâmes nos valises dans notre chambre de l'hôtel Impérial. Gaya s'extasia sur l'élégance surannée de l'établissement, ses colonnades, ses lustres de cristal, ses plafonds peints, ses lourdes tentures…

— Jamais on ne trouvera quelque chose qui ressemble à ça, même de loin, chez nous, apprécia-t-elle en rebondissant sur son lit, tandis que j'appelais Arturo pour lui dire que nous avions fait bon voyage et que nous étions installées.

— Pour commencer, on pourrait aller prendre un café au Schwarzenberg, c'est à deux pas de l'hôtel, décréta Gaya, le nez sur son plan. Et après, on ira se promener au Stadtpark pour prendre le pouls de la ville, avant de s'attaquer aux choses sérieuses.

Par choses sérieuses, elle entendait les musées, les palais, les églises, le quartier juif… Je la laissai volontiers prendre les choses en main ; Gaya avait l'habitude de diriger son monde et finalement je trouvais cela confortable.

— Je ne pensais pas qu'il ferait si froid, dit-elle en rajustant son écharpe autour de son cou tandis que nous sortions de l'hôtel.

J'avais du mal à la reconnaître avec son bonnet de laine enfoncé jusqu'aux oreilles. Je lui pris le bras, direction le Schwarzenberg. Gaya fit une remarque sur les sinistres corbeaux noirs qui étaient de sortie mais cela n'entama pas son enthousiasme.

*

Nous terminâmes la journée en compagnie d'Arturo – Nathan était retenu avec ses danseurs – par un apéritif au Zum Schwarzen Kameel, un joli établissement Jugendstil dont la carte disait qu'il datait de 1618. Gaya s'amusa des serveurs en long tablier noir qui slalomaient entre les tables, un plateau de petits canapés en équilibre sur la main – il suffisait de tendre le bras pour se servir. Soudain, je me souvins du menu en allemand exhumé de la vieille valise d'Almah. Mes parents avaient donc dîné ici, autrefois.

Est-ce l'hiver ? Elle a abandonné son manteau de fourrure au vestiaire et, les joues encore rosies par le froid, elle étudie le menu en entortillant une mèche de cheveux autour de son index. Lui la dévore des yeux, peu lui importe ce qu'il va manger. Ou alors c'est le printemps, il fait encore jour dehors. Il a desserré le nœud de sa cravate, juste un peu, et fait tourner le vin blanc dans son verre en attendant qu'elle se décide. « J'hésite, j'hésite », minaude-t-elle en posant le bout de ses doigts sur ses lèvres, remuant son annulaire où scintille la bague de leurs fiançailles. Ou alors, ils sont mariés. Elle se tient un peu loin de la table, gênée par son ventre qui grossit chaque jour. Il plante son regard dans le sien. « Tu es de plus en plus belle, ma chérie ! » Et elle : « Tu n'es qu'un flatteur, je ressemble à une baleine ! J'ai hâte que le bébé soit là. » Ils trinquent en souriant. « Rien qu'un verre », précise Wil. Elle rit...

J'étais ailleurs, dans le passé, à la table de mes parents, loin de Gaya et d'Arturo qui, remarquant mon absence, me rappela gentiment à l'ordre. Je prétextai la fatigue pour ne pas entacher l'atmosphère joyeuse. Ensuite, nous atterrîmes dans un petit restaurant typique non loin de la Hofburg.

— À nous ! Je suis si heureux que nous soyons ici tous les trois.

Arturo leva joyeusement son verre de blanc, du Grüner Veltliner, un petit vin du Burgenland au goût acide, presque poivré, qu'il avait choisi au hasard sur la carte, et le fit tinter contre les nôtres.

— Tu te souviens, Ruth, de nos premiers verres de vin sur le steamer ? Tu te moquais de moi parce que je n'y connaissais rien. Ça n'a guère changé, même si j'ai fait quelques progrès !

— Merci, Arturo, vraiment. Se retrouver ici, c'est tellement... Je n'ai pas de mots, balbutiai-je.

— Je sais à quel point cela comptait pour toi, Ruthie. Et j'ai compris qu'il fallait te forcer la main, que sinon tu ne viendrais jamais. C'est l'occasion qui a fait le larron, n'est-ce pas ?

Il me fit un clin d'œil. Je savais que ce n'était pas seulement l'occasion, que le ballet n'avait été qu'un prétexte. Je me disais qu'à défaut Arturo aurait sans doute inventé autre chose. Car il me connaissait assez pour savoir la véritable signification et l'importance de ce retour intime aux origines. Son genou pressa doucement le mien sous la table. Entre nous les mots étaient superflus. Sentant que nous dérivions vers des contrées sentimentales, Gaya intervint :

— Pour moi aussi c'est important. De connaître la ville où est née Almita. Je suis à moitié autrichienne, ne l'oubliez pas !

Elle but une longue lampée de vin.

— Bon, alors voyons ce que donne cette *Eisvogel*, enchaîna-t-elle en attaquant son escalope viennoise. Et tu me feras goûter ton *Beuschel*, ajouta-t-elle en désignant de sa fourchette le ragoût d'abats d'Arturo, bien que je ne sois pas sûre d'aimer…

— Alors, premières impressions ? demanda Arturo.

Gaya se lança, volubile, dans le récit détaillé de notre journée, tandis que j'attaquais mon filet de hareng. Je les entendais deviser et leurs paroles me parvenaient lointaines, comme étouffées. Malgré moi, je me sentais transportée dans un autre temps, une autre atmosphère. C'était une sensation curieuse, une sorte de dédoublement, de flottement, qui m'avait cueillie par surprise à plusieurs reprises dans la journée. Pas désagréable, mais étrange. Je n'étais plus tout à fait avec eux, et pas loin d'Almah et de Wil qui soupaient à une table voisine. Un tapotement de la main d'Arturo sur la mienne.

— Ruth, tu es avec nous ?

— Oui, bien sûr que je suis là. Juste un peu de fatigue. Le décalage horaire, je pense.

*

Il y eut…

Les yeux d'enfant de Gaya devant la vitrine artistiquement élaborée de Demel, l'ancien pâtissier impérial, dont les confiseries étaient la faiblesse d'Almah.

Le bonheur d'assister en VIP à la première du ballet de Nathan et Arturo.

Notre promenade dans les allées de Schönbrunn, au milieu des jeux de perspectives, des fontaines, des cascades et des statues à l'antique du palais impérial.

L'émotion partagée avec Arturo quand nous écoutâmes main dans la main le *Requiem* de Mozart sous les ors du Musikverein.

Cette folle équipée d'une journée au fil du Danube jusqu'à Bratislava.

Une magnifique exposition de portraits de femmes de Gabriele Münter, la découverte de l'art abstrait de František Kupka et des paysages de Ferdinand Waldmüller.

Un éblouissant spectacle d'art équestre de l'école espagnole de Vienne, dans le manège du palais de la Hofburg.

Les inévitables pauses gourmandes au fil de nos flâneries : le Central, le Sacher, le Sperl, le Jelinek, le Landtmann, l'Amerling, le Griensteidl, le Dobner…

Les discussions à n'en plus finir sur les mérites comparés des Melange, des Kapuziner et des Franziskaner.

L'attente interminable dans le froid de l'apparition des automates devant le carillon Anker du Hoher Markt.

La splendeur du pavillon de la Sécession et ses magnifiques fresques de Klimt.

Et partout ces gros corbeaux noirs de Russie.

Dire que Vienne était un éblouissement serait d'une banalité sans pareille. *Austriae est imperare orbi universo*, « À l'Autriche revient la domination du monde[1] ». La ville était véritablement somptueuse, un bijou d'architecture et d'art de vivre, comme je n'en avais jamais connu. Il y avait quelque chose d'indicible, une grandeur, une noblesse impressionnante qui s'exprimait partout et, sous-jacente, une vulnérabilité, une culpabilité recouverte par ce voile de splendeur.

1. Frédéric III le Pacifique, XVe siècle.

28

Aufzug n° 4978

Janvier 2009

Durant ces quinze jours à Vienne, j'ai eu souvent le ventre noué, la gorge en feu, ma cage thoracique devenue soudain trop étroite pour contenir les battements incontrôlés de mon cœur. Mais je n'ai pleuré à aucun moment.

Ni quand j'ai arpenté l'appartement de Freud, que j'avais imaginé bien plus grand et luxueux, et sa salle de consultation où trônait un sofa de velours grenat semblable à celui où s'allongeait ma mélancolique grand-mère Hannah.

Ni quand nous nous sommes fait conduire en taxi à Hietzing et que nous avons fini par apercevoir la maison des Kahn à travers la haute grille de fer qui la protégeait des curieux. Dans le jardin que j'imaginais magnifique derrière, mes parents s'étaient mariés. Quelque part dans cette demeure, le portrait d'une petite fille avait égayé un bureau solennel.

Ni devant les ruines du cimetière juif qui était fermé au public.

Ni dans la Wasagasse du quartier d'Alsergrund, à l'adresse de l'ancienne imprimerie de mon grand-père paternel dont il ne restait rien, tous les immeubles ayant été détruits par les bombardements.

Ni durant la visite du musée juif et du Stadttempel, la grande synagogue épargnée par la Nuit de cristal où s'étaient mariés mes parents.

Ni dans les étroites ruelles pavées du quartier juif, ni devant le mémorial de la Shoah au centre de la Judenplatz, ni devant la stèle de pierre à l'emplacement du siège de la Gestapo dans les ruines de l'hôtel Métropole.

Ni dans la nacelle flambant neuve de la grande roue du Prater.

Ni même pendant la visite de l'exposition rétrospective du travail de Krista, devant ce cliché d'époque de l'ancienne équipe de rédaction du *Neue Freie Presse*, où j'avais reconnu le visage de mon père.

Non, je n'ai pas pleuré.

*

J'avais gardé cette adresse pour notre dernier jour à Vienne. Comme on achève un pèlerinage. Nous avions eu le temps d'admirer l'exubérant décor floral de sa façade en guettant, face à la porte, un habitant qui sortirait ou entrerait pour nous faufiler dans la Majolika Haus, sécurisée par un code d'entrée.

Dans cet immeuble à la décoration somptueuse, mes parents avaient vécu pendant les quatre années qui avaient suivi leur mariage, jusqu'à leur départ de Vienne. La porte s'entrouvrit sur une femme qui tenait un petit chien en laisse. Gaya bondit et tendit le bras. La femme eut une sorte de recul et fronça les sourcils, mi-surprise mi-inquiète. On était plutôt méfiant à Vienne. Le franc sourire de Gaya la rassura. Je rentrai dans l'immeuble en prenant conscience que ma respiration s'était bloquée.

J'ai vu mon père appuyer sur le bouton de l'ascenseur ; impatient, il a grimpé quatre à quatre ces escaliers pour serrer plus vite Almah dans ses bras. Almah est sur le seuil de l'appartement, elle tient par la main un petit garçon blond, vêtu d'un pantalon court, de chaussettes au genou et d'une veste de gros lainage. J'ai entendu Wil lui conseiller de ne pas trop traîner au parc, les temps ne sont pas sûrs. J'ai regardé Almah prendre Frederick dans ses bras pour qu'il appuie sur le bouton de l'ascenseur. Au rez-de-chaussée, elle pousse la porte de verre, elle foule le carrelage beige aux volutes noires qui dessinent des portées de musique, dans le sas elle s'arrête, rajuste son bonnet sur le front de Frederick et noue son écharpe. Et la lourde porte de bois extérieure se referme sur eux.

Chancelant sous la violence de l'émotion, je suis montée lentement par l'escalier de pierre à l'arrondi monumental en m'appuyant à la rampe de bois, les balustres de fer forgé dessinaient un époustouflant ballet végétal, j'ai entendu le grincement de la cabine de l'ascenseur aux vitres de verre dépoli. Contre le mur, il y avait encore le vieux système d'arrêt manuel d'origine et, dans son cadran rond, j'ai lu le nom du fabricant, A. Freissler, et le numéro de série, *Aufzug*[1] n° 4978.

1. Ascenseur.

Je me suis assise sur les marches de bois de l'escalier, une barrière a cédé et j'ai fondu en larmes.

*

Combien de temps suis-je restée assise dans cet escalier ? À côté de moi, Gaya avait pris ma main en silence. Au bout d'un moment, une éternité, une poignée de secondes, elle me fit lever et nous redescendîmes. L'escalier monumental, le carrelage aux portées de musique, la porte en verre, le sas, la porte de bois, la froidure humide de l'hiver viennois, les corbeaux noirs.

Au bas de l'immeuble, il y avait un coiffeur et un café qui proposait des boissons à emporter. J'ai voulu m'arrêter, mais Gaya m'a entraînée jusqu'à l'angle de la rue. Elle s'est arrêtée devant le café Savoy, a levé la tête vers le médaillon de pierre et son Bacchus rigolard qui surplombait le petit sas d'entrée, elle a poussé la première porte puis la seconde, et nous nous sommes attablées. Le bar était vide, à l'exception de deux hommes installés dans un coin. Gaya a commandé des mokas.

— Pour te remettre de tes émotions, Mami.

— Je suis désolée, ma chérie, je ne voulais pas me donner en spectacle…

Gaya a juste dit :

— C'est bien que tu aies pleuré, Mami, les larmes ça soulage. Je me demandais quand tu craquerais.

Je gardai le silence, tentant de mettre de l'ordre dans mes idées. Gaya laissa échapper un petit rire.

— Je crois que c'est un bar gay.

Je regardai le décor autour de moi, très Belle Époque viennoise. Les garçons derrière le bar, les deux clients. Gaya avait raison.

— Je ne suis pas sûre que nous soyons dans une ville très progressiste de ce côté-là, ajouta-t-elle. Tu as remarqué ces tags homophobes sur les palissades à côté ? C'est révoltant. Et il plane le spectre d'une droite extrémiste, tu as vu toutes ces affiches pour le candidat de l'ultradroite. Il y a quelque chose qui me gêne dans cette ville. C'est comme un décor de cinéma, propre, bien léché, parfait. Avec juste la note de repentance qu'il faut pour être politiquement correct, un petit musée, un monument à la Shoah, une plaque par-ci par-là. Mais c'est du toc. Ça sonne faux. Et les gens ne sont pas très chaleureux, je les trouve même un peu grincheux et très réactionnaires. Ces corbeaux noirs, c'est comme une mauvaise conscience qui reviendrait peser sur la ville.

Gaya exprimait tout haut ce que je pensais tout bas. La tristesse s'empara de moi. Liée à un grand soulagement. Almah avait eu raison. Quelle chance finalement qu'elle n'ait pas fait ce voyage ! J'avais pleuré sur Vienne et il était temps de rentrer chez moi.

3e Partie

Chaque jour arracher la joie

« *Plus je me remémore, plus le vécu d'autrefois s'enrichit et se diversifie, comme si la mémoire ne s'épuisait pas.* »

Jorge Semprun

« *Il faut arracher la joie chaque jour à la mort.* »

Vladimir Maïakovski

1

Fin prête

Octobre 2009

Comme on largue une amarre.

C'était l'aube de mon soixante-dixième anniversaire et je venais de vendre *La Voix de Sosúa.*

J'avais longtemps différé cette inévitable échéance, sachant pertinemment que ce serait un crève-cœur.

Mais non.

En fait, ce fut un soulagement.

J'avais tenu notre feuille de chou, comme l'appelait Almah avec tendresse, à bout de bras pendant presque quarante ans. J'avais fait prospérer l'héritage de mon père, donnant substance à son rêve inachevé. J'avais adoré être le capitaine de ce navire pendant des décennies. J'en avais fait le porte-voix de mes opinions et une tribune pour nos combats, allant même jusqu'à critiquer Balaguer, à mes risques et périls. J'avais rendu compte de chaque pas en avant de notre pays, je ne me sentais plus redevable de rien à personne.

Après ma première élection, je m'étais déjà allégée de la fabrication et de la gestion financière du journal, aux termes d'un accord de sous-traitance négocié par David avec le *Porvenir* de Puerto Plata. Ces dernières années, je n'avais conservé que la rédaction et la publicité.

Mais avec les lourdes responsabilités liées à mon mandat, j'avais peu à peu lâché le gouvernail. Réformer l'entreprise en profondeur, négocier le tournant du numérique, envisager une version anglaise pour la population étrangère qui s'installait à demeure à Sosúa, développer un véritable bras armé commercial pour recruter de nouveaux annonceurs, autant de chantiers qui m'étaient apparus comme des challenges à faire relever par d'autres. L'offre de rachat du *Porvenir* était tombée à pic. D'un point de vue financier, David n'y avait rien trouvé à redire, et je gardais la tête haute en conservant quelques parts dans l'affaire, pour le symbole. Et je pourrais toujours y publier des billets d'humeur.

Frizzie, désormais à la retraite, ne pouvait me jeter la pierre. Quant à Domingo, il était enchanté à la perspective d'une vie à deux plus sereine.

Au moment de signer le document qui officialisait la cession, j'eus comme un recul, celui du plongeur qui va se lancer du haut d'une falaise. Pour rien au monde je ne l'aurais avoué, et surtout pas à Almah, mais j'étais persuadée – c'était sans doute un péché d'orgueil et ce n'était pas une pensée agréable – que mes successeurs n'allaient pas faire aussi bien que moi. Je pris une grande inspiration et je signai d'une main ferme, non sans ressentir la morsure douce-amère du regret qui assombrissait mon euphorie coupable.

À la fin de mon second mandat, j'avais cru que c'était cela que je voulais, être retirée des affaires, profiter du temps libre qui s'offrait désormais à moi, me consacrer entièrement aux miens, à mes envies. Lire. Écrire, peut-être.

Très vite je capitulai et je recommençai à échafauder des projets, au grand dam de Domingo qui prétendait vouloir vieillir tranquillement à mes côtés. Qui parlait de vieillir ? Si je me référais à Almah, il me restait encore de magnifiques années devant moi, et j'entendais bien les nourrir.

*

J'avais tenu bon.

Envers et contre tout.

Contre l'indifférence molle de Domingo, contre les doutes de David, contre les mises en garde de Tomás, contre le scepticisme de Frederick.

Mais avec le soutien inconditionnel d'Almah et les encouragements enthousiastes de Gaya.

À bien y regarder, les femmes contre les hommes.

J'avais beaucoup lu, vraiment beaucoup, des revues spécialisées, des thèses que j'avais fait venir à grands frais des États-Unis, des articles sur Internet, des traités savants.

J'avais rencontré des agronomes, des ingénieurs, des paysans, des chercheurs.

J'avais arpenté inlassablement *lomas* et forêts jusqu'à trouver l'endroit idéal, avec une ombre suffisante. J'avais prélevé des échantillons de sol pour les faire analyser par un laboratoire de recherche en sciences végétales.

J'avais récolté des avis sur les techniques et les graines idoines dans un laboratoire de biologie des plantes. J'étais bardée de connaissances et de recommandations.

J'avais négocié pied à pied avec des propriétaires.

J'avais même esquissé un plan de financement.

— Tu transformeras toujours tes rêves en réalité, constata simplement Domingo quand je lui annonçai que j'étais fin prête.

J'étais émue car dans ses paroles résonnait de la fierté.

Voilà, les dés étaient jetés. Il était donc dit que la vie continuerait à me propulser en avant, ne m'autorisant pas le moindre répit.

À moins que ce ne fût moi qui ne me l'autorisât pas.

*

Quarante *tareas*[1] de bonne terre semi-ombragée par de grands arbres, dans l'arrière-pays de Sosúa.

Le pH et les teneurs en phosphate, potassium, calcium et magnésium du sol répondaient aux normes.

---

1. En République dominicaine, les surfaces des terrains sont exprimées en *tareas*. Une *tarea* = 628 m^2.

Ma plantation de cacaoyers biologiques allait voir le jour sous la direction du petit-fils de Jacobo, ainsi nous restions en famille. Il me faudrait attendre trois ans, peut-être quatre, pour récolter les premières cabosses, le temps pour moi d'apprendre à faire du chocolat, d'imaginer des recettes, de m'équiper, de planifier une commercialisation offensive. De mes voyages à New York, je gardais le souvenir des bouchées ultrasophistiquées. Je voulais inventer les miennes, être encore plus aventureuse. Café, piment, gingembre, fruit de la passion, limoncillo, mangue, menthe, les sources d'inspiration ne manquaient pas.

Je me mis au travail.

2

Goudou Goudou

12 janvier 2010

L'information tomba vers 19 heures. Nous n'avions même pas été effleurés par la catastrophe.

Un séisme d'une violence inouïe.

Magnitude 7,3.

La moitié de Port-au-Prince réduite à un champ de ruines.

Jacmel éventrée.

Léogâne rayée de la carte.

Des incendies partout.

Des milliers de personnes ensevelies sous les gravats.

Des centaines de milliers d'autres sans abri, privées d'eau, d'électricité, de nourriture, de médicaments et de soins.

De l'autre côté de la frontière, le combat pour la survie avait commencé.

Goudou Goudou[1], disaient les Haïtiens.

---

1. Nom donné aux séismes par les Haïtiens.

*

Almah évoquait parfois le tremblement de terre d'août 1946, quand la mer avait submergé la ville de Samaná, et le souvenir de celui de Puerto Plata qui en 1974 avait coûté la vie à la mère de Lizzie, morte de peur sous son lit, me hantait. En 2003, au mois de septembre, nous en avions essuyé un particulièrement violent, dont l'épicentre était situé à Puerto Plata. La cathédrale n'avait pas résisté. Des milliers de personnes avaient dû être évacuées et nous étions restés coupés du pays pendant plusieurs jours, sans électricité. On ne s'y habituait jamais et la peur était toujours la même, oppressante, paralysante.

C'était un nouvel épisode de la série de catastrophes naturelles, tremblements de terre, raz de marée et cyclones, Fay, Gustav, Hanna, Ike[1], pour les plus récents, qui frappaient régulièrement notre île cisaillée de nombreuses failles, et tout particulièrement la partie haïtienne. Les Dominicains ne craignaient pas les cyclones, ou si peu. Car notre voisin écopait pour nous. Haïti, pays martyr, subissait les colères de la nature. Les catastrophes y étaient amplifiées par le déboisement quasi total du pays pour la fabrication de charbon de bois. Je louais la sagesse de Balaguer qui, en son temps, avait offert à chaque famille du *campo* un réchaud à gaz

1. Les cyclones portent des prénoms alternativement masculins et féminins donnés dans l'ordre alphabétique par l'Organisation météorologique mondiale (OMM).

pour éradiquer la coupe de bois sauvage, une vision écologique avant l'heure, et je bénissais les amendes sur l'abattage des arbres en vigueur dans notre pays. Résultat, nos forêts retenaient l'eau des pluies tropicales diluviennes qui ravinaient Haïti où elles se transformaient en torrents de boue meurtriers. À tel point qu'à l'annonce d'un cyclone, mes compatriotes, dopés par leur optimisme naturel et forts de leurs croyances naïves en un Dieu protecteur, plaisantaient : « Ike s'approche mais au dernier moment il s'en ira vers Haïti ou Borinquen ! *Dios es grande !* La Virgen de la Altagracia nous protège. » Ce en quoi ils n'avaient pas tout à fait tort. Et ce tremblement de terre ne faisait qu'accréditer leurs croyances puériles.

Désinvolture naïve de notre côté de la frontière, fatalisme de l'autre.

3

Au pied du mur

Janvier 2010

À la vue des premières images de la catastrophe qui avaient envahi les écrans de télévision, Domingo n'eut pas l'ombre d'une hésitation.

— Je pars ! décida-t-il d'un ton sans réplique, avec cette détermination farouche et cette autorité inflexible que je lui connaissais dans les moments graves.

Je sortis de ma sidération. Je regardai mon mari, ses cheveux gris, son menton relâché, son visage comme une carte du temps qui passe.

— Tu ne peux pas partir comme ça, tout seul. Pas à ton âge, sans matériel, sans précautions.

Domingo me fusilla du regard.

— Mais qu'est-ce que l'âge a à voir là-dedans ? Tu peux me l'expliquer ?

Je savais que c'était une bataille perdue d'avance, pourtant les raisons se bousculaient sur mes lèvres et je bredouillai :

— Il y a trop de risques… la situation sanitaire… le choléra… sans parler des répliques… parce qu'il va y en avoir, c'est certain. Et c'est comme… une médecine de guerre, ce n'est pas ton domaine, tu n'y es pas préparé…

À mesure que je parlais, mon ton faiblissait, car je me rendais compte de l'inanité de mes arguments devant l'urgence absolue de la situation. Je n'étais pas digne de mon mari, et ma mère, si elle avait été face à moi, n'aurait pas aimé ma réaction frileuse et égoïste. Moi non plus, je ne l'aimais pas. Domingo resta impassible. Un silence embarrassant tomba entre nous. Comme pour me faire prendre pleinement conscience de ce qui se jouait. La survie de milliers de personnes, son honneur de médecin, le mien, notre devoir. Je mis une poignée de secondes, qui me semblèrent pourtant très longues, à me décider :

— Dans ce cas, nous partons ensemble.

Domingo n'eut aucune réaction, pas même le sourire que j'espérais, à peine un léger soupir de soulagement. Sans doute était-ce ce qu'il attendait de moi. Voilà, c'était dit, et il n'y avait pas à y revenir.

— Chaque minute compte, laissa-t-il tomber comme une évidence.

Il téléphona à la ferme pour réquisitionner la camionnette qui servait au transport du bétail. Il tomba sur Tomás et lui demanda de la faire nettoyer de fond en comble de toute urgence. Nous allions faire la collecte de tout ce qui pourrait aider car, de l'autre côté de la frontière, on manquait de tout.

À la pause que marqua Domingo, je compris que Tomás argumentait comme moi quelques minutes auparavant, mais son père lui cloua le bec d'un « Nous partirons le plus vite possible » qui n'admettait pas de réplique.

J'entrepris de battre le rappel. J'étais bonne pour ça et j'avais des relations. Ce fut un ballet ininterrompu de coups de téléphone, de visites des *fincas*, des hôtels, des écoles, des dispensaires de la région... En un formidable élan de solidarité tout le monde donnait, qui une couverture, qui une boîte d'aspirine, qui un matelas, qui des vêtements d'enfants... Les supermarchés offrirent des couches et des centaines de *botellones* d'eau, la laiterie des centaines de packs de litres de lait, les cliniques et les pharmacies des médicaments, des bandages, des attelles, tout un bric-à-brac de matériel médical. Étions-nous atteints de cet étrange syndrome du survivant, de la culpabilité de celui qui par miracle a échappé au désastre quand son voisin est sous l'eau ? Toujours est-il que chacun, même les plus pauvres, y allait de son obole. J'étais débordée. Pendant deux longues journées, je récoltai, établis des listes, un inventaire, m'ingéniai à trouver une logique de stockage. Bientôt notre camionnette n'y suffit plus.

*

La veille de notre départ, Gaya débarqua à Sosúa sans tambour ni trompette. Prévenue de notre expédition par Tomás, elle avait décidé de se joindre à nous. C'était sa façon de participer au formidable élan de solidarité des Dominicains. Au mépris des dangers de la route, elle avait avalé en deux heures trente le trajet Samaná-Atravesada au volant de son 4 × 4 entre chien et loup, un exploit. Elle me trouva sur le pied de guerre, empêtrée dans mes listes.

— Je viens avec vous. Personne ne sera de trop, on a besoin de toutes les bonnes volontés, j'imagine !

— Mais tes clients ? Et l'agence ? C'est la haute saison, tu ne peux pas…

— Personne n'est indispensable et Julia tient la boutique, elle s'en sortira très bien toute seule.

*

Le 15 janvier, aux premières lueurs du jour, nous prîmes la route à la tête d'une cohorte de six véhicules débordant de matériel et de denrées alimentaires. Trois médecins, un chirurgien, quatre infirmières, un pharmacien, cinq jeunes pompiers bénévoles, une biologiste, et moi, Ruth Rosenheck, soixante-dix ans, qui avais abandonné mes études d'infirmière un demi-siècle auparavant. Domingo conduisit notre lourde camionnette tout au long des cinq cents kilomètres de route, maudissant le gouvernement à chaque nid-de-poule. Onze heures non-stop. Il refusa de me céder le volant sous prétexte que je n'avais pas l'habitude de conduire un camion.

Nous partions la fleur au fusil en direction de Jimaní, ville frontière, où les survivants affluaient en quête de secours. En route vers un inconnu qui nous laissait muets d'angoisse. Qu'allions-nous trouver ? Nous ne tarderions pas à être mis au pied du mur.

*

Aux abords de Jimaní, où, venus de tout le pays, convergeaient des véhicules lourdement lestés de dons de toutes sortes, c'était la confusion la plus totale. Au poste-frontière, une noria de taxis et de voitures particulières déposait des blessés récupérés sur le bord des routes haïtiennes avant de repartir en chercher d'autres. Dès que la rumeur avait couru qu'on soignait du côté dominicain, des cohortes de réfugiés s'étaient mises en marche pour la frontière.

J'eus l'impression de débarquer dans une zone de guerre : camions, casques bleus, hommes en treillis, rumeur permanente des rotors du ballet des hélicoptères. D'ordinaire assoupie sous un soleil de plomb, la bourgade poussiéreuse grouillait de militaires qui tentaient de faire régner un semblant d'ordre. L'armée dominicaine avait monté un hôpital de campagne. De nombreuses ONG, Croix-Rouge, Croissant-Rouge en tête, étaient déjà présentes. Des soldats de la Minustah[1] déployés à la frontière filtraient les réfugiés avec l'aide de l'armée dominicaine qui craignait l'invasion de petits caïds des gangs de Cité Soleil, en rupture de ban avec le pénitencier éventré de Port-au-Prince. La sinistre rumeur courait que plus de 3 000 détenus s'en étaient échappés. Les scènes de pillages perpétrés par des malfrats armés de machettes diffusées par les chaînes de télévision faisaient peur, il fallait à tout prix sécuriser la délivrance

1. La Mission des Nations unies pour la stabilisation en Haïti, en abrégé Minustah, est une mission de maintien de la paix en opération de 2004 au 15 octobre 2017. La composante militaire de la mission est dirigée par l'armée de terre brésilienne. Le commandant de la force est brésilien.

de l'aide humanitaire et empêcher les débordements. Pourtant, à Jimaní, nous étions loin du climat d'émeute qui régnait dans la capitale haïtienne. Dans les rues qui n'avaient jamais connu un tel afflux de population, des survivants du séisme erraient dans un état d'hébétude. Les équipes étaient débordées, peu encadrées, et leur action mal coordonnée.

*

Vitre baissée, je recevais comme une gifle cette odeur de détresse, de sueur, de sang, de peur. Et l'espace d'un instant, je doutai. Saurais-je faire face, serais-je d'une quelconque utilité, n'avais-je pas péché par orgueil ? Je me tournai vers Domingo qui scrutait le navrant spectacle avec effarement. Il me renvoya un regard dans lequel je lus qu'il n'y avait pas de place pour les questionnements, simplement pour l'action. Mes angoisses s'envolèrent. Durant une fraction de seconde, je m'émerveillai qu'après tant d'années un simple regard silencieux de Domingo suffît à me faire tenir droite et à me rendre ma combativité.

Nous fûmes dirigés vers un hangar de toile de la Croix-Rouge qui recensait l'aide humanitaire des particuliers. Nous parcourûmes en plus de trente minutes ce qui en temps normal nous en aurait pris trois. Puis vint la tâche ingrate du déchargement à laquelle je m'attelai, aidée de Gaya, avec plus de bonne volonté que d'efficacité. Je rendis rapidement les armes quand mes reins lancèrent des signaux d'alarme et me contentai de biffer sur une liste ce que nous débarquions. De son côté,

Domingo s'était mis en quête des antennes médicales où il pourrait être plus utile.

La nuit était tombée, nous ne savions ni où nous restaurer ni où dormir. Gaya trouva un lit de fortune dans une des tentes aménagées pour les secouristes internationaux. Domingo se rappela le fermier de La Descubierta qui nous avait loué un cabanon lors d'une escapade au lac Enriquillo, quelques étés plus tôt. « Avec un peu de chance, s'il est libre, il acceptera de nous le louer de nouveau. » Encore vingt kilomètres d'une route de campagne semée de nids-de-poule. Quand le fermier apprit la raison de notre présence dans la région, il refusa fermement toute forme de rémunération et nous proposa même d'utiliser sa voiture en cas de besoin. Au moment où Domingo, dodelinant de la tête, s'assoupit dans mes bras, je me dis que j'étais à ma juste place.

*

Le lendemain, les choses sérieuses commencèrent. Il y avait tant de tâches, tant de besoins, que c'en était vertigineux. Domingo fut affecté au tri des réfugiés au poste-frontière. Après un rapide diagnostic, il les dirigeait vers l'antenne médicale correspondant à leur cas, munis d'un laissez-passer. À Gaya échut une mission de prise en charge des enfants dans une nursery de fortune.

De mon côté, je n'étais guère utile aux soignants. Le Comité international de la Croix-Rouge avait mis en place un site Internet pour aider les survivants du séisme à rétablir le contact avec leurs proches, en Haïti comme à l'étranger. Je fus affectée à l'antenne locale. Penchée sur un écran d'ordinateur, j'enregistrais noms et demandes, un emploi de gratte-papier plus conforme à mes capacités.

Tous les bâtiments administratifs, gendarmerie, caserne de police, gymnase, avaient été réquisitionnés. Le terrain de base-ball n'était plus qu'une marée d'abris de toile provisoires, un camp précaire où s'entassaient quelques milliers de personnes. Chaque jour des camions arrivaient, charriant leur lot de malheur. Les Haïtiens affluaient, entassés dans des véhicules de fortune, sans autre possession que la chemise qu'ils portaient sur le dos. Certains étaient blessés plus ou moins grièvement, d'autres indemnes. Mais tous avaient cette expression plate, ce regard flou des vagabonds, le regard de ceux qui ont laissé le pire derrière eux et se demandent si c'était la bonne chose à faire. Ils étaient désormais à l'abri, mais n'avaient plus rien à quoi se raccrocher. Un écho du visage de David après la catastrophe, celui qu'il prenait parfois, quand, inerte, il se laissait envahir par les images d'apocalypse.

Dans cette ambiance aux relents méphitiques, il y avait la solidarité entre soignants et humanitaires de tous bords, de toutes nationalités, un ciment si puissant qu'il effaçait toute différence, toute dissension. Je renouais curieusement avec l'esprit d'entraide et de partage dont la mémoire remontait à mes années de kibboutz, plus de quarante ans auparavant. Occupés du matin au soir, nous ne nous retrouvions avec Domingo qu'en fin de journée pour un repas pris en commun autour de grandes tables avant de regagner notre cabanon de La Descubierta pour nous écrouler, recrus de fatigue, sous notre moustiquaire, en paix avec nous-mêmes.

*

Au petit matin du 20 janvier, huit jours après les premières secousses, la terre se révolta de nouveau, nous rappelant que c'était elle qui décidait, nous ramenant à notre condition d'invités temporaires. La veille au soir, entre épuisement et maelström d'émotions, nous ne l'avions pas remarqué, mais il flottait dans l'air une odeur de terre en attente, comme une fragrance de catastrophe imminente. La lourdeur moite de l'atmosphère, le silence oppressant étaient autant de signes avant-coureurs d'un nouveau désastre. À 6 heures du matin, la terre se cabra en de violentes secousses. À Jimaní, nous n'en ressentîmes que de faibles échos, mais ce qui restait de la capitale haïtienne fut réduit à l'état de ruines, occasionnant de nouvelles pertes humaines. Les informations qui nous parvenaient de Port-au-Prince étaient catastrophiques. Le chaos était total. L'afflux de réfugiés reprit de plus belle.

Domingo travaillait désormais dans une antenne médicale, le tri des blessés ayant été attribué à moins expérimenté que lui. Jour après jour, je constatai qu'au lieu de le décourager, l'ampleur de la tâche qui ne décroissait jamais lui était un puissant stimulant.

— Un blessé en chasse un autre, une douleur, une autre, une urgence, une autre. Soigner, sans penser à rien d'autre… Le soulagement que nous pouvons apporter est dérisoire, toute notre bonne volonté n'y suffit pas, mais nous tenons. C'est quand on se croit à bout de ressources que l'urgence donne de la force et de l'énergie. Nous avons bien fait de venir, nous sommes utiles, ajoutait-il avec une note de fierté.

La fatigue se lisait sur ses traits tirés, pourtant il ne se décourageait pas. En quelques jours, il avait pris dix ans et, paradoxe, il paraissait rajeuni. C'était un apostolat qui l'absorbait tout entier sans lui laisser aucun répit. À la fin de la journée, je le sentais satisfait d'avoir fait ce qu'il pouvait, de toutes ses forces. Domingo retrouvait tout le sens de sa vocation. Je découvrais qu'il avait un cœur encore plus grand que je ne le pensais. Il était dit qu'après quarante ans de vie commune, cet homme, qui était le mien, me surprendrait encore. Nous renouions pas à pas avec la complicité des tournées sanitaires que nous faisions ensemble autrefois dans le *campo*. Nous avions franchi bien des caps, livré bien des batailles, et c'en était une de plus. Je me réjouissais, car j'avais, chevillé au cœur, le sentiment que jamais nous ne serions un couple miné par les années et le quotidien.

Plus tard, la presse internationale vanterait la mobilisation exemplaire des Dominicains. On distribuerait quelques médailles du mérite, on clamerait que la catastrophe avait rapproché les deux peuples, les deux nations.

Un rapprochement bien éphémère qui n'augurait en rien les luttes à venir entre les deux pays.

4

Une peluche sale

Janvier 2010

Il était assis par terre, tout seul au milieu de la pièce. Deux ans tout au plus. Serrant contre son cœur une peluche sale dont les longues oreilles retombaient sur son bras nu. De petites tresses régulières se dressaient sur son crâne de bébé, dégageant les traits réguliers de son visage tout rond et faisant ressortir ses grands yeux noirs en amande et l'esquisse d'un nez minuscule. Sous ses sourcils froncés, son regard interrogeait le vide autour de lui avec une résignation d'adulte. Il ne pleurait pas, il ne bougeait pas. Il était juste là. Il attendait.

Gaya franchit le seuil de ce qui tenait lieu de jardin d'enfants d'un pas martial, et quand son regard buta sur le gamin, de façon incompréhensible son cœur rata un battement. En quelques jours à Jimaní, elle en avait croisé des petits, certains blessés, certains dénutris, d'autres tout simplement seuls au monde, amenés là à la sauvette par une bonne âme qui fuyait l'indicible, pour tenter de secourir ce qui pouvait l'être. Elle les avait changés, nourris, soignés, consolés, amusés. Alors pourquoi celui-là, ce bébé perdu, qui pour tout vêtement portait une culotte grise de crasse qui demandait à être changée, pourquoi faisait-il battre son cœur à ce point ?

Gaya ne se posa pas la question. Fondit sur lui et le prit dans ses bras. Il y eut comme un relâchement du petit corps contre elle, l'enfant passa un bras autour de son cou, nicha sa tête au creux de son épaule et, sans lâcher l'oreille de sa peluche, planta résolument son pouce dans sa bouche.

*

Gaya voulut laisser le bébé aux bons soins d'une religieuse. Quand elle saisit le petit bras qui agrippait son cou pour s'en dégager, la minuscule menotte se resserra sur une mèche de ses cheveux. Elle sentit la crispation du corps. Comme un refus. De grosses larmes silencieuses se mirent à rouler sur les petites joues noires, que rien ne semblait pouvoir arrêter. Gaya s'accroupit à côté de l'enfant et agita sous son nez une espèce de hochet rouge qui faisait un bruit de crécelle. Il n'eut pas un sourire, il la regarda juste bien en face, ses grands yeux mouillés chargés d'incompréhension. Vaincue, Gaya le reprit dans ses bras et se mit en quête d'un porte-bébé. Elle dénicha un foulard qui pouvait en faire office, ficela le petit contre elle et partit consulter les registres.

Qui avait déposé cet enfant dans la nursery ? Avait-il un nom ? des parents ? Avait-on quelque part la moindre idée de son identité ? Comme elle s'en doutait, ses questions se heurtèrent à un mur. Aucune réponse. On ne savait même pas comment cet enfant était arrivé là.

— Probablement une femme qui l'a pris sous son aile et nous l'aura déposé sans rien dire, pour s'en débarrasser. Dans la confusion, ce n'est guère étonnant. Il ne sera ni le premier ni le dernier. Il va falloir l'inscrire sur la liste des « non identifiés ».

Les accents las et résignés de la religieuse broyèrent le cœur de Gaya. À la pensée du sort de ces orphelins qui seraient bientôt confiés aux services sociaux et rapatriés vers une capitale où plus rien ne fonctionnait, elle frémissait. Qu'est-ce qui les attendait ? Dans le meilleur des cas, des conditions de vie déplorables dans un orphelinat insalubre. Dans le pire… Tout le monde le savait : Haïti rencontrait un gros problème avec le trafic illégal d'enfants, des orphelins vulnérables et susceptibles de devenir au mieux des enfants de la rue, au pire des esclaves sexuels, sans compter le commerce d'organes, tous fléaux contre lesquels tentaient de lutter les associations humanitaires déployées dans le pays.

Gaya secoua la tête.

Non, pas lui.

5

Une douleur qui tapisse le corps

Janvier 2010

Quand Gaya débarqua au cabanon avec l'enfant ficelé contre elle, je sus que les ennuis allaient commencer. Ce n'était rien qu'une grosse bosse tassée au fond de son écharpe de portage d'où émergeait un bouquet de petites torsades de cheveux.

— Salut, M'man, rude journée aujourd'hui ! Je suis vannée, lâcha-t-elle en souriant à travers sa fatigue.

Elle se laissa tomber sur une chaise branlante.

— Bonjour, ma chérie, tu nous ramènes une invitée ?

— Un invité, plutôt, dit-elle en extirpant avec une fierté non dissimulée un tout petit garçon de son porte-bébé improvisé.

L'enfant se mit à battre énergiquement de ses petites jambes pour se dégager de sa prison de toile. Gaya l'assit sur ses genoux et je découvris l'adorable petite bouille ronde d'un angelot noir. Des joues rebondies, une bouche rose en cœur parfait, des yeux en amande étirés vers les tempes et frangés de longs cils recourbés, un crâne hérissé de minuscules tresses, des petites menottes potelées au bout desquelles pendait un lapin à grandes oreilles qui avait connu des jours meilleurs. Je ne pus retenir un sourire et lui tendis une main. Sans hésiter, il agrippa mon pouce et se mit à le tirer avec vigueur en ébauchant à son tour un sourire.

— Qui est ce petit bonhomme ?

— Je n'en ai pas la moindre idée.

Loin d'être dramatique, le ton de Gaya était empreint d'une note de joie victorieuse.

— Je l'ai trouvé ce matin, abandonné à la nursery, il m'a tendu les bras et depuis on ne se quitte plus. J'ai bien tenté de trouver une trace de son enregistrement, mais *nada*. Personne ne sait rien à son sujet. Alors je l'ai pris sous mon aile. N'est-ce pas, Angel ? ajouta-t-elle en se penchant de côté vers l'enfant qui renversa sa tête contre elle avec un gloussement de plaisir.

— Mais comment connais-tu son prénom alors ?

— Oh, c'est moi qui l'ai baptisé. Tu ne trouves pas que ça lui va bien ? Est-ce qu'il n'a pas l'air d'un petit ange ?

Devant tant de désinvolture, les bras m'en tombaient.

— Gaya, un enfant n'est pas un jouet. Il a forcément une maman qui le cherche. Il est bien coiffé et bien habillé…

— Les vêtements, c'est moi qui les lui ai dénichés. Il ne portait qu'une couche sale quand je l'ai trouvé et il était couvert d'une croûte de poussière. Quant à la coiffure, oui, on s'est certainement occupé de lui, là d'où il vient. Mais je pense qu'il est arrivé dans le flot des survivants, sans doute pris en charge par une bonne âme qui l'a déposé en douce à la nursery. Pour en être déchargée, pour qu'on s'en occupe.

Je me fis la réflexion silencieuse que Gaya pensait ce qui l'arrangeait.

— Bon, maintenant que tu me l'as présenté, il faut le ramener au centre pour les enfants, ce petit.

Gaya ignora ma remarque et haussa les épaules, comme à son habitude quand elle voulait éluder.

— Tu sais quand Papi revient ?

— Je n'en ai pas la moindre idée, mais il ne devrait plus tarder. Depuis quelques jours, on a pris l'habitude de dîner ensemble ici. Ça nous fait un moment d'intimité.

— Je vais l'attendre et dîner avec vous, si tu veux bien. J'avalerais un éléphant !

— Gaya, ramène le petit avant qu'ils ne ferment le centre pour la nuit.

— Nan, je voudrais que Domingo l'examine pour être sûre que tout va bien. Et je le garderai avec moi ce soir. Il sera mieux qu'abandonné dans un dortoir lugubre au milieu d'autres enfants qui pleurnichent.

— Gaya, tu sais que tu n'as pas le droit…

— Je m'en fiche. Tu crois que dans ce capharnaüm le droit existe encore ? Chacun fait comme il peut ou comme il veut. Du moment que ça rend service.

Je préférai garder mes remarques pour moi plutôt que de mettre de l'huile sur le feu. Je savais qu'avec Gaya les choses pouvaient très vite déraper. De toute façon, quand elle avait décidé quelque chose, bien malin qui pouvait la faire changer d'avis. J'entrepris de préparer une purée de légumes pour son petit protégé. À la vue de l'assiette, il plissa des yeux gourmands, et à la première cuillerée, il lâcha un gloussement de ravissement. L'émotion me brouilla la vue.

*

Domingo rentra au cabanon épuisé, comme tous les soirs depuis notre arrivée. Je ne le questionnais plus, sachant que chaque jour il affrontait l'horreur des âmes et des corps disloqués. Nous avions tacitement décidé d'observer une trêve le soir, d'essayer d'oublier pour un bref instant les drames que nous cotoyions.

Sans sourciller, il ausculta délicatement le petit garçon sous l'œil attentif de Gaya.

— Dix-huit mois, deux ans, pas plus, estima-t-il en observant les petits éclats blancs qui perlaient à ses gencives roses. Rien à signaler, il se porte comme un charme. Il faut juste veiller à ce qu'il soit bien nourri et bien hydraté. Tu peux le ramener sans craindre pour lui. En attendant, tu pourrais donner un bain à sa peluche, ajouta-t-il en riant.

Je crus bon d'intervenir :

— Ce n'est pas une bonne idée de laver son doudou, il porte sans doute des odeurs qui le rassurent, celle de sa mère par exemple…

Gaya plissa le nez, une grimace que j'avais appris à reconnaître et qui signifiait que quelque chose la contrariait.

L'enfant s'était endormi, calé sur un coussin au fond d'une *mecedora*, son lapin sale serré contre lui, et nous partagions un dîner frugal, plantains, poissons frits et mangues. Domingo, qui avec son intuition habituelle sentait bien que quelque chose se tramait, décida de crever l'abcès.

— Bon, Gaya, tu accouches, oui ou non ? bougonna-t-il, la fourchette en l'air. Inutile de tourner autour du pot.

Gaya se mordit la lèvre, prit une grande inspiration, puis se jeta à l'eau :

— J'ai l'intention d'adopter Angel !

Elle nous toisa, un air de défi très perceptible dans le regard. Je mis quelques secondes à digérer l'information, bien que je me fusse attendue à quelque chose de cet ordre depuis son arrivée tambour battant, un enfant sur la hanche.

— Et tu as décidé ça là, comme ça, en un clin d'œil ?

— Mami, tu sais bien que j'ai envie d'un enfant depuis longtemps, et comme tu sais… les hommes et moi…

— Ce n'est pas la réponse à la question que je t'ai posée !

— Écoute, franchement je ne saurais pas l'expliquer, c'est venu d'un coup, comme une évidence. Quand je l'ai vu, c'était lui !

Domingo intervint, impavide :

— De toute façon, ce n'est pas possible, ce bébé a probablement des parents qui le cherchent.

— Ou qui sont morts ! Car je l'ai trouvé tout seul, abandonné. Et j'ai cherché à savoir tout l'après-midi, figurez-vous. Tu peux me croire, Papi, j'ai harcelé tous les bureaux, examiné tous les registres, tous les fichiers sans rien trouver. Il est seul au monde !

— Ça, ma petite, tu n'en sais rien ! Tu vois ce qui t'arrange.

— Je ne suis plus ta petite ! Je suis une adulte qui décide de sa vie, et depuis bien longtemps.

— Mais enfin, Gaya, ça n'est pas possible, il y a des recherches, des démarches à faire, des institutions, des réglementations…

Le visage crispé, Gaya me regarda bien en face. La colère se répandit sur son visage comme un incendie, et tel un coq qui attaque, le bréchet en avant :

— Ah oui ! Quand ça t'arrange, elles existent les réglementations. Mais dans ce pays, tout le monde ferme les yeux sur la situation des milliers d'apatrides haïtiens qui hantent nos plantations de canne et nos chantiers. On se contrefout de leurs gosses, ces enfants sans identité, sans nationalité, ces gamins qui n'existent pas…

— Gaya, ce n'est pas vrai ! Je ne te permets pas ! Je… Et puis ça n'a rien à voir…

Gaya avait raison sur un point : notre pays vivait un drame social qui trouvait ses racines dans l'exode rural et l'émigration haïtienne. J'avais écrit plusieurs tribunes sur la situation déplorable des Haïtiens des *bateyes* où les familles s'entassaient dans des cases sordides avec pour tout avenir des corps qui s'épuisaient au travail sans répit, et sur le drame des enfants nés de ces travailleurs en situation illégale. J'avais même manifesté dans les rangs d'une association de défense de leurs droits menée par Sonia Pierre, une avocate haïtiano-dominicaine. Gaya ne pouvait pas dire que je fermais les yeux. Et quoi qu'il en soit, sa position par rapport à cet enfant me paraissait plus que condamnable. Mais comme ce n'était de sa part qu'une manœuvre pour défendre son indéfendable position, je ne jugeai finalement pas utile de me justifier. D'ailleurs Domingo, posant une main apaisante sur la mienne, s'empressa de le faire pour moi.

— Ta mère a raison, tu es injuste. Beaucoup de monde lutte contre ces injustices, elle plus que d'autres. Mais là n'est pas le sujet. On peut savoir ce que tu comptes faire exactement ?

— Je vais faire des démarches pour l'adopter.

— Oui, j'ai bien compris. S'il est adoptable. Et en attendant ?

— Je le garde avec moi.

Je m'interposai, excédée par l'obstination de ma fille :

— Tu t'entêtes comme une gamine ! Ce serait un enlèvement, Gaya, en bonne et due forme ! C'est très grave, passible de poursuites…

— Je suis prête à prendre le risque.

Gaya croisa les bras sur sa poitrine, signe que la conversation était terminée pour elle. Elle se leva, hargneuse. Sans un mot de plus, elle récupéra le bébé et le glissa contre elle en prenant garde de ne pas le réveiller avec une douceur des gestes et un luxe de précautions qui ne lui étaient pas familiers et qui, malgré moi, m'émurent. Domingo, lui, ne cilla pas, ne broncha pas. Il se contenta de lancer :

— La nuit porte conseil. Bonne nuit, ma grande !

Gaya se retourna vers nous, sa main posée comme une aile délicate sur la boule que formait le petit corps pelotonné contre elle. Son visage était grave.

— Maman, tu as eu trois enfants. Tu ne sais pas ce que c'est, toi, que le manque d'enfant. L'envie d'un enfant qui ne vient pas. Qui ne viendra jamais. C'est une douleur qui tapisse le corps et l'esprit d'une infinie tristesse, sans jamais relâcher son emprise. Ça tord le ventre, ça fait pleurer, ça mine la vie. Mais ça, tu ne peux pas le comprendre.

Sur ces mots, Gaya tourna les talons, une grande lassitude dans les épaules, et son ombre disparut dans la chaude obscurité de la nuit. La détresse que j'avais lue dans son regard, la souffrance révélée par ses paroles que je n'avais jamais soupçonnée comprimaient mon cœur comme un étau. À côté de moi, Domingo, muet, les yeux humides, n'avait pas bougé. Il posa sur moi un regard triste d'une douceur qui me bouleversa.

La lumière de la véranda éclairait la pénombre d'un halo jaune. Nous fîmes quelques pas dans le jardin et écoutâmes décroître le bruit du moteur du 4 × 4 de Gaya qui se perdait dans la nuit. Bientôt on ne l'entendit plus. Au-dessus de nous, la lune et les étoiles formaient une voûte céleste si parfaite qu'on eût dit un décor de cinéma.

Je posai ma tête sur l'épaule de Domingo qui resserra son bras autour de mes épaules. Je frissonnai. Entre nous les mots de Gaya résonnaient encore, la plainte d'une lionne blessée.

6

Un déshonneur pardonnable

Janvier 2010

Les mots de Gaya, « Je suis prête à prendre le risque », résonnaient comme une promesse d'ennuis à venir. Le lendemain soir, anxieuse et prête à en découdre, je guettai son arrivée. En vain. Nous ne la revîmes que le surlendemain. Dans la journée, j'avais tenté de l'appeler. Son téléphone restait muet, sa messagerie était pleine. Elle arriva à La Descubierta alors que nous nous apprêtions à nous mettre au lit. La nuit était tombée depuis longtemps. Contrairement à ce que je craignais, le petit n'était pas avec elle. J'en fus bêtement soulagée. Elle était revenue à la raison. Le soulagement fut de courte durée.

— Salut, 'Pa, salut, 'Man ! Je suis venue vous prévenir que je rentre à Samaná, annonça Gaya. Julia est débordée, elle a besoin de moi. Et un groupe de religieuses vient d'arriver d'Espagne pour prendre le relais auprès des enfants. Je ne suis plus indispensable.

— C'est bien que tu sois venue, que tu aies apporté ta pierre à l'édifice, même si tu n'es pas restée très longtemps.

Je savais Domingo heureux d'avoir partagé cela avec sa fille. Moi, je me retenais de poser la question qui me brûlait les lèvres, redoutant la réponse de Gaya. Ce fut Domingo qui demanda :

— Et le petit ?

— Angel ? Il dort dans la nursery.

Elle faisait exprès de répondre à côté de la question en suspens, je le voyais à son air buté. Elle n'avait pas renoncé à ce prénom dont elle avait baptisé l'enfant et cela m'alerta. Un silence obstiné s'étira entre nous.

— Je l'emmène avec moi, finit par lâcher Gaya entre ses dents.

— Tu n'en as pas le droit, m'étranglai-je avec une grimace de désapprobation.

— Je le prends, aboya Gaya.

Il y avait de l'orage en elle et elle faisait son possible pour le contenir. Elle avait son visage de bataille, crispé, mâchoires tendues, lèvres serrées. Toute trace d'insouciance avait disparu dans sa voix, son ton presque menaçant n'admettait pas de réplique. J'en avais le souffle coupé. Les arguments se bousculaient dans ma tête. Mes yeux la sondèrent. Gaya était l'image même d'une détermination sans faille.

— Tu ne peux pas faire une chose pareille, il faut réfléchir avant d'agir, observa Domingo.

— Je ne suis pas là pour me faire chapitrer, rétorqua Gaya d'un ton cassant. C'est tout réfléchi. Le rendre, je ne pourrais pas. J'espérais que vous seriez de mon côté, ajouta-t-elle en s'adoucissant.

*

Ce fut comme un conseil de guerre. Gaya affectait un calme qu'elle était loin de ressentir, j'en aurais mis ma main au feu. Sans état d'âme, elle n'hésitait pas à tordre la réalité pour l'accorder à sa vision des choses. Nous connaissions assez notre fille pour savoir qu'il serait impossible de la faire revenir sur sa décision. Je m'obligeai à raisonner hors de toute émotion, alignant des arguments rationnels, mais peu à peu je perdis pied et capitulai. Je maudissais mon caractère empreint d'une certaine faiblesse et l'impuissance de Domingo, mais que pouvions-nous faire ? Gaya était adulte et si elle était capable de se mettre dans le pétrin toute seule, elle devrait aussi s'en sortir toute seule. Au mieux aidée de Julia. Je refusais de me faire la complice d'un enlèvement d'enfant. Mais je me rendais compte que, de fait, Gaya avait fait de nous ses complices rien qu'en nous informant de ses intentions.

À chacun de ses arguments, nous échangions des regards circonspects et entendus. Domingo ne se départit jamais de ce sourire affectueux et indulgent sous lequel il cachait ses préoccupations. Pouvions-nous dénoncer notre propre fille ? À défaut de suivre la voie de la sagesse, nous devions emprunter celle de la prudence. Certes mentir n'est pas honorable, mais quand la vérité doit entraîner un immense désastre, mentir est un déshonneur pardonnable.

Je me demandais ce qu'aurait fait ma mère. Almah avait toujours su s'y prendre avec les animaux rétifs.

Avec les gens aussi. Aurait-elle tergiversé ? Se serait-elle jetée tête baissée dans l'aventure en soutenant sa petite-fille ? Pour l'amour des siens, je savais ma mère capable de braver les interdits, de faire n'importe quoi, même quelque chose de répréhensible. Elle restait mon modèle absolu, celui vers lequel j'essayais de tendre. Peu à peu les barrières en moi cédaient.

Je me dis que l'histoire allait se répéter. Comme Gaya l'avait été dans son enfance, cet enfant serait coupé d'une partie de son histoire familiale. J'essayais de me rassurer en me disant que ce n'était que temporaire, qu'au fond c'était une bonne action, extraire un enfant de l'enfer des orphelinats haïtiens qui, s'il s'avérait qu'il était effectivement seul au monde comme Gaya le prétendait, en feraient au mieux un candidat à l'adoption.

J'étais vaincue d'avance. Par amour pour ma fille, j'allais accepter de fermer les yeux sur une action grave que je réprouvais.

Gaya prit des engagements solennels : retrouver l'identité du petit, rechercher sa famille quoi qu'il lui en coûtât, faire les démarches pour une adoption en bonne et due forme le cas échéant. Mais je savais qu'elle se mettait en défaut par rapport à la loi et qu'elle risquait gros.

Elle quitta Jimaní et regagna Samaná sans encombre, le petit, que j'avais du mal à appeler Angel, sagement endormi dans le siège auto qu'elle avait réussi à dégoter Dieu sait comment.

Nous restâmes encore une semaine à la frontière avant de regagner Sosúa, brisés par des émotions complexes et complices d'un enlèvement.

*

Gaya fit ce qu'elle avait promis.

Du moins, je veux y croire de toutes mes forces.

Dans les mois qui suivirent, elle remua ciel et terre, fit le siège de la légation haïtienne à la capitale, du consulat de Puerto Plata, des ONG présentes de chaque côté de l'île. Elle fit même un voyage à Port-au-Prince dévasté pour tenter de retrouver les parents d'Angel. Sans succès. La détermination qu'elle portait vaillamment força mon admiration.

Après huit mois de démarches et de batailles stériles, elle jeta l'éponge joyeusement et nous annonça, rayonnante, qu'elle et Julia démarraient les démarches de l'adoption. Julia était folle de bonheur. Le visage de bébé d'Angel avait laissé la place à celui d'un garçonnet à l'ovale moins rebondi, plus décidé. Un petit garçon noir qui allait grandir dans un pays où la nuance de couleur de peau figurait sur la carte d'identité, un petit garçon qui allait avoir deux mamans.

7

Menu menu

2010

— J'espère bien que tu vas organiser une fête à tout casser !

Qu'Almah se projetât dans l'avenir à son âge me paraissait d'un formidable optimisme. Et qu'elle attendît la fête de son centenaire avec la fébrilité d'une gamine m'enchantait.

En planifiant avec elle le programme des réjouissances, je renouai avec la complicité d'instants privilégiés qui n'appartenaient qu'à nous. J'avais laissé passer les heures chaudes de soleil implacable et nous sirotions un thé de gingembre au miel dans la douceur de la fin d'après-midi.

— Pour les invitations, je te laisse faire, il n'y a plus personne de ma génération, décréta Almah avec une résignation qui hésitait entre désolation et amusement. À part Myriam, ajouta-t-elle, mais elle ne viendra pas, son arthrose la fait beaucoup souffrir.

— Elle ne manquera ça pour rien au monde, j'en suis sûre. Elle viendra avec ses deux chevaliers servants, Nathan et Arturo. Donc, je fais une liste et je te la soumets.

— Inutile, je te fais entièrement confiance. Mais pas trop de monde, hein, la foule ça me fatigue vite. Ce n'était pas comme ça autrefois, mais maintenant, à mon âge…

— Et pour la nourriture ? On ne pourra pas faire l'économie d'un agneau à la broche. Tu sais que c'est une tradition des fêtes dominicaines. Je crains qu'on ne puisse y couper !

Almah rosit. Elle esquissa un sourire gourmand, et au milieu de sa joue, là où autrefois jouait une fossette, se dessina une longue ride.

— Va pour l'agneau… Tu veilleras simplement à ce que ce soit haché menu menu pour moi ! Et prévois du poisson et aussi des crevettes, de bonnes grosses crevettes de Sanchez. Et pour les desserts, des glaces, c'est plus facile à manger, et une Dobosch Torte, comme celle de Selma Wellisch, tu sais, avec une croûte de caramel et six couches de chocolat.

Un goût d'enfance s'invita sur ma langue au souvenir de ce délice à la recette secrète dont nous régalait Selma. Autrefois sacrée meilleure pâtissière de Sosúa, elle était devenue un véritable mythe. « Un gâteau à la Selma », « aussi bon que ceux de Selma », « ça ne vaut pas la tarte de Selma » ; à la seule mention de son nom, mes papilles s'émoustillaient.

— Et du champagne, j'ai toujours adoré le champagne !

— Évidemment, le champagne s'impose.

— Des flots de champagne, hein, français bien sûr.

— Le meilleur, cela va sans dire, fais-moi confiance !

— On fera une pyramide de coupes, comme pour les mariages.

Ses yeux brillaient, tels ceux d'un enfant à la perspective d'un cadeau. J'acquiesçai, tandis qu'une vague de tendresse me submergeait. À quel moment les rôles s'inversent-ils ? Quand devient-on la mère de sa mère ?

— Et ma tenue ? Je voudrais une belle robe bleue, un bleu très clair, qu'en penses-tu ?

— Assorti à tes yeux, ce sera parfait !

— Il faudra un peu de musique aussi. Si tu pouvais retrouver cette valse viennoise…

— Ah non, Maman, pitié, pas la *Zigeunerweisen* ! C'est bien trop triste !

— C'est une façon d'inviter ton père à la fête. C'était notre mélodie. Je vais te faire une confidence. Il y a toujours une heure où je pense à Wil. Une heure fraîche et tendre, une heure idéale, quand la nuit est tombée et que les étoiles brillent dans le ciel. C'est comme si nous avions un rendez-vous. Et figure-toi qu'il est toujours là. Il n'aurait aucune excuse d'ailleurs !

Je lui souris avec indulgence. Va pour la *Zigeunerweisen* ! Almah convoquait de plus en plus fréquemment mon père à ses côtés. Ce qui m'alertait quant à son état d'esprit. Doucement, elle se rapprochait de lui.

— Oh, tu te souviens quand tu faisais le mur avec Frizzie pour aller danser au Titanic ? demanda-t-elle tout à trac.

Je hochai la tête en souriant. Ça aussi, depuis quelque temps, c'était fréquent. Almah passait du coq à l'âne.

Un mot faisait surgir une idée, un souvenir, elle s'égarait dans les méandres de ses pensées et avait du mal à revenir sur le chemin de la conversation initiale.

— Et comment ! On attendait que vous soyez endormis pour sortir en douce.

— On n'était pas dupes avec ton père. Vous n'étiez pas très discrets ! Et tu sais ce qui me ferait vraiment plaisir ?

Je secouai la tête.

— Un feu d'artifice ! On pourrait le tirer depuis la butte au flamboyant. Ce serait vraiment formidable.

Tout ce qui enthousiasmait ma mère me convenait. Ce serait sa grande fête. Son ultime occasion, et la plus exceptionnelle, de tenir le devant de la scène. Donc un feu d'artifice ! Rien n'était trop beau pour Almah.

Elle m'adressa un sourire lumineux qui la rajeunit de vingt ans et, l'espace d'une respiration, je la vis telle qu'elle était autrefois aux yeux des hommes qui l'avaient aimée. Belle, malicieuse, impériale, irrésistible.

De l'agneau au feu d'artifice, je me retrouvais avec une liste de choses à faire longue comme le bras, à laquelle je m'attelai avec entrain et détermination.

*

J'avais pris l'habitude de déjeuner avec Almah, de la laisser se reposer puis de la retrouver pour partager un thé après sa sieste. Le plus souvent nous discutions. Elle était bien trop fine pour ne pas comprendre que je sentais une urgence à poser toutes mes questions. À tenter d'essorer sa mémoire pour ne laisser aucun pan de son histoire dans l'obscurité, à éclairer d'un projecteur indiscret le moindre de ses souvenirs.

Parfois elle me cueillait avec un brio qui n'appartenait qu'à elle et me désarçonnait.

— Connais-tu Wittgenstein, Ruth ? Ton père l'adorait.

Un léger sourire flottait sur ses lèvres. Je secouai la tête. J'avais toujours déploré de ne pas avoir l'érudition encyclopédique de mes parents, et surtout de ne pas avoir eu le courage d'essayer de me la forger. J'esquissai un vague mouvement de la main qui signifiait « J'en ai entendu parler ».

— C'est un philosophe autrichien. Juif. Il a fini sa vie en Angleterre. Il a dit : « Notre vie est tout autant sans fin que notre champ de vision est sans limites[1]. »

Cette capacité qu'avait Almah à retenir des poèmes, des citations, des noms... Sa mémoire phénoménale n'avait rien perdu de son acuité.

— S'il ne se trompe pas, Wittgenstein, ma vie atteint sa limite car mon champ de vision se restreint. J'y vois de plus en plus mal. Je me demande si ce ne serait pas l'âge ? ajouta-t-elle en riant fort, comme pour désamorcer tout apitoiement. Je ne savais pas comment te le dire, c'est fait. Je crois que bientôt je serai aveugle.

Voilà, aussi simplement que ça, une citation philosophique à l'appui, ma mère m'apprenait qu'elle perdait la vue. Elle s'extirpa péniblement de sa *mecedora*, refusant la main que je lui tendais.

— Qu'est-ce que tu crois ? Je ne suis pas impotente, enfin pas encore. Et j'ai mon tuteur pour vieillard,

1. Ludwig Wittgenstein, *Tractatus logico-philosophicus*.

ajouta-t-elle en désignant sa canne, je tiens encore sur mes trois pieds.

Son regard bleu lança un éclair d'impertinence et de fierté. Almah se dirigea à petits pas précautionneux vers les trois marches de la véranda.

— Finalement, pour descendre j'aurai besoin de ton bras, capitula-t-elle en m'adressant une petite grimace fataliste.

Puis elle éclata d'un rire clair, sans retenue, en cascade. Son rire d'Almah. L'une contre l'autre, nous fîmes quelques pas rituels dans le jardin qui exhalait son parfum si puissant : terre humide, iode, fruits mûrs, frangipaniers. La nuit commençait à tomber. Le soleil disparaissait peu à peu sur la mer, laissant derrière lui une traînée incandescente. En passant près d'un buisson de fleurs, Almah s'arrêta. Levant sa canne, elle caressa du bout de son index la soie écarlate des pétales d'une fleur de Pâques. Quelques pas de plus et elle effleura le pétale ciré en forme de cœur rouge d'un anthurium au pistil dressé comme un dard jaune.

— Quelle beauté ! murmura-t-elle. Ces couleurs si vives, ces formes étranges, délicates et naïves, comme dessinées d'une main d'enfant. Si je savais peindre…

Elle tourna son regard vers moi. Et dans l'expression infiniment changeante de ses yeux, qui pouvaient passer en une seconde de la mélancolie à l'amusement, je lus une forme de paix. Je la guidai doucement vers la véranda. Dans un coin, le tire-bottes que je lui avais offert bien des années plus tôt gisait, désormais inutile, et à sa vue mon cœur se serra.

8

Kaynahora ! Felicidades[1] *!*

Avril 2011

Personne n'avait fait défaut.

Malgré ses quatre-vingt-dix-sept ans, Myriam avait tenu à faire le voyage. Dans le décompte de ceux qui constituaient le monde d'autrefois d'Almah, il ne restait plus qu'elle. Elle était la plus âgée des invités, un grand écart temporel avec le plus jeune, Angel, qui venait de fêter ses trois ans. Après d'âpres discussions, Almah avait fini par accepter la présence d'un photographe du *Porvenir*. Quant aux disparus, Wilhelm, Svenja, Markus, Heinrich, Mirawek, Aaron, Marisol, Carmela, Jacobo et tous les autres, ils brillaient par leur absence silencieuse.

Quatre générations d'invités piétinaient sur la butte au flamboyant. Une tranchée comme une sorte de haie

1. « Que le mauvais œil soit écarté ! Félicitations ! »

d'honneur se creusa dans le flot, au milieu duquel, impériale dans la longue robe floue bleu pastel que j'avais fait confectionner pour elle, Almah avançait au bras de Frederick. Vaillante malgré tout, malgré son corps à la peine, malgré le voile qui estompait son regard, malgré sa mauvaise jambe qui la déséquilibrait, malgré ses articulations rouillées, malgré sa main noueuse qui tremblotait sur sa canne, malgré son dos douloureux entre ses épaules frêles. Quelque chose d'indicible, peut-être son port de tête ou simplement son allure, trahissait ses racines viennoises. Il n'y avait nulle affèterie en elle. Elle n'en avait pas besoin, elle était naturellement belle, encore aujourd'hui. Pourtant, ultime coquetterie, elle m'avait demandé de lui nouer autour du cou un pendentif de larimar, assorti à ses yeux et à sa robe. Elle dégageait encore une énergie lumineuse que le grand âge avait à peine affaiblie, et, sous l'écume de ses cheveux, si le bleu si beau de son regard avait pâli, délavé par le temps, son regard triomphant était bien un regard de victoire.

Almah avait réussi un nouvel exploit, et finalement qu'y avait-il de surprenant à ça ? Dès sa naissance il était dit que cette femme aurait une destinée extraordinaire, et jamais elle n'avait fait mentir les bonnes fées qui veillaient sur elle. Elle avait parcouru ce long chemin depuis les jardins de Hietzing, elle avait été humiliée, bafouée, meurtrie, trahie. Chaque fragment de sa vie, le moindre épisode, était teinté d'une nuance de magie. Elle avait su retourner en un tournemain toutes les cartes du destin, même quand les étoiles lui étaient contraires. Elle avait évité tous les pièges que la vie lui avait tendus, et chaque fois s'était relevée plus forte.

En la regardant se frayer son chemin à petits pas prudents puis gravir les trois marches de l'estrade où nous avions décidé de la faire trôner, je fus foudroyée par une complexe constellation de sentiments : admiration, respect, envie, fierté, tendresse, amour, dévotion, loyauté, angoisse, perte…

*

Frederick demanda le silence. Almah jeta un coup d'œil sur la feuille où j'avais imprimé en très gros caractères le discours que j'avais écrit pour elle, puis elle la replia. Solennelle, elle s'éclaircit la voix d'un petit toussotement, puis se lança :

« Aujourd'hui, j'ai cent ans. "Un des problèmes de la vieillesse, sauf maladie, c'est qu'on vieillit jeune. La jeunesse revient comme un souffle chaud parce que les contraintes sociales se sont évaporées. L'esprit de liberté trouve un espace mieux dégagé[1]." "On a toujours vingt ans dans quelque coin du cœur !" comme le dit si bien Alexandre Dumas, l'auteur préféré de mon fils – elle adressa un clin d'œil à Frederick. Et croyez-moi, je n'ai pas encore l'âge de la résignation.

---

1. Emprunté à Teresa Cremisi. « Un des problèmes de la vieillesse, sauf maladie ou ramollissement cérébral, c'est qu'on vieillit jeune, et même on meurt jeune. La jeunesse revient comme un souffle chaud parce que les contraintes sociales se sont évaporées. L'esprit de liberté trouve un espace mieux dégagé. Il permet, sur le tard, des idées, des espoirs dont personne ne sait plus que faire. C'est aussi triste que de mourir gentiment gâteux. »

« Je tiens sans doute du chat, car dans l'ancienne Égypte on disait que les chats avaient sept vies. Je me sens aussi comme un dé de cristal dont chaque facette a un reflet différent. Je suis une citoyenne du monde et j'ai vu, j'ai vécu tant de choses, j'ai été tellement de femmes dans ma vie, à me demander si je n'ai pas mille ans plutôt que cent. »

Ces mots n'étaient pas du tout les miens. Ce qu'Almah disait, c'était bien plus beau que tout ce que j'aurais pu écrire.

« Notre vie n'a de sens que si nous aimons, sommes aimés et savons pardonner. En fermant les yeux, je fais défiler le film de ma vie avec bonheur et une immense fierté. J'ai une si belle, une si grande famille, tant d'amis, sans compter tous mes chers disparus qui n'ont jamais cessé de veiller sur moi.

« Je vous remercie tous d'être ce que vous êtes.

« Il y a des moments miraculeux dans une vie, des moments parfaits. Celui-ci en est un.

« Et maintenant, champagne ! *Lehaïm !* À la vie ! »

« *Kaynahora ! Felicidades ! Feliz cumpleaños !* » Ça fusait de toutes parts, tandis qu'Almah désignait du bras la pyramide de coupes où Domingo et Frederick s'efforçaient de faire artistiquement ruisseler le champagne. Ensuite, autour de deux grandes tables rondes, il y eut l'agneau, menu menu pour Almah, les crevettes de Sanchez et les daurades, les glaces, exactement comme elle l'avait demandé. Enfin, un gâteau géant semé d'une multitude de petites bougies fit son entrée, porté par deux serveurs.

— Sapristi ! s'écria Almah, rose de plaisir, quand ils le déposèrent devant elle, c'est une Dobosch Torte à la Selma, ou je ne m'y connais pas !

Son visage, cartographie d'une vie remplie au-delà des mots, arborait une expression de jeunesse retrouvée, joyeuse et presque timide. Son regard agrippa le mien et elle me sourit, de ce sourire large et généreux qu'elle réservait à ceux qu'elle aimait.

— Je ne vais pas pouvoir souffler toutes ces bougies toute seule ! Vous allez tous m'aider.

*

Puis il fallut attendre la nuit noire pour tirer le feu d'artifice.

Je vis Almah dodeliner de la tête et piquer du nez. Angel grimpa à point nommé sur ses genoux, ses paupières frémirent et elle se redressa dans un effort pour ne pas s'assoupir. Le fils de Gaya se blottit contre elle pour regarder les fusées illuminer le ciel de leurs déflagrations colorées. Le chiffre 100 s'inscrivit dans le ciel en signes de feu, arrachant des oh ! et des ah ! émerveillés. C'était le clap de fin du centenaire.

— Mes amis, je vous fausse compagnie. La reine du jour se retire dans ses appartements, s'exclama-t-elle joyeusement à l'adresse de l'assistance, tandis que nous la raccompagnions dans l'abri douillet de son bungalow.

« C'était réussi, vraiment parfait, aucune fausse note. Merci, ma Ruthie, je n'aurais pu rêver plus belle sortie !

ajouta-t-elle en m'embrassant avant de tirer la porte-moustiquaire derrière elle.

*

Le lendemain, à la une de plusieurs quotidiens de la presse régionale, parut une grande photographie d'Almah à côté de sa Dobosch Torte d'anniversaire surmontée de cent petites bougies. Dans son regard pénétrant, on lisait une force joyeuse.

En découpant la photographie pour l'encadrer, je me demandais combien de temps encore Almah allait continuer à défier la vie, à la traverser avec la flamboyance et l'optimisme qui la caractérisaient.

9

Presque sans bagages

Septembre 2011

Jour après jour, semaine après semaine, j'observais Almah, guettant un signe. Elle allait invinciblement vers quelque chose qu'elle tentait d'appréhender, et j'avais le sentiment chevillé à l'âme qu'elle me préparait à son dernier voyage.

Insensiblement, avec une infinie délicatesse.

Souvent, Almah me racontait ses rêves où, disait-elle, le temps s'emmêlait. « Je m'y perds mais j'y mets bon ordre au matin et je retrouve le cap. Maintenant je peux m'offrir le luxe de revenir sur ma vie et de m'y attarder, de voyager dans mes souvenirs. Et même si certains détails se sont effacés, il y a des fragments insubmersibles qui surnagent. Par exemple, j'ai perdu le son de la voix de Wil, mais si je ferme les yeux et que je me concentre, je sens encore le poids de sa main sur mon épaule et l'odeur de son cou. »

Puis elle se ressaisissait.

« La vieillesse n'a pas le temps de s'appesantir sur les chagrins, encore moins de s'y complaire ! » Elle souriait avec une évidente satisfaction, d'un demi-sourire qui relevait le coin gauche de sa bouche. Sur sa joue parcheminée de très vieille dame, la fossette d'autrefois transformée en une ride verticale creusait une parenthèse ouverte.

Parfois elle me demandait : « Que laisserons-nous derrière nous ? » Je regardais ses mains tavelées à la peau fine comme du papier pelure, où les veines bleues dessinaient un réseau qui racontait mille histoires, et patiemment je recensais tout ce qui avait été accompli depuis son arrivée à Sosúa, tout le bonheur vécu et partagé. Elle fermait les yeux en m'écoutant. Un léger sourire flottait sur ses lèvres tandis qu'elle hochait la tête en guise d'assentiment. « Tu as raison, c'est peu et c'est beaucoup, concluait-elle, satisfaite. Ma vie est un grand dessin, plein de couleurs, plein de sens ! J'ai voulu pour vous un monde de tendresse et de sécurité, et je crois bien que j'y suis parvenue. »

Je prenais la pleine mesure du rôle central qu'occupait Almah dans nos existences. Elle qui avait parcouru tant de chemins était bien la protectrice de nos existences, celle autour de qui nos vies s'enroulaient et se déroulaient, celle dont l'avis primait sur tous, celle dont le sourire pansait toutes les plaies, celle dont la fossette signifiait « Tout ira bien ».

Parfois nous nous lancions dans de longues conversations. Almah ouvrait le bal par un anodin « Je me demande si… » ou « Ne crois-tu pas que… ? ». Nous parlions de choses intimes, transmission, héritage, appartenance à un peuple et à une patrie, beauté des choses, essence de la vie. Dans ses yeux passait soudain un bref éclair de mélancolie vite balayé par une résolution : ne jamais apparaître triste, à aucun prix. Puis la discussion dérivait et nous parlions aussi du monde. J'étais toujours stupéfaite de la clarté de ses idées, de l'étendue de son érudition, de la modernité de certains de ses points de vue et de l'ingénuité de ses remarques.

Junot Díaz avait largement mérité son prix Pulitzer avec sa prose décapante ; *La Brève et Merveilleuse Vie d'Oscar Wao*, dont je lui avais lu des extraits, était un sacré ovni littéraire !

Il fallait à tout prix faire respecter le protocole de Kyoto. Notre pays, un des plus menacés au monde par le dérèglement climatique et la montée des eaux…

Personne n'égalerait jamais le moonwalk de Michael Jackson ; sans cette mauvaise jambe et avec quelques années de moins, elle aurait volontiers appris…

Quelle vilaine verrue que cette usine à touristes de Punta Cana !

Franchement ces chanteurs de reggaeton étaient un peu vulgaires…

Ce Niño n'arrêtait pas de nous en faire voir de toutes les couleurs !

Les Yankis seraient-ils assez sages pour réélire Obama ? Quelle humanité, tout de même, ce président !

Le conflit israélo-palestinien était une fatalité, une déroute morale, loin du judaïsme humaniste qui l'habitait…

Et ainsi de suite…

Parfois, dans le calme de sa *mecedora*, Almah se laissait aller à la nostalgie du passé. Pas celle de l'Autriche, non, celle de la vie avec Wil. C'était juste un moment d'égarement et elle revenait très vite au présent. La quiétude de sa vie désormais réglée lui apparaissait comme une prison dont elle ne pouvait plus s'échapper. Son univers s'était rétréci à des choses minuscules. Mais jamais, au grand jamais, elle n'avait eu l'impression de vivre dans un monde qui n'était pas fait pour elle. *Ubi bene ibi patria* : là où tu te sens bien est ta demeure !

Souvent nous restions simplement silencieuses, le nez levé vers la délicatesse des orchidées suspendues dans des noix de coco à demi évidées, observant la forme audacieuse des oiseaux de paradis orange aux pétales pointus et la modestie des fleurs de frangipanier qui sentaient si bon.

De temps en temps, à sa demande, je lui faisais la lecture. Le plus souvent de la poésie, qui, selon elle, nous emmenait d'une main amie sur des territoires qui résonnaient en nous d'un écho familier.

Almah aimait particulièrement un poème de Georges Séféris, un chant d'amour dont elle ne se lassait pas :

C'était cela notre amour.
Il partait, revenait, nous rapportait
Une paupière baissée, infiniment lointaine,
Un sourire figé, perdu
Dans l'herbe du matin ;
Un coquillage étrange que notre âme
Essayait de déchiffrer à tout moment.

C'était cela notre amour, il progressait lentement
À tâtons parmi les choses qui nous entourent,
Afin d'expliquer pourquoi nous refusions la mort
Si passionnément.

Nous avions beau nous accrocher à d'autres tailles,
Enlacer d'autres nuques, éperdument,
Mêler notre haleine
À l'haleine de l'autre,
Nous avions beau fermer les yeux, c'était cela notre amour…
Rien que le très profond désir
De faire halte dans notre fuite[1].

Almah laissait flotter les mots entre elle et moi puis répétait les vers à chaque strophe, avec son inflexion autrichienne un peu rugueuse. J'aimais cette coquetterie avec laquelle elle s'était toujours efforcée d'apprivoiser son accent, mais, bien qu'elle eût passé plus des deux tiers de sa vie dans l'île, elle n'avait jamais pu rouler les R correctement et cela m'émouvait.

Il y avait aussi ce poème d'Antonio Machado dont elle avait raturé deux mots à la mine de plomb pour les corriger, « comme si je l'avais écrit pour Wil ».

Soñé que tú me llevabas
por una blanca vereda,
en medio del campo verde,
hacia el azul de las sierras,
hacia los montes azules,
una mañana serena.
Sentí tu mano en la mía,
tu mano de compañer~~a~~ o,

1. « Fuite », *Poèmes, 1933-1955*, Georges Séféris.

tu voz de niño en mi oído
como una campana nueva,
como una campana virgen
de un alba de primavera.
¡Eran tu voz y tu mano,
en sueños, tan verdaderas !...
Vive, esperanza ¡quién sabe
lo que se traga la tierra!

J'ai rêvé que tu m'emmenais
sur un chemin blanc,
dans la verte campagne,
vers l'azur des sierras,
vers les montagnes bleues,
par un matin serein.

J'ai senti ta main dans la mienne,
ta main de compagnon
à mon oreille ta voix de ~~petite fille~~ petit garçon,
comme une cloche neuve,
comme une cloche vierge
d'une aube de printemps.

Ta voix et ta main, en rêve,
étaient si vraies !...
Vis, mon espérance ! qui sait
ce qu'emporte la terre[1] *!*

---

1. Antonio Machado, « Soñé que tú me llevabas », *Campos de Castilla*.

C'était sa façon, bien à elle, de me révéler qu'elle rêvait de mon père, qu'ils se retrouvaient.

*

Un jour elle me tendit le recueil de Machado ouvert à une page marquée d'un signet. Je vis un trait vigoureux en marge d'une strophe du poème *Retrato*. « S'il te plaît, Ruthie, lis-moi ça, lentement ! » demanda-t-elle avec une petite fêlure dans la voix, comme une nuance de tristesse qui s'accordait mal avec le caractère qu'elle nous avait toujours montré. Almah ferma les yeux.

Cuando llegue el día del último viaje,
y esté al partir la nave que nunca ha de tornar,
me encontraréis a bordo ligero de equipaje,
casi desnudo, como los hijos de la mar.

Quand viendra le jour de l'ultime voyage,
Que le navire s'apprêtera à appareiller
Alors, presque sans bagages,
À bord tu me trouveras
Presque nu comme les enfants de la mer.

Je pouvais entendre ses pensées : « Parfois j'ai presque hâte de connaître la suite, ce qui vient après, de retrouver mes chers disparus, leurs silhouettes, le bruit familier de leurs pas. Le ravissement… » Je m'efforçai de détourner mes yeux qui s'embuaient. Almah se mit à se balancer doucement, comme pour me signifier que la séance de lecture était terminée.

Je ne croyais pas aux signes, et pourtant…

Quelques jours plus tard, alors que je flânais sans but dans le marché aux puces de Puerto Plata, mon œil fut attiré par un vieux 33 tours à la couverture flamboyante intitulé *Dedicado a Antonio Machado*. Je ne connaissais pas le chanteur, Joan Manuel Serrat. Mes yeux bleus me valurent un prix astronomique de gringa que je ne pris même pas la peine de discuter. Je rentrai triomphante, mon trophée sous le bras, et me mis aussitôt en quête de notre vieil électrophone, priant le ciel pour qu'il fonctionnât encore.

Quand je lui fis écouter *Retrato*, dans une interprétation sirupeuse et assez mélancolique au demeurant, le plaisir sincère d'Almah me remplit de joie.

10

Il était une fois

30 juin 2012

J'ai rejoint Almah sur la terrasse de son bungalow. Le jour juif commence le soir, et je sais qu'elle va allumer une bougie de yahrzeit[1] à la tombée de la nuit pour Wilhelm. C'est la veille de l'anniversaire de la mort de mon père et Almah fait cela depuis des années, comme elle le fait pour Heinrich, pour Svenja et pour Markus. Avec l'âge, elle s'est totalement affranchie des rites religieux, même les moins contraignants. Elle n'a conservé que celui-là, sa façon à elle d'honorer ses chers défunts.

Elle a revêtu la jolie robe bleue de son centenaire, qui la transforme en une sorte de déesse évanescente, elle m'a demandé de la coiffer d'une couronne de cheveux enroulée autour de sa tête. « Je dois me faire belle pour Wil. » Je me suis pliée à son désir sans relever

1. Date anniversaire de la disparition en yiddish.

sa coquetterie, c'est un soir précieux pour elle comme pour moi, un soir de recueillement.

J'ai préparé une infusion de fleurs d'hibiscus au miel. Nous nous sommes installées en silence dans le couple de *mecedoras* de la terrasse, assez près l'une de l'autre pour que je puisse, d'un élan du pied, donner de douces impulsions à la sienne. Sur une table basse, face à nous, la flamme de la bougie oscille doucement comme un pétale délicat.

Autour de nous, la nature exulte dans l'étourdissement de l'été. Les *putas de noche* exhalent leur parfum entêtant. J'adore ces fleurs. Parce qu'elles sentent fort, qu'elles sont impudiques et provocantes, parce que quand j'étais enfant, Almah m'interdisait de les appeler comme on les appelle ici. Les putains de la nuit. Elle dit toujours « les belles-de-nuit ». Almah embellit tout.

Ma mère laisse un instant errer son regard qui se heurte à la nuit, puis elle me contemple pensivement. Elle a savouré chaque instant de sa vie, chaque minute de bonheur avec intensité, et cela donne à son visage une expression de sagesse apaisée. Alors elle se met à parler.

— Ton père n'a jamais cessé de rêver. Il faut de la force pour quitter sa terre natale, supporter les humiliations, vivre en exil avec sa peine, renoncer à sa vie perdue. Mais Wil ne s'est pas laissé laminer par sa vie sous les tropiques, il n'a pas renoncé.

Je sais qu'à travers mon père, c'est d'elle qu'elle me parle. Elle poursuit :

— Parfois il me semble l'entendre me dire : « Je t'ai attendue si longtemps, Almah, comme c'est bon de te revoir, viens… », et c'est comme s'il me tendait la main. Tu sais, Ruthie, il faut savoir accorder une place à la faiblesse, la force a besoin de répit.

Je crois voir une étincelle de curiosité dans le regard voilé d'Almah. Encore un instant. Puis je l'aide à se lever et l'accompagne au seuil de sa chambre. Son pas est un peu chancelant. Elle prend mon visage entre ses mains.

— Je t'aime, Ruthie.

— Moi aussi, Maman, je t'aime.

Elle franchit le seuil de sa chambre.

Je quitte le bungalow.

Sur la terrasse, la flamme de la bougie de yahrzeit s'élève, bien droite.

Je regagne ma maison. Face à l'intensité du ciel, je me sens d'humeur lyrique et sentimentale.

*

Ce matin, en prenant mon café sur la terrasse, j'ai vu un vautour planer au-dessus de la propriété. Il décrivait de grands cercles dans le ciel limpide. Sans doute un animal mort. J'ai frissonné malgré moi, tous mes sens en alerte. Je suis partie vers le bungalow d'Almah. J'ai poussé la porte.

Ce matin, Almah ne s'est pas réveillée.

Je n'ai pas été surprise.

Almah est arrivée au bout de son odyssée. Elle a rejoint Wil, comme elle a essayé de me le dire hier.

Dans sa chambre, je l'ai trouvée allongée sur son lit dans sa robe bleue. Elle ne s'est pas déshabillée. Elle a enlevé tous ses bijoux et remis sa bague de fiançailles d'autrefois, un petit saphir monté sur un simple anneau d'or. J'ai été frappée par la pâleur de son visage sous le hâle devenu gris. Au cou, elle porte un médaillon d'argent contenant une photographie de Wilhelm. Sur l'oreiller, son visage est serein, apaisé, les cicatrices du temps se sont estompées. Almah ressemble de nouveau à celle qui, le soir venu, à l'heure du coucher, s'allongeait à côté de moi pour me lire des histoires qui m'aidaient à trouver le sommeil. Des histoires qui commençaient toutes par « Il était une fois, dans un joli petit pays qui s'appelait l'Autriche… ». Une première larme roule sur ma joue, puis une deuxième. Je dépose un baiser sur son front.

Je referme la porte derrière moi. Je dois appeler Frederick.

11

Ces pierres, mon destin

Juillet 2012

Almah tenait à être enterrée à l'heure où le soleil décline, quand il s'apprête à plonger dans la mer. Elle serait heureuse. C'est beau. Le soleil a tapé dur toute la journée. La chaleur commence à relâcher son étau. Le long du chemin, les pétales de flamboyants couvrent le sol, une nappe écarlate comme s'il avait neigé des flocons de sang. Au passage du convoi, des aigrettes perchées sur l'échine des vaches la saluent.

Nous sommes tous là.

Frizzie et Ana Maria, les jumelles, leurs maris et leurs enfants.

Domingo.

Gaya, Julia qui s'efforce de contenir Angel.

David.

Tomás, Hannah qui gigote dans les bras d'Elsa.

Arturo, Nathan.

Myriam, dont ce sera le dernier voyage.

Les enfants de Jacobo et Rosita, leurs enfants.

Les anciens employés de la coopérative, ceux du journal, les anciens du village.

Et puis il y a tous les autres. Ceux qui sont éparpillés dans le monde.

Et les absents, ceux qui sont déjà partis et qui n'ont jamais cessé d'être avec nous. Ils sont très nombreux. Ils attendent Almah.

Nous sommes une belle et grande famille. Une tribu. *Un véritable volapük !* me susurre Markus à l'oreille.

… et je leur donnerai dans ma maison et dans mes murailles un mémorial et un nom qui ne sera jamais effacé[1].

J'ai aidé Frederick à choisir des vers d'Ezra Pound :

Ce que tu aimes vraiment demeure, le reste est scorie,
ce que tu aimes vraiment ne te sera pas ravi,
ce que tu aimes vraiment est ton véritable héritage.

Il a parlé brièvement avec une émotion qu'il n'a pas retenue. C'est à mon tour. J'ai choisi pour conclure mon bref éloge funéraire de lire trois vers d'un recueil de Georges Séféris trouvé au chevet d'Almah :

Ces pierres je les ai soulevées autant que je l'ai pu,
ces pierres je les ai aimées autant que je l'ai pu,
ces pierres, mon destin.

---

1. Isaïe, 55, 5.

Gaya, elle, a parlé de racines et de transmission, puis, la voix enrouée, elle a lu un fragment d'un poème de Machado qu'Almah aimait :

Voyageur ! Il n'y a pas de chemin
Rien que des sillages sur la mer.
Tout passe et tout demeure
Mais notre affaire est de passer
De passer en traçant
Des chemins
Des chemins sur la mer.

Elle s'est pliée à ma demande, sans sourciller ni poser la moindre question. C'est aussi pour ça que j'aime ma fille, pour cette capacité à tout comprendre, à tout envisager, cette intuition sans doute héritée d'Almah. Elle a trouvé ce que je lui avais demandé. Un électrophone ancienne génération avec un bras pivotant et un diamant. Elle cale le coffret sur l'herbe, branche une alimentation électrique trafiquée par Tomás, dépose la lourde galette de cire noire sur le tapis de velours. C'est un de ces vieux 78 tours dont la pochette en papier jauni tombe en lambeaux. La rondelle centrale porte des inscriptions en allemand. « *Zigeunerweisen. Dajos Béla et son orchestre viennois.* » Le violon pleure sa mélodie nostalgique, à peine troublée par les parasites que crachote le vieil Edison.

Frederick prend ma main, entrecroise ses doigts avec les miens et serre très fort. Comme quand nous étions enfants, soudés par une peur ou un mensonge. J'ai de nouveau dix ans. Je suis une petite fille abandonnée, qui vient de perdre sa maman. La mélodie larmoyante fait ressurgir un vieux souvenir enfoui, celui d'un couple qui danse lentement, épié par deux enfants, et mon esprit s'évade un instant. Un nœud monte dans ma gorge. Dans ma bouche, la saveur amère qui précède les larmes. Je les sens perler au coin de mes yeux. Je ne les retiens pas et les laisse déferler comme une ondée sur mes joues. Mais je ne suis pas triste. Je suis en paix.

Au moment de jeter une poignée de terre sur le cercueil s'élève le trille joyeux d'un oiseau qui me dit… « Ma petite fille, je suis là, je serai toujours là. »

Avant de quitter le cimetière du Camino Llibre, la dernière demeure de nos défunts depuis 1940, je me retourne.

Les tombes patinées, aux gravures effritées, symboles de la fuite du temps et d'éternité, sont si belles.

Les fleurs et les petits cailloux ont entièrement recouvert le rectangle de terre fraîche sous lequel repose Almah.

12

L'étoile d'Almah

Juillet 2012

Je suis assise sur la butte herbeuse où Almah avait coutume de se reposer en fin de journée en regardant le soleil se coucher. Un cercle d'or liseré de rose embrase le ciel orangé. Les palmes de l'arbre du voyageur bruissent doucement sous la caresse du vent. La mer éternelle miroite au loin, un tapis scintillant comme le trésor d'un pirate.

C'est un spectacle dont on ne se lasse pas et j'essaie de le regarder avec les yeux de ma mère. Des yeux qui ont vu tant de choses, une mémoire chargée de tant de souvenirs. Je sens un mouvement derrière moi. Je n'ai pas besoin de me retourner. Frizzie. Il s'assied derrière moi, m'encadrant de ses jambes tendues. Je cale mon dos contre son torse, il resserre ses bras autour de moi. Je laisse aller ma tête au creux de son épaule. Un long moment de silence. Je suis bien.

— Que de chemin parcouru, pas vrai, Ruthie ? murmure Frizzie à mi-voix, comme pour lui-même.

Je hoche la tête.

— Tu es triste, n'est-ce pas ? demande mon frère.

— Bien sûr. Mais je suis heureuse aussi. Que sa vie ait été aussi remplie. Qu'elle ait évité les écueils, qu'elle ait eu la sagesse de ne pas vouloir s'assimiler à tout prix en faisant comme si cette culture insulaire était la sienne, qu'elle n'ait pas vécu dans un folklorisme étouffant. Que sa fin ait été aussi douce. Qu'elle laisse derrière elle une si belle famille. Qu'elle ait pu se targuer d'un ultime exploit, avoir fêté son centenaire ! Qu'elle ait été la dernière d'entre eux et qu'elle rejoigne tous ceux qu'elle aimait et qui l'ont précédée. Elle n'était pas immortelle, malgré ce que nous aurions pu croire, et les choses ne pouvaient pas mieux se passer. Que pouvions-nous espérer de plus ? Nous l'avons eue à nous si longtemps, elle a tenu bon, sans jamais faiblir, vaillante jusqu'au bout, jusqu'à ce qu'elle juge que c'en était assez. Elle a cristallisé tous les espoirs, les aspirations, les trébuchements, la lutte, les réussites, elle nous a donné tant de bonheur, tant de leçons…

— Tu as raison, Ruthie. Cette faculté de toujours voir le bon côté des choses, tu as de la chance, tu l'as héritée de Maman. Je me demande…

Frizzie laisse sa phrase en suspens. Je me le demande aussi.

Il faut accepter que des choses nous échappent. Comment Almah a-t-elle pu faire pour s'endormir le même jour que notre père, cinquante et un ans plus tard, jour pour jour ? Est-ce que Frizzie pense aux étoiles jumelles de nos parents comme moi à cet instant ?

— Elle va me manquer. Terriblement. J'avais fini par croire qu'elle resterait toujours avec nous.

Frizzie caresse mes cheveux.

— C'était la dernière d'entre eux, le dernier témoin d'une époque qui s'en est allée. J'imagine qu'avec son départ le livre de l'histoire des pionniers se referme. Il ne reste plus personne maintenant.

— Voilà que tu parles comme elle, dis-je en tapotant sa cuisse. Il reste nous, et nos enfants, et nos petits-enfants !

Il riposte en me pinçant la joue.

— Allons rejoindre les autres.

Il se relève, me tend le bras pour m'aider. Nous descendons la butte côte à côte, d'un pas égal. De loin, je vois les enfants qui jouent sur la pelouse.

— Si tu es sage, Ruthie, nous sortirons peut-être la lunette à étoiles ! Et nous chercherons celle d'Almah.

Je me rappelle, émue, le précepte de Markus : « Garde toujours dans ta main celle de l'enfant que tu as été[1] », et je resserre la mienne sur celle de mon frère.

La nuit est tombée. Je me tiens à côté de Frizzie sous le ciel étoilé. Il oriente la lunette et je colle mon œil à l'oculaire. Je vois très nettement l'étoile de Ruthie et les étoiles jumelles de Wil et d'Almah.

1. Cervantès.

Épilogue

« La vie des grands hommes nous rappelle
Que nous aussi nous pouvons rendre notre vie sublime,
Et laisser derrière nous, après la mort,
Des empreintes sur le sable du temps. »

Henry Longfellow, *Un psaume de vie*

« Ce qui compte, ce ne sont pas les années qu'il y a eu dans la vie. C'est la vie qu'il y a eu dans les années. »

Abraham Lincoln

« Un jour vient que rien n'est plus qu'un récit.
On construit de mots la chair du passé. »

Aragon

Pour la première et la dernière fois
2013

Certains jours de ciel clair, je remonte la côte du Camino Llibre jusqu'au sommet. Mon pas est lent désormais. En chemin je ramasse des petites pierres que je mets dans ma poche. Je pousse le lourd portail de fer forgé du cimetière. Les herbes folles l'ont envahi, il n'est plus guère entretenu. Je m'assieds à côté de leurs tombes et je dépose mes cailloux sur chacune des plaques de marbre piquetées de taches grises qui portent leurs noms. Sofie, Wilhelm, Almah, Heinrich, Markus, Lizzie, Anneliese, Marisol. Je n'en oublie aucun. Je pose ma main sur le marbre frais et je ferme les yeux. Je me rappelle leurs visages, leurs sourires. Je suis leur mémoire, je sais d'où je viens. Ils m'ont montré le chemin. Ils appartiennent à cette terre, tout comme moi. « Sans racines nous ne sommes que des ombres », avait coutume de dire Almah. Les miennes sont complexes, tordues, emmêlées, mais elles sont solides. Apaisée, je redescends retrouver Domingo.

Une année a passé.

Notre deuil s'est achevé par une visite au cimetière. Nous avons récité le Kaddish des endeuillés sur la tombe d'Almah.

Sur la pierre de marbre est gravé :

Almah Rosenheck – Heppner, née Kahn.
1911 - 2012
À l'hiver de ma vie,
j'ai découvert en moi un invincible été.

J'ai remarqué que les petites pierres blanches étaient bien plus nombreuses que lors de mon dernier passage. Déposées là par des anonymes venus la visiter.

*

C'est juste un jour comme les autres. Une de ces journées torrides qui donnent envie de ne rien faire que paresser dans une *mecedora*, un livre dans une main, un verre de citronnade glacée dans l'autre. Dehors le soleil tape dur dans un ciel indécent de pureté. Accablés, animaux, oiseaux et insectes se sont tus. C'est un moment suspendu, avant que la chaleur lève sa chape et que débute le concert nocturne.

Dans la quiétude molle de la maison endormie, pas un souffle. L'air est chaud et moite. Les jalousies des fenêtres distillent sur les murs des rais ambrés où scintillent de fines particules de poussière. Je suis assise, face à eux, dos bien droit, mains sagement à plat sur la table, de chaque côté de mon cahier d'écolier. Comme si je me préparais à une épreuve d'endurance. Je les regarde, visages punaisés sur un panneau de liège posé contre le mur auquel s'adosse mon bureau. Ils sont tous là, ombre et lumière, fragments de temps révolus, portraits muets, fiers, habillés de soleil, leurs yeux rivés sur les miens. Par-delà les années, par-delà les continents, leurs sourires ont pris leur envol pour venir se poser sur moi. Ils me fixent bien au fond des yeux, me fouillent du regard, comme s'ils attendaient quelque chose de moi. Je sais qu'ils espèrent. Je l'ai toujours su.

L'ombre d'un doute.

Ont-ils présumé de mes forces ?

Je baisse les yeux sur le vieux calepin aux pages jaunies. Relis la phrase de Karl Kraus, celle que mon père a couchée de son écriture nerveuse et élégante en première page de son carnet de l'année 1940, commencé à Lisbonne.

« On doit chaque fois écrire comme si l'on écrivait pour la première et la dernière fois. Dire autant de choses que si l'on faisait ses adieux et les dire aussi bien que si l'on faisait ses débuts. »

Mon cœur bat plus fort, tambour qui a commencé un décompte.

Mes yeux se posent sur un bel adolescent au regard effronté. Avachi dans un fauteuil, ne sachant que faire de ses jambes poussées trop vite, il affecte une décontraction que dément la tension de son visage. Sa voix est rauque, en train de muer. Je ne l'ai jamais entendue mais je le sais. Son petit sourire narquois est à lui seul une provocation.

Je m'attarde sur la fillette en tutu. Rose ou blanc ? La photographie jaunie ne le dit pas. Elle est raide, épaules rejetées en arrière, un de ses bras levé en une courbe parfaite au-dessus de la tête, ses doigts fins déployés gracieusement telles les ailes d'un papillon. Ses joues, plus foncées sur le cliché, doivent être rougies. Des boucles brunes échappées de son chignon encadrent son visage enfantin, rond et confiant. Elle est très jeune, son torse comprimé dans le tutu est plat comme celui des petites filles. Dans son regard, une volonté farouche. Elle me dit quelque chose, elle commande.

Une palpitation. Je regarde par la fenêtre. Un colibri, petit oiseau tendre au ventre vert, à peine plus gros qu'un poing d'enfant, butine la corolle cramoisie d'une fleur d'hibiscus. Suspendu dans l'air, battant de ses ailes fragiles à une vitesse folle, il me fixe.

Je me souviens de ce qu'Almah m'a confié un jour pas si lointain sous le sceau du secret. Il n'y avait qu'à moi qu'elle pouvait faire une telle confidence, elle ne voulait pas qu'on se moque d'elle.

« Parfois un colibri s'approche, il s'immobilise devant moi et me regarde de ses billes noires si minuscules qu'on les discerne à peine. Son petit bec effilé semble me dire quelque chose. Et je sais qu'ils sont tous là, Sofie, ton père, Julius et Hannah, Jacob et Esther, Heinrich, Svenja, Markus, Aaron, tous ceux qui sont partis. Ils sont là et ils m'envoient un signe. Ils m'exhortent à continuer, à avancer avec obstination, car je suis le dernier témoin de notre histoire. Puis l'oiseau s'envole et ma vie reprend son cours. »

Mon colibri s'éloigne avec la légèreté d'un songe. Je sens la présence de ma mère à côté de moi. Comme un souffle tiède dans mon cou. Le sang se met à bouillonner dans mes veines. Mes tempes pulsent. Mes doigts fourmillent d'une impatience inédite. Une fulgurance me saisit. J'ouvre le cahier à la première page, prends le crayon. Le bois est lisse, chaud, doux sous la pulpe de mes doigts. Une fièvre inconnue s'empare de moi. Une transe. Ma gorge se dénoue soudain avec une volupté sans pareille.

Je cesse de lutter.

Les mots se bousculent.

Les premiers mots de ma première phrase.

Le crayon se met à courir furieusement sur le papier.

J'écris pour la première et la dernière fois.

Comme si je faisais mes adieux.

Comme si je faisais mes débuts.

« *Myriam - 1921*

— Les vraies ballerines peuvent enchaîner vingt pirouettes ! »

Postface

Un hymne à l'amitié, à l'amour, à la vie

« *Dès qu'une vérité dépasse cinq lignes, c'est du roman.* »

Jules Renard

« *All sorrows can be borne if you put them into a story, or tell a story about them.* »

Karen Blixen

Avec la mort d'Almah en 2011 à l'âge de cent un ans se clôt la fresque romanesque des *Déracinés* (1930-2012). Ce n'est pas un hasard.

En 2010, Kurt Luis Hess a quitté à cent un ans cette terre dominicaine qu'il avait aimée et faite sienne. Décoré par le gouvernement allemand en 2007, il était le dernier des pionniers vivants à Sosúa, le dernier témoin direct du singulier projet du Joint, de la création du kibboutz de Sosúa et du développement de cette colonie jusqu'à nos jours. Ce fut lui qui, un soir de décembre 1991, m'invita à le rejoindre sur la galerie de sa maison aujourd'hui disparue et me raconta cette histoire. Kurt, rebaptisé Luis, a vécu toute cette aventure, parcouru ce long chemin, de l'Allemagne nazie à la République dominicaine de Trujillo, et traversé les temps modernes. C'est peu ou prou ce que vécurent Almah, Wil et leurs compagnons de route. Une véritable épopée.

Pour le trouver, il faut emprunter le Camino Llibre et le remonter jusqu'au sommet de la colline. Kurt Luis Hess repose là, sur les hauteurs de Sosúa, aux côtés de ses compagnons, dans le petit cimetière juif. Comme celle d'Almah, sa tombe est jonchée de pierres blanches, symboles de permanence, autant de témoignages d'amour, de reconnaissance et de respect, durs et solides.

Cette fresque est une adaptation libre de l'histoire de ces émigrés involontaires arrivés d'Allemagne et d'Autriche en 1940 en République dominicaine. Les personnages sont les miens, je leur ai inventé une vie, un destin, en m'appuyant sur ce que j'ai appris des pionniers. Toute ressemblance avec des personnes vivantes ou ayant vécu n'est donc ni fortuite ni involontaire. Au moment de ranger la plume, je voudrais rendre un vibrant hommage à ces femmes et ces hommes courageux qui, du tragique à la rédemption, du drame au bonheur, ont, à leur façon, écrit une page d'Histoire et dont la vie même est une leçon d'espoir.

Si d'aventure vous allez en République dominicaine, faites un détour par Sosúa, sur la côte nord du pays.

« Que restera-t-il de nous ? » se demandait Almah au seuil de ses vieux jours.

Que reste-t-il d'eux ?

Les traînées blanches des avions bourrés de touristes, qui ne connaissent rien de leur histoire, zèbrent le ciel de Sosúa.

Dans la rue principale du Batey, face au Roi du Schnitzel, l'école communale porte toujours le nom de Luis Hess, son panneau pâlit sous les assauts du soleil et des ondées tropicales. Lors de mon dernier passage, en 2019, l'ultime bâtisse coloniale aux murs de bois avait été coupée de moitié pour faire place à une nouvelle rue. Peut-être n'en reste-t-il plus rien aujourd'hui. Dans les pâturages des *lomas*, les vaches Holstein, de bonnes laitières, paissent paisiblement sous les flamboyants.

La synagogue créole du Batey n'a pas quitté son emplacement d'origine, elle a été restaurée, elle est pimpante, seuls ses vitraux modernes déparent un peu. Chaque année, à l'occasion des grandes fêtes juives, un rabbin vient d'Argentine. On s'étonne alors du nombre de touristes qui troquent leur bermuda pour une tenue décente et assistent à l'office.

Niché juste à son côté, le petit musée juif ouvre erratiquement, à la dominicaine. Si la porte est ouverte, entrez. Vous y lirez la longue liste des noms de ceux qui sont arrivés là, entre 1940 et 1945, avec une simple valise remplie d'espoir, pour échapper aux morsures de l'Histoire. Vous y croiserez les sourires de ceux dont les fantômes ont peuplé cette fresque. Vous y verrez de nombreuses photographies d'enfants, ce sont ceux de la deuxième génération, nés pour la plupart, comme Ruth, à Sosúa.

Le café Oasis, celui de tous les rendez-vous, le cœur de la vie sociale des pionniers, n'existe plus. L'hôtel City Garden et la discothèque Titanic où dansaient Ruth et Frizzie non plus. Les rues Alejo Martinez, David Stern et Doctor Rosen conservent le nom des héros qui fondèrent la colonie en 1940. Le long de la rue principale Pedro Clisante, dont rares sont ceux qui savent qu'il fut un martyr de la dictature trujilliste, les bars et les discothèques se tiennent en rangs serrés et la prostitution va bon train.

Les herbes folles ont envahi le petit cimetière juif du Camino Llibre. Une grosse chaîne rouillée et cadenassée est entortillée dans la grille du portail de fer forgé au centre duquel l'étoile de David a survécu aux années.

Assiégée de vendeurs ambulants et inondée de chaises longues, arpentée par des vacanciers en short fleuri, allemands, italiens, canadiens, russes, la plage de Sosúa n'a plus la sérénité d'autrefois. Les bancs de béton du *buñadero* ont disparu, mais les amandiers et les grands raisiniers sont toujours là. Leurs troncs sont spectaculaires. Les lamantins qui vivaient à l'embouchure de l'*arroyo* Sosúa se sont évaporés, comme les poissons multicolores et les tortues du récif de la Islita dont les massifs de coraux ne sont pas en grande forme.

Les *pilotillos* qui servirent de plongeoir à Frizzie, Samy, Ruth et Lizzie dans leur enfance, là où Frizzie embrassa pour la première fois Ana Maria et où Domingo fit sa demande à Ruth, ne sont plus que des piles fragiles érodées par la mer.

On ne voit plus de cotorras verdes, ces jolies perruches rouge et vert, comme le Chiquito de Frizzie, dans les arbres des collines. Les enfants ne les attrapent plus pour les vendre au bord des routes. L'espèce est en voie d'extinction. Les colibris se font rares.

Le changement climatique affecte particulièrement le pays où l'indice de pluviométrie a considérablement augmenté. Les tempêtes de la période cyclonique sont de plus en plus violentes et rongent les côtes.

L'intégrité des ressources naturelles du sanctuaire du Banco de la Plata est toujours bien respectée. Chaque année, entre janvier et avril, les baleines à bosse protégées par Gaya arrivent dans la baie de Samaná et le long de la côte nord du pays qui accueille 85 % de la population de l'océan Atlantique. Elles s'y accouplent et mettent bas, offrant un étourdissant spectacle aux touristes qui viennent de plus en plus nombreux pour les observer, dans le strict respect des règles défendues par Gaya. Un inventaire des baleines à bosse est régulièrement mené en accord avec l'International Whaling Commission (IWC). Leur population décline chaque année. On l'estime aujourd'hui à 10 % de ce qu'elle était au début du XXe siècle. Le moratoire interdisant la pêche à la baleine est sérieusement remis en question sous la pression de nombreux pays, Japon et Norvège en tête.

Les épaves sous-marines sont en bonne condition. Certaines ont été fouillées, comme les galions *Guadalupe* et *Tolosa*. Des explorations archéologiques ont permis d'en obtenir des dessins très précis. Les restes du bateau pirate *Golden Fleece* sont encore intacts face à la ville de Santa Bárbara de Samaná, tout comme ceux du navire espagnol chargé de canons qui repose face à la Playa Grande. Les épaves de la *Concepción* et du *San Miguel* ont été pillées par des chasseurs de trésors.

Dans votre assiette, le yaourt, le lait ou le beurre a toutes les chances d'être un « Sosúa Product », un produit laitier de la marque créée par Frederick. Et si vous vous rendez à la mairie, Mme la maire, Ilana Neumann, petite-fille d'un pionnier venu d'Allemagne au début de la Seconde Guerre mondiale, vous recevra peut-être…

Enfin, ne ratez pas le mémorial dressé au-dessus de la Playa Alicia, la Playa Alma du roman, dont la mer a fait cadeau à Sosúa au tournant du nouveau millénaire. Y flottent côte à côte les drapeaux dominicain et israélien. Dans son écrin d'herbe de coco, l'immense étoile de David en marbre murmure l'histoire des femmes et des hommes qui ont sauvé leur vie en la reconstruisant sous le soleil dominicain. Elle leur rend hommage, car ils le méritent bien, tout comme ils méritaient bien un roman.

Ne cherchez pas à savoir où est la réalité et où est la fiction. Car dans cette histoire, tout est vrai.

Catherine Bardon

Arrivée des premiers colons à Sosúa. © D. R.

Mémorial de la colonie juive de Sosúa. © Catherine Bardon

Et pour finir
Playlist

Les Déracinés

Igor Borganoff / Dajos Béla : *Zigeunerweisen*
Czerny : fantaisie à quatre mains
Brahms : danses hongroises
Maria Severa Onofriana : fado
Glen Miller, Billie Holiday, Frank Sinatra, orchestre de Tommy Dorsey, Dizzy Gillespie
Quisqueyanos valientes (hymne national dominicain)
Hatikvah (hymne national israélien)
Luis Alberti y su orquesta : *El Desguañangue*
Shana Haba'ah B'Yerushalayim, « Next year in Jerusalem »
Anton Karas – *Le Troisième Homme – Harry Lime Theme*

L'Américaine

Booker T. & The MG's : *Green Onions*
The Contours : *Do You Love Me*

The Ronettes : *Be My Baby*
Ben E. King : *Stand By Me*
Roy Orbison : *Mean Woman Blues*
The Beatles : *She Loves You*
The Beatles : *I Want to Hold Your Hand*
The Beatles : *Can't Buy Me Love*
Peter, Paul and Mary
The Chiffons, The Miracles
Martha and the Vandellas
Bob Dylan : *Only a Pawn in Their Game*
Bob Dylan : *When the Ship Comes In*
Joan Baez : *We Shall Overcome*
Odetta Holmes : *Don't Think Twice, It's All Right*

Et la vie reprit son cours

Michael Bolton : *When a Man Loves a Woman*
Dajos Béla : *Zigeunerweisen*
Scott McKenzie : *San Francisco*
Pérez Prado : mambo
The Turtles : *Happy Together*
Beatles : *The Fool on the Hill*
Cuco Valoy, El Gran Combo de Puerto Rico, Johnny Ventura
Tchaïkovski : *Le Lac des cygnes*

Un invincible été

Dolly Parton : *I Will Always Love You*
The Jackson Five : *I'll Be There*

Amy Grant : *That's What Love Is For*
Michael Bolton : *Love Is a Wonderful Thing*
Phil Collins : *Another Day In Paradise*
Joan Manuel Serrat : *Dedicado a Antonio Machado*
Antonio Machín : *El Manisero*
Igor Borganoff/Dajos Béla : *Zigeunerweisen*

Remerciements

Avec *Un invincible été* se termine une aventure éditoriale de plus de quatre années.

De très nombreuses personnes m'ont encouragée, soutenue et aidée dans l'écriture de cette fresque au fil des ans.

Un immense merci à toutes et tous pour leur soutien et spécialement à :

Sylvie Murelli, fidèle, patiente et indéfectible lectrice,

Jean-Luc Thorel, Bernard Petit, Édouard Brasey, Alain Bailly, Olivia Black, Patricia Drai, Élisabeth Lopinot, Andres Pastoriza, Marie Martin, Dominique Ginouves.

Merci à eux pour leurs lectures bienveillantes et leurs conseils avisés.

Merci aux lectrices, aux lecteurs qui m'écrivent, leur enthousiasme est un puissant moteur. Merci aux bloggeuses et aux bloggeurs pour leurs si jolies chroniques.

Merci à tous mes porte-parole sur les routes de France et de Navarre (vivement que vous les sillonniez de nouveau). Merci aux amis libraires, quel bonheur que vos petits mots épinglés sur les couvertures !

Merci à la formidable équipe des Escales, Sarah Rigaud, Marguerite Mignon-Quibel, Anne Laborier, Caroline de Maublanc, Héloïse Vincent. Cette année fut rude, mais jamais vous ne m'avez lâché la main. Merci à Anne-Charlotte Sangam. Merci à Vincent Barbare, jamais très loin.

Un remerciement spécial à Caroline Laurent par qui tout a commencé et avec qui se termine cette exaltante aventure, initiée avec *Les Déracinés*. Trouvée, jamais perdue, retrouvée, la vie est ainsi faite. Merci à elle pour son talent et la confiance qu'elle a placée dans cette fresque quand ce n'était encore qu'un rêve.

Pour me contacter :
lesderacines@yahoo.com

Composition et mise en pages
Nord Compo à Villeneuve-d'Ascq

Imprimé en Espagne par
Liberdúplex
à Sant Llorenç d'Hortons (Barcelone)
en mars 2022

POCKET - 92, avenue de France - 75013 Paris

S32299/01